Es geschah in Preußen 1846

Horst Bosetzky

Mamsellenmord in der Friedrichstadt

Von Gontards vierter Fall

Criminalroman

Jaron Verlag

Horst Bosetzky alias -ky lebt in Berlin und gilt als »Denkmal der deutschen Kriminalliteratur«. Mit einer mehrteiligen Familiensaga (zuletzt »Kartoffelsuppe oder Das Karussell des Lebens«, 2012), zeitgeschichtlichen Spannungsromanen und biographischen Romanen (wie »Kempinski erobert Berlin«, 2010, und »Der König vom Feuerland« über August Borsig, 2011) avancierte er zu einem der erfolgreichsten Autoren der Gegenwart. Im Jaron Verlag veröffentlichte er daneben mehrere Titel für die überaus erfolgreiche Krimiserie »Es geschah in Berlin« (zuletzt »Unterm Fallbeil«, 2012) und den zweiten Band für die neue Krimireihe »Es geschah in Preußen« (»Tod im Thiergarten«, 2011). Seit 2011 schreibt Bosetzky zudem unter dem Motto »Wie Berlin und Brandenburg wurden, was sie sind« kurze Mittelalter-Romane.

Originalausgabe
1. Auflage 2012

www.jaron-verlag.de
Umschlaggestaltung: Bauer + Möhring, Berlin
Satz: Pinkuin Satz und Datentechnik, Berlin
Druck und Bindung: CPI – Clausen & Bosse, Leck

ISBN 978-3-89773-697-9

Eins

Ein blutdürstiger Dämon hat sich in meinem Körper eingenistet. Er kennt keine Gnade, und seine Grausamkeit ist ohne Grenzen. Er zwingt mich, das zu tun, wonach es ihn gelüstet, und sehe ich eine beleibte Mamsell in einer Küche stehen oder aus dem Hause treten, dann kann ich nicht anders, als mit meinem Messer auf sie einzustechen und sie aufzuschlitzen.

So hatte es ein Mann in seinem geheimen Tagebuch notiert, dessen Namen wir noch nicht verraten wollen. Es trieb ihn auch an diesem Tage rastlos durch die Residenz, um das zu tun, was er tun musste. Mochte sein Geist auch noch so sehr umnachtet sein, seine Intelligenz war hellwach, und so suchte er mit wissenschaftlicher Kühle nach einer Gelegenheit, wo er zustechen konnte, ohne dass es Zeugen gab und er Spuren hinterließ, die auch der dümmste Commissarius hätte deuten können. Der Wettergott war an diesem Abend ganz auf seiner Seite, denn Nebel waberte durch die Gassen, und ein eiskalter Nieselregen hielt alle, die keine dringlichen Geschäfte zu erledigen hatten, am warmen Ofen fest. Auch Ende März wollte es in Berlin nicht richtig Frühling werden, und die Schulkinder hatten ein Gedicht von Emanuel Geibel zu lernen:

Und dräut der Winter noch so sehr
Mit trotzigen Gebärden,
Und streut er Eis und Schnee umher
Es muss doch Frühling werden.

Und drängen die Nebel noch so dicht
Sich vor den Blick der Sonne,
Sie wecket doch mit ihrem Licht
Einmal die Welt zur Wonne.

Geibel, dessen patriotische und den Preußen schmeichelnde Gedichte beim König großen Anklang gefunden hatten, war von Friedrich Wilhelm IV. vor vier Jahren eine lebenslange Pension von jährlich dreihundert Talern zuerkannt worden.

Der unbekannte Mann, der später als der Mamsellenmörder in die Berliner Geschichte eingehen sollte, wusste das, so wie er vieles wusste. Zum Beispiel, wie man durch die Straßen schlendern konnte, ohne aufzufallen, und wie man sich so verkleidete, dass einen auch die engsten Freunde nicht erkannten. Allerdings, ein gewisses Risiko gab es immer, und so zuckte er zusammen, als ihm an der Ecke Friedrich- und Dorotheenstraße zwei Männer entgegenkamen, die eigentlich von Berufs wegen die Gabe haben mussten, andere zu durchschauen: der Geheime Oberrath Dr. Wilhelm Wiesenburg, führender Kopf der Politischen Polizei in Preußen, und der Criminal-Commissarius Waldemar Werpel. Sie mussten doch merken, dass er ein Ausbeinmesser aus Damaststahl unter seinem Überhang verborgen hatte! Doch beide nahmen keinerlei Notiz von ihm. Der Unbekannte konnte also aufatmen und ungestört dem Folge leisten, was der Dämon, der Gewalt über ihn hatte, ihm vehement befahl: Ziehe aus und töte eine beleibte Mamsell!

Mamsellen gab es in bürgerlichen Haushalten, wo von der Küchenmamsell die Rede war, und in Restaurationsbetrieben, wo die kalte Mamsell für kalte Speisen und Büfetts die Verantwortung trug. Allerdings gab es auch Berliner, die, ungeachtet dieser Berufsbezeichnung, alle bürgerlichen Mädchen beziehungsweise unverheirateten Frauen mit der Bezeichnung Mamsell belegten, kam es doch vom französischen *Mademoiselle* her.

Für den Unbekannten indes war eine Mamsell vor allem eine Köchin. Einen Plan hatte er nicht, er ließ sich treiben und wartete auf eine günstige Gelegenheit. Doch der Dämon wurde immer ungeduldiger und drohte, ihn selbst zu töten, wenn er nicht bald eine beleibte Mamsell tötete.

Er kam ans Ufer der Spree und bog rechts in den Weidendamm. Dort war an einem kleinen Graben, der immer wieder zugeschüttet werden sollte, der »Hammelkopf« gelegen, eine Restauration, in der die Leute der unteren Stände ihr weniges Geld in billigen Fusel umsetzten. Zwischen der niedrigen Längswand und dem Bollwerk verlief ein schmaler Pfad, den er nun entlangschlich, um einen Blick in die Küche zu werfen. Die Gelegenheit wäre günstig gewesen, doch die Frau, die im Hammelkopf am Herd stand, war lang und dürr und damit nichts, womit sich sein Dämon zufriedengegeben hätte. Enttäuscht wandte er sich wieder um, nicht ohne einen schnellen Blick in den Gastraum zu werfen. Gott, das war doch Louise Aston, die dort in Männerkleidern hockte, ihren Geliebten an der Seite, und ihre Cigarre rauchte! Es wurde Zeit, dass der König sie aus der Stadt entfernte.

Seine Unruhe wurde immer stärker. In den nächsten Stunden musste es geschehen, sonst verfiel er dem Wahnsinn und landete im Irrenhaus. Die Sinne schienen ihm zu schwinden, und um nicht auf das Trottoir zu stürzen, umklammerte er das Geländer, das neben dem Eingang zum Hammelkopf angebracht war. Als er sich wieder beruhigt hatte, lief er an der Spree entlang, überquerte ihre Arme und kam über die Neue Friedrich- zur Spandauer Straße. An der Einmündung der Nikolaikirchgasse gab es so viele Destillen auf einem Haufen wie sonst nirgendwo in Berlin, und Adolf Glaßbrenner hatte dazu schon angemerkt: *Ejal, wo der Berliner mit eenem Oooge hinkiekt – mit's andre kiekta inne Destille.* Es hatte sich in dem Unbekannten der Gedanke festgesetzt, dass sein erstes Opfer eine dicke Mamsell aus einer Kneipe oder einem Restaurant sein musste. Der Dämon wollte es so.

In seinem Kopf dröhnte und zuckte es. Der Dämon lachte höhnisch: Erst wenn sich der Stahl deines Messers in einen warmen Körper bohrt, bist du erlöst. Blut will ich fließen sehen!

Zwei

Christian Philipp von Gontard lief die Dorotheenstraße in einem Tempo hinunter, das sich für einen Major der Königlich Preußischen Artillerie nicht schickte, aber traf er zu spät im Hörsaal ein, dann bekam er wieder Ärger. Nicht zu Unrecht hieß es: Fünf Minuten vor der Zeit ist des Soldaten Pünktlichkeit. Er bog links ab und hetzte auch durch die Schadowstraße, bis er endlich Unter den Linden angekommen war und den Komplex der Vereinigten Artillerie- und Ingenieurschule vor sich hatte. In der vertrat er das Fach Physik. Seine Zöglinge, alles gestandene Offiziere, erwarteten ihn mit einiger Spannung, und manche spotteten sogar, dass es ihnen so erginge wie dem Schüler in Goethes *Faust*: *Ich bin allhier erst kurze Zeit, / Und komme voll Ergebenheit, / Einen Mann zu sprechen und zu kennen, / Den alle mir mit Ehrfurcht nennen.* Seinen guten Ruf verdankte Gontard ebenso seinen profunden fachlichen Kenntnissen wie auch seinen Erfolgen bei der Aufklärung mysteriöser Verbrechen. Man klopfte geradezu enthusiastisch auf die Pulte, als er eingetreten war und seine Zuhörer begrüßt hatte. Diese Huldigung war ihm fast ein wenig peinlich, und so kam er schnell zur Tagesordnung, der gegenseitigen Vorstellung. Da hörte er manchen Namen, der ihm geläufig war und dessen Träger sich hervorgetan hatte, seit Albrecht der Bär die lange

Liste der brandenburgisch-preußischen Fürsten eröffnet hatte, aber kein Stammbaum war derart verzweigt, dass er einen entfernten Verwandten vor sich hatte. »Und nun in medias res!«, konnte er endlich ausrufen und mit der Einführung in sein Fachgebiet beginnen, nachdem das Präludium eine gute halbe Stunde in Anspruch genommen hatte.

»Was uns in der Theorie primär interessiert, meine Herren, ist die Ballistik, die Lehre von den geworfenen Körpern. Sie ist ein Teilbereich der Physik und beschreibt die Vorgänge, die einen Körper betreffen, der sich durch den Raum bewegt. Als Begründer der Ballistik gilt der Italiener Nicolo Tartaglia, geboren 1499 oder 1500 in Brescia, gestorben 1557 in Venedig. Ihm verdanken wir die Entdeckung der Wurfparabel. Die Wurfparabel ist die Flugbahn, die ein Körper beim schiefen Wurf in einem homogenen Schwerefeld beschreibt, wenn man den Einfluss des Luftwiderstandes vernachlässigt. Der Scheitel der Parabel befindet sich dabei am höchsten Punkt der Flugbahn, die Parabel ist nach unten geöffnet. Die ballistische Kurve dagegen ist die von der idealen Wurfparabel abweichende Kurve unter Einfluss des Luftwiderstandes. Grund für die Parabelform ist die Tatsache, dass während des Fluges nur die Schwerkraft auf den Körper einwirkt. Zur Berechnung wird die Anfangsgeschwindigkeit in die zueinander senkrechten Komponenten x und y zerlegt, die unabhängig voneinander behandelt werden können. Die horizontale x-Komponente ist völlig unabhängig von der vertikalen y-Komponente, die nach oben gerichtet ist.« Er kam nun zu den mathematischen Formeln und registrierte ein allgemeines Aufstöhnen bei seinen Zuhörern. Sie hatten erwartet, dass es in seinem Unterricht vergnüglicher zugehen würde. Er brach ab und sah in die wenig amüsierten Gesichter. »Gibt es Fragen, meine Herren?«

Es meldete sich ein Offizier, der aus dem südlichen Brandenburg kam, sich als Georg von Glombeck vorgestellt hatte und der Schüler war, der Gontard am wenigsten gefiel. Warum das so war, hätte er nicht sagen können, aber in seinem Gesicht, das ihn an eine grinsende Bulldogge erinnerte, stand etwas zu lesen, das Gontard beunruhigend fand.

»Reden wir bei Ihnen auch über Raketen in der Artillerie?«, fragte Glombeck.

»Ja, aber erst am Ende des Semesters.«

Glombeck lachte. »Ah, Sie müssen sich erst auf dieses Thema vorbereiten.«

»Nein, ich muss nur schnell selber eine bauen, um Sie Ihnen vorzuführen.«

Damit hatte er die Lacher auf seiner Seite und konnte sich in sein Bureau zurückziehen. Für heute hatte er seine dienstlichen Pflichten erfüllt und nun endlich die Muße, sich seinen privaten Vergnügungen zu widmen – wenn es denn derzeit welche gegeben hätte. Weder zum Reiten noch zum Fechten trieb es ihn wirklich, und es gab auch kein mysteriöses Verbrechen aufzuklären. So blieb ihm nur das Flanieren und die Causerie, aber jetzt am frühen Nachmittag saß im Roten Zimmer des Café Stehely noch niemand, dessen Gesellschaft ihm zugesagt hätte. Schöngeistige Schwätzer, die es im Leben zu nichts gebracht hatten, waren ihm zuwider.

Gerade als er sein Bureau aufschließen wollte, kam ihm Werner Siemens entgegen. Der Seconde-Lieutenant der Artillerie aus Lenthe bei Hannover war am 1. Oktober

1842 zur Artilleriewerkstatt Berlin versetzt worden, nachdem man ihn begnadigt hatte. Ursprünglich war er aufgrund der Teilnahme an einem Duell zu fünf Jahren Festungshaft verurteilt worden. Seit dem Tod seiner Mutter musste er als ältester Sohn gegenüber seinen Geschwistern die Vaterstelle vertreten, und das kostete so viel, dass sein staatliches Salär bei weitem nicht ausreichte. So sah er sich gezwungen, mit seinen Erfindungen einiges hinzuzuverdienen, so mit der Versilberung und Vergoldung von Metallen auf galvanischem Wege.

»Woran arbeiten Sie denn gerade?«, fragte Gontard, nachdem man sich kollegial-freundschaftlich begrüßt hatte. »Oder ist das noch ein streng gehütetes Geheimnis?«

»Nein, nein.« Siemens zögerte nicht, darüber zu reden. »Im Augenblick versuche ich, den Zeigertelegraphen zu verbessern.«

»Was bitte?« Gontard musste da eine Bildungslücke eingestehen.

Werner Siemens holte zu einer längeren Antwort aus. »Der Zeigertelegraph dient zur Übermittlung von Nachrichten Buchstabe für Buchstabe. Er ist ganz einfach zu bedienen. Im Geber wie im Empfänger kreist gleichlaufend ein Zeiger, der manuell eingestellt wird. Wenn der Zeiger bei dem sendenden Apparat verstellt wird, führt dies zu einer entsprechenden Verstellung des Zeigers bei dem Gerät, das die Nachrichten empfängt. So können die einzelnen Buchstaben eines Textes mühelos übermittelt werden.«

»Ah ja.« Gontard hatte verstanden. »Das ist ja viel einfacher als beim Morsetelegraphen. Man muss nicht erst das Morsealphabet lernen ... zum Beispiel die Bedeutung von: dit, dit, dit - dit, dit - dit - da, da - dit - da, dit - dit, dit, dit.«

Siemens lachte und klatschte in die Hände. »Bravo - aber was wollten Sie mir damit sagen?«

»Es war Ihr Name, den ich da gemorst habe.«

»Ich will Ihnen einmal vorführen, wie so ein Zeigertelegraph funktioniert«, sagte Siemens. »Kommen Sie mit in meine Werkstatt!«

Dort angekommen, zeigte er Gontard die beiden Modelle, die er entscheidend zu verbessern suchte: den Zeigertelegraphen, den Charles Wheatstone 1839 konstruiert hatte, und das Gerät von August Ephraim Kramer aus Nordhausen.

»Mein Telegraph gebraucht nur einen Draht, kann dabei wie ein Klavier mit Tasten gespielt werden und übermittelt die Informationen mit der größten Sicherheit und mit einer solchen Schnelligkeit, dass man fast so schnell telegraphieren kann, wie die Tasten nacheinander gedrückt werden. Dabei funktioniert er lächerlich einfach und ganz unabhängig von der Stärke des Stroms«, erklärte ihm Siemens.

Gontard war beeindruckt. »Und Ihren Apparat, den werden Sie dann in einer Fabrik fertigen lassen?«

»Es gibt keine Fabrik, die dafür ausgerüstet ist«, erwiderte Siemens. »Die müsste man erst erschaffen. Und ob ich in Berlin Mechaniker dafür finden werde, ist fraglich.«

»Ich hoffe, das wird Ihnen gelingen«, sagte Gontard. »Wenn erst alle Menschen solch einen Zeigertelegraphen bei sich zu Hause haben und jeder seine Gedanken derart rasant an alle weitergeben könnte!«

Siemens lächelte hintergründig. »Keine Angst, meine

Zeigertelegraphen werden wohl nur in den Amtsstuben und bei der Königlich Preußischen Post zu finden sein.«

»Angst ist das falsche Wort«, murmelte Gontard. »Es ist wohl eher Hoffnung.«

»Unser König ist an mittelalterlichen Vorstellungen orientiert«, sagte Siemens. »Wir haben einen Romantiker auf dem Thron, aber der technische Fortschritt wird nicht aufzuhalten sein und damit ...«

»... auch nicht die Revolution«, vollendete Gontard den Satz.

Damit verabschiedete er sich von Werner Siemens und machte sich auf den Weg zum Gensdarmen-Markt, wo er im Café Stehely seinen besten Freund, Dr. Friedrich Kußmaul, zu treffen hoffte.

Der Criminal-Commissarius Waldemar Werpel war schlecht gelaunt, ohne sagen zu können, weshalb. Vielleicht weil es Mai geworden war und er nur seine Minna hatte, mit der er auf die silberne Hochzeit zusteuerte. Acht Kinder hatten sie, und um das neunte zu verhindern, wagte er es schon gar nicht mehr, mit ihr das zu tun, was im Wonnemonat eigentlich nahelag.

Es wurde an die Bureautür geklopft – eigentlich mehr gebummert als geklopft –, und daran konnte Werpel erkennen, dass das nur der einfältigste unter seinen Constablern sein konnte.

»Krause, herein!«, schrie er.

Krause trat ein, knallte die Hacken zusammen und legte die Handkante an die Mütze. »Melde gehorsamst: Es ist eine furchtbare Bluttat geschehen.«

Werpel zuckte zusammen, denn das ließ Arbeit und Ärger erwarten. »Wen hat es denn getroffen?«

»Die Jolanthe aus der Brunnenstraße.«

Jetzt ließ Werpel doch das nötige Mitgefühl erkennen. »Wie, die Mamsell vom Cigarrenhändler Krummrey?«

»Nein, die Sau vom Tillack.«

Werpel sprang auf. »Krause, wenn Sie mich veralbern wollen ... Ich weiß, dass Tillack sein Schwein in dieser Woche schlachten wollte.«

»Ja, aba letzte Nacht is eena jekommen und hat et ihm abjeschlachtet.«

»Wegen des Fleisches?«, wollte Werpel wissen.

»Nee, wejen dem Blutrausch, spricht der Tillack. Sie soll'n bei ihm komm'n und sich det mal anseh'n.«

Werpel reagierte unwirsch. »Wieso denn immer ich? Das ist doch nicht unser Revier.«

»Aba se ham da nur een Commissarius, und der is krank. Und Tillack sagt, det is 'ne schwere Bluttat. Seine Sau is von Mörders Hand jemeuchelt wor'n.«

Werpel zog den Gürtel fester und nahm seinen Rock vom Kleiderhaken. »Los, marschieren wir mal hin!«

Vom Molkenmarkt bis zum Rosenthaler Thor war es ein ganzes Stück zu laufen, die Spandauer Straße entlang, über die Spandauer Brücke und den Hackeschen Markt hinweg und dann die Rosenthaler Straße hinauf.

Werpel schimpfte gewaltig. »Schon der Alte Fritz ist zwischen Rosenthaler Thor und Gesundbrunnen beinahe zu Tode gekommen.«

»Wieso?«, fragte der Constabler Krause. »Hat ihn da eine Kugel der Russen getroffen?«

»Unsinn!«, rief Werpel. »Das passierte 1758 in der Schlacht bei Zorndorf. In der Brunnenstraße ist er mit seiner Kutsche umgestürzt und hätte sich um ein Haar das Genick gebrochen.«

Als Folge des glimpflich verlaufenen Unfalls hatte der König die Straße zur 1760 eröffneten Heilquelle an der Panke, dem späteren Gesundbrunnen, erneuern lassen. Sie hatte zunächst den Namen Straße nach Rosenthal getragen, ab 1801 war sie als Brunnenstraße in den Stadtplänen verzeichnet. Zu Zeiten Friedrichs II. war außerhalb der Stadtmauer östlich vom Rosenthaler Thor Wein angebaut worden, während es westlich davon als Folge eines skrupellos abgeholzten Waldes eine ausgedehnte Sandwüste gegeben hatte. Hier war die Kolonie Neu-Voigtland entstanden. Gedacht als Siedlung für Handwerker aus dem Vogtland, war sie inzwischen zur letzten Zufluchtsstätte für Arme und Obdachlose geworden.

Theodor Tillack war ein Grundbesitzer, der aus billigstem Material eine Reihe von sogenannten Familienhäusern errichtet hatte, in denen es so kalt und feucht war, dass die Bewohner zwangsläufig krank werden mussten. Er selbst lebte auf Höhe von Wollanks Weinberg in einem kleinen Herrenhaus, an dessen Hof sich mehrere Stallungen anschlossen. Und in einem dieser Ställe war die Sau Jolanthe abgestochen worden.

»Das ist im wahrsten Sinne des Wortes eine Sauerei!«, rief der dicke Tillack, als er Werpel und den Constabler Krause an den Tatort geführt hatte.

Jolanthe lag in einer Lache geronnenen Blutes, und Werpel zählte mehr als ein Dutzend Einstichlöcher.

»Das kann nur ein Irrer aus der Charité gewesen sein!«, rief er.

Der dicke Tillack sah ihn bedeutungsschwer an. »Das sieht ganz nach Rotkappe aus.«

»Wer ist Rotkappe?«, fragte Werpel.

»Rotkappe ist ein Kobold«, belehrte ihn Tillack. »Er hat

Krallen und rotglühende Augen und tötet Menschen, um mit deren Blut die Farbe seiner Kappe immer wieder zu erneuern. Vertreiben kann man ihn nur mit einem Bibelzitat.«

Die Chance wollte sich der Constabler Krause nicht entgehen lassen. »*In deine Hände befehle ich meinen Geist; du hast mich erlöst, Herr, du treuer Gott!*«, rief er. »Der 31. Psalm.«

Werpel fasste sich an den Kopf. »Krause, Sie bringen mich noch ins Irrenhaus!«

»Da sollten Sie mal nachfragen, ob einer entwichen ist!«, sagte Tillack.

Werpel nickte, denn in der Tat sah es ganz danach aus, als hätte ein Irrer im Blutrausch auf Jolanthe eingestochen. »Vielleicht hat er sie für eine Frau gehalten.«

»Das wird es sein!«, rief Krause. »Vielleicht für die Mamsell vom Cigarrenhändler Krummrey?«

»Kann sein«, sagte Tillack, der die Dame kannte. »Die hat wirklich Ähnlichkeit mit einem rosigen Schweinchen und heißt auch Jolanthe.«

»Jetzt reicht es aber!«, rief Werpel, konnte jedoch nicht umhin sich vorzunehmen, zuerst beim Cigarrenhändler am Rosenthaler Thor und dann in der Charité gezielte Nachforschungen anzustellen.

»Was soll mit meiner Jolanthe werden?«, fragte Tillack, als sich Werpel verabschieden wollte.

»Soll ich vielleicht den Leichen-Commissarius holen lassen«, fragte Werpel, »dass sie anschließend ein Staatsbegräbnis kriegt?«

»Machen Se Wurscht aus ihr, Herr Tillack!«, sagte Krause lachend.

Tillack brummte etwas in seinen Bart, was ihm, hätte er es laut geäußert, eine Anzeige wegen Beamtenbeleidigung eingebracht hätte, und führte Werpel und seinen Constabler zur Straße zurück. »Gehen Sie mit Gott, dann gehen Sie mit keinem Spitzbuben.«

»Das wäre nur der Fall, wenn Sie mitkommen würden«, murmelte Werpel, der genau wusste, dass Tillack schon so manchen Menschen übers Ohr gehauen hatte.

Ihre erste Station war also der Tabakwarenhändler Krummrey, den sie baten, seine Hauswirtschafterin zwecks Befragung nach vorn ins Ladenlocal zu holen. Die Mamsell Jolanthe Junge erschien auch sogleich, konnte sich aber nicht erinnern, dass sie in letzter Zeit von einem Kerl lüstern angeguckt oder gar bedrängt worden wäre.

»Da war nüscht mehr, Herr Kumsargus, seit ick ma dem Bölzke 'n paar jescheuert habe.«

»Wer ist das, Bölzke?«

»Eena von die Eckensteha.«

»Nun gut.« Werpel machte sich eine Notiz und verzichtete auf irgendwelche Nachfragen. Sich in der Charité umzuhören erschien ihm erfolgversprechender.

In einem Flügel der Alten Charité, erbaut von 1785 bis 1800, war die größte Abteilung für Irre und Wahnwitzige im deutschen Raum entstanden, und Ernst Horn war als erster Professor für Psychiatrie in Deutschland berufen worden. Obwohl Horn der Ansicht gewesen war, dass Geisteskrankheiten körperliche Leiden waren, hatte er versucht, die Kranken mit Zwangsmaßnahmen wie Drehstuhl, Drehbrett und Tretmühle zu therapieren, aber auch dadurch, dass er sie für längere Zeit in einem Sack unterbrachte und damit isolierte. Seit 1828 leitete Karl Wilhelm Ideler unter weitgehender Übernahme dieser Behandlungsprinzipien die Irren-, Deliranten-, Krampfabteilung der Charité. 1834 war man in die Neue Charité umgezogen, ohne dass sich die Bedingungen verbessert hätten.

»Wer hier landet, kann jede Hoffnung fahrenlassen«, sagte Werpel, als sie das Gebäude betraten.

»Denn vadufte ick mal lieba!«, rief Krause. »Sie brauchen mir ja nich mehr.«

Werpel ließ ihn ziehen. Die Gefahr, sich mit ihm bei Professor Ideler zu blamieren, erschien ihm zu groß.

Karl Wilhelm Ideler, der aus Bentwisch bei Wittenberge stammte, war mit seinem *Grundriss der Seelenheilkunde*, erschienen 1835, bekannt geworden. Werpel ließ sich von einem Assistenten bei ihm melden. Nach einer Viertelstunde wurde er vorgelassen.

»Was führt Sie zu mir?«, fragte Ideler.

Werpel fühlte sich gar nicht wohl dabei, wie ihn der Irrenarzt musterte, und redete deswegen ein wenig wirr. »Ja, wegen der Rotkappe ... Die soll die Jolanthe abgestochen haben. Also die Sau vom Tillack. Das soll ein Kobold gewesen sein. Nicht der Tillack, das ist ein Grundbesitzer, sondern der Mann, der seine Sau ...«

»Machen Sie sich einmal frei!«, befahl ihm der Professor.

»Ich bin kein Irrer«, rief Werpel, »ich bin Criminal-Commissarius!«

»Ja, ja, gestern war einer hier, der hat sich als Kronprinz Wilhelm ausgegeben«, sagte der Assistent.

Es dauerte Minuten, bis das Missverständnis ausgeräumt worden war und Werpel endlich fragen konnte, ob man einen Insassen vermisse, dem zuzutrauen sei, Tiere, insbesondere Schweine, abstechen zu wollen. »Vielleicht um sich in einen Blutrausch zu versetzen.«

»Nein, von unseren Kranken ist keiner entwichen«,

antwortete Ideler. »Aber derjenige, von dem Sie berichten, dass er auf das Schwein eingestochen hat, wird alsbald bei uns eingeliefert werden. Denn unser Gott bestraft alle Sünden, und sei es dadurch, dass er einen Menschen irre werden lässt und damit auf die unterste Stufe des Menschseins setzt.«

Als Werpel die Charité verließ, war er noch immer etwas verstört.

Bäume gab es nur wenige auf Berlins Straßen und Plätzen, da aber, wo sie zu finden waren, Unter den Linden zum Beispiel, im Thiergarten oder an den Ufern der Spree, erfreuten sie das Auge mit ihrem frischen hellen Grün. In so manchem Hof blühten die Apfel-, Kirsch- und Birnbäume, und wenn die Fenster offen standen, um die reine Frühlingsluft in die muffigen Zimmer zu lassen, hörte Gontard die Kinder singen:

Der Mai ist gekommen,
Die Bäume schlagen aus,
Da bleibe, wer Lust hat,
Mit Sorgen zu Haus!
Wie die Wolken wandern
Am himmlischen Zelt,
So steht auch mir der Sinn
In die weite, weite Welt.

Das Lied war neu, die Musik stammte von Justus Wilhelm Lyra, der Text von Emanuel Geibel, dem Liebling des Königs. Trotzdem hörte Gontard es gern, und die letzte Zeile ging ihm nicht mehr aus dem Kopf. Auch ihm stand der Sinn nach der weiten, weiten Welt, vor allem nach

Amerika. Immer wieder trug er sich mit dem Gedanken auszuwandern, dem engstirnigen Preußen zu entfliehen, wo alles demokratische und liberale Denken, wenn es laut geäußert wurde, mit Verbannung oder Festungshaft endete. Das Verfassungsversprechen, das Friedrich Wilhelm III. im Jahre 1815 gegeben hatte, war auch dreißig Jahre später noch nicht eingelöst worden. Kein Wunder war es also, dass das Auswanderungsfieber in Preußen ebenso wie in den anderen deutschen Landen immer weiter um sich griff, hervorgerufen natürlich auch durch die elende Lage, in der sich Arbeiter und Handwerker befanden, und die Tatsache, dass immer nur der älteste Sohn einen Bauernhof erben konnte.

Gontard hatte den richtigen Animus gehabt: Kußmaul saß schon im Café Stehely, blätterte in einem Roman und wartete auf ihn. Man begrüßte sich mit gewohnter Herzlichkeit.

»Was liest du denn da?«, fragte Gontard.

Kußmaul lachte. »Das, was die bevorzugte Lektüre unseres Königs ist: August Lafontaines *Klara du Plessis und Klairant. Eine Familiengeschichte französischer Emigrierter.*«

Gontard verzog das Gesicht. »Lafontaine ist ein eitler und oberflächlicher Schwätzer.«

August Heinrich Julius Lafontaine, 1758 in Braunschweig geboren und 1831 in Halle an der Saale gestorben, war von Haus aus Theologe und 1792 dem preußischen Heer als Feldprediger in die Champagne gefolgt. Danach hatte er sich auf sein Landgut zurückgezogen, über sechzig triviale wie auch sentimentale Romane verfasst und es zu einem der meistgelesenen Schriftsteller in den deutschsprachigen Ländern gebracht.

Der Freund verteidigte seine Lektüre. »Ich muss mich

mit den Hugenotten vertraut machen, denn Luise ist nicht wenig stolz auf ihre Herkunft.«

Diese Bemerkung bezog sich auf seine Braut Luise Kahlbaum, deren Großmutter eine Cathérine Gillieux gewesen war. Sie konnten dieses ergiebige Thema aber nicht weiter vertiefen, denn in diesem Augenblick trat Kußmauls Bruder Adolf an den Tisch. Er hatte gerade sein medicinisches Staatsexamen abgelegt und war in Heidelberg Assistent von Karl von Pfeufer geworden.

»Pfeufer ist ein interessanter Mann«, erklärte er. »Vor zwei Jahren hat er die *Zeitschrift für rationelle Medicin* mitbegründet. Gemeinsam haben wir uns die Aufgabe gestellt, physiologische und pathologische Tatsachen auf physikalische und chemische Prozesse zurückzuführen.«

»Und was ist mit der Seele?«, fragte Gontard.

»Haben Sie jemals eine Seele gesehen? Hat Daguerre jemals eine Seele auf seine photographischen Platten gebannt?«, kam die Gegenfrage.

So uneinig sie sich in dieser Frage waren, so einig waren sie sich in der Einschätzung der politischen Lage und in der Forderung nach einer demokratischen Verfassung.

»Aber die bekommen wir nicht unter diesem König«, sagte Adolf Kußmaul. »Bei Friedrich Wilhelm IV. kann ja die Abneigung gegen alle Reformen nur als pathologisch bezeichnet werden.«

»Pst!«, machte Gontard, denn die Politische Polizei hatte ihre Schnüffler überall sitzen.

»Hoffen können wir nur auf den Sohn unseres Königs«, erklärte Friedrich Kußmaul.

Sein Bruder staunte. »Ich denke, er ist impotent?«

»Pst!«, wiederholte Gontard und fügte in Richtung eines Mannes, den er für einen Spion Dr. Wiesenburgs hielt, laut hinzu: »Unser König hat die Kraft, das wilde Tier der Revolution zu bändigen.«

»Und zwar mit Hilfe des Herrn von Bunsen«, fügte Adolf Kußmaul hinzu.

Der König hatte den Theologen, Philosophen und Weltmann Christian Karl Josias von Bunsen 1828 auf einer Italienreise kennen und schätzen gelernt. Bunsen, damals preußischer Ministerresident beim Heiligen Stuhl, wurde verspottet, dass er – wie der König auch – unter dem Verhängnis einer vielseitigen Begabung litte, die Großes versprechen und stolze Entwürfe hervorbringen würde, ohne dass es aber je zu einem vollendeten Werk gereicht hätte.

»Alles liegt in Gottes Gnade«, sagte Friedrich Kußmaul in Anspielung darauf, dass sich Friedrich Wilhelm IV. immer wieder auf sein Gottesgnadentum berief. »Fatal ist es allerdings, wenn dieser Gott die Zeichen der Zeit partout nicht erkennen will.«

Ihr Diskurs wurde unterbrochen, als aus der Küche die Mamsell Johanna Kuschnowski herbeigeeilt kam, um sich bei Dr. Friedrich Kußmaul zu bedanken.

»Sie haben mir wirklich jeheilt, Herr Jeheimer Sanitätsrat!«, rief sie und schüttelte dem ein wenig entsetzten Arzt die Hand. »Et is würklich nüscht mehr zu sehen von allet. Mir war ja dreiste schon mein Bräutijam wegjeloofen, denn alßa mir mal anjefasst hat, da ...«

»Lassen Sie's gut sein, mein verehrtes Fräulein!« Friedrich Kußmaul war wenig erbaut davon, dass der Fall hier in aller Öffentlichkeit diskutiert werden sollte, denn die korpulente Mamsell hatte unter einem mächtigen Herpes zoster gelitten, den er mit seiner medicinischen Kunst nicht in den Griff bekommen hatte, so dass er sie in seiner Hilflosigkeit zu einer alten Frau geschickt hatte, die sich auf das Besprechen von Gürtelrosen verstand – und Erfolg gehabt hatte. Das musste sein Bruder aber nicht unbedingt wissen.

Gontard grinste und empfahl sich. »Ich muss noch zu Willibald Alexis. Er feiert mit seinen Freunden aus der Mittwochgesellschaft das Erscheinen seines neuesten Romans – *Die Hosen des Herrn von Bredow*.«

Willibald Alexis war am 29. Juni 1789 in Breslau auf die Welt gekommen, in der Stadt, aus der dem Volksmund zufolge jeder echte Berliner kam. 1806 war er mit seiner Mutter nach Berlin gezogen, 1815 hatte er als Freiwilliger an den Befreiungskriegen teilgenommen. Danach hatte er begonnen, Rechtswissenschaft und Geschichte zu studieren, unter anderem bei Friedrich Carl von Savigny und Friedrich von Raumer, und war 1820 Referendar am Criminalsenat des Kammergerichts geworden. Nach dem Erfolg seiner ersten Romane schied er aus der Beamtenlaufbahn aus und errang mit *Cabanis*, in dessen Mittelpunkt Friedrich der Große stand, mit *Der Roland von Berlin* und mit *Der falsche Waldemar* einen Erfolg nach dem anderen. Alle seine Stoffe waren der märkisch-brandenburgischen und preußischen Geschichte entnommen. Eigentlich hieß er Georg Wilhelm Heinrich Häring, aber um zu vermeiden, dass man Witze über seinen Namen machte, hatte er sich ein Pseudonym zugelegt. Seit 1836 lebte er in der Friedrichstadt, genauer in der Wilhelmstraße 97, also zwischen Leipziger und Zimmerstraße. 1838 hatte er Laetitia Perceval geheiratet, deren Vorfahren aus England stammten. Sein Haus war zu einem Treffpunkt des literarischen Berlin geworden.

Nun hatte Christian Philipp von Gontard nichts weiter

geschrieben als ein kleines Gedicht zum dreißigsten Geburtstag seiner Frau, aber Henriette war über drei Ecken mit der Familie der Edlen Herren Gans zu Putlitz verwandt, und der Schriftsteller und Theatermann Gustav Gans war mit Willibald Alexis befreundet und hatte Gontard im letzten Winter zu einem Treffen mitgenommen.

Auch heute wieder hatte sich eine illustre Gesellschaft in der Wilhelmstraße versammelt, an ihrer Spitze Ludwig Tieck und Julius Eduard Hitzig, dann Konrad von Sandkirchen, ein hoher Beamter des Hofes, und Daniel Grahsen, ein Schreiber der *Vossischen Zeitung*.

Auf dessen Wohl hob Willibald Alexis sein Glas. »Herzlichen Dank für Ihre Wertschätzung meiner Romane und in der Hoffnung, dass auch *Die Hosen des Herrn von Bredow* Ihre Wertschätzung finden werden.«

Grahsen verneigte sich. »Ehre, wem Ehre gebührt.«

Gontard hatte gelesen, was Grahsen geschrieben hatte: *Alle seine Romane sind von wärmsten Patriotismus durchdrungen und bieten meisterhaft ausgeführte geschichtliche Zeit- und Sittenbilder, so dass Willibald Alexis mit Recht der märkische Walter Scott genannt worden ist.*

»Hoffentlich hat es der König auch gelesen«, sagte Julius Eduard Hitzig.

Das war eine Anspielung auf einen Brief, den der König Willibald Alexis geschrieben hatte, nachdem er mit seiner harten Kritik an der Zensur bei Hofe unangenehm aufgefallen war.

Es fiel noch keinem Regenten von Neapel ein, den Krater des Vesuv zu verstopfen, weil er Feuer speit – so hatte Willibald Alexis in der *Vossischen Zeitung* die preußische Zensur gegeißelt. Pressefreiheit liege nun einmal *im Blut, in der Luft, in der Vernunft.*

Der Brief des Königs war nicht weniger eindeutig gewesen: *Mit Widerwillen habe ich einen Mann von Ihrer Bildung und literarischer Bekanntheit in der Klasse derer gefunden, die es sich zum Geschäft machen, die Verwaltung des Landes durch hohle Beurteilung ihres Tuns, durch unüberlegte Verdächtigung ihres nicht von ihnen begriffenen Geistes vor der großen meist urteilslosen Menge herabzusetzen und dadurch ihren schweren Beruf noch schwerer machen.*

Gontard sah Konrad von Sandhausen, den Obergewandkämmerer Friedrich Wilhelms IV., an. »Was sagen Sie denn dazu, dass der Romantiker auf dem Thron einen Mann, den andere anklagen, er verherrliche die Hohenzollern und die Preußen, derart abkanzelt? Einen überzeugten Monarchisten!«

Der Hofbeamte wand sich ein wenig. »Bitte verstehen Sie, dass der König keine Verfassung zwischen sich und dem Volke dulden will. Er hat die Gnade Gottes, und der Herr weist ihm jedes Mal den rechten Weg, das Volk aber kann niemals wissen, was richtig ist.«

»Weil es seit Jahrhunderten dumm gehalten wird«, sagte Grahsen.

»Mit Verlaub, mein Herr, Preußen hat bereits 1717 die allgemeine Schulpflicht eingeführt.«

»Ohne jedoch auf dem flachen Lande ausreichend für Schulen und Lehrer zu sorgen. Abgehalfterte Feldwebel werden auf die Kinder losgelassen.« Grahsen erregte sich immer mehr.

»Denken Sie aber an die Bildungsreformen Wilhelm von Humboldts«, hielt ihm von Sandhausen entgegen, »und an unser humanistisches Gymnasium!«

Ludwig Tieck beteuerte mit schwacher Stimme, dass der König ein guter Mann sei.

»Kein Wunder«, sagte Gontard, »hat er Sie doch vor vier Jahren als König der Romantik von Dresden nach Berlin zurückgeholt.«

»Wie?« Tieck, immerhin schon 73 Jahre alt, ging es gesundheitlich sehr schlecht, und Willibald Alexis hatte viel Mühe aufwenden müssen, ihn zum Besuch in der Wilhelmstraße zu bewegen. Sein letzter großer Roman, *Vittoria Accorombona*, der vom Untergang einer römischen Familie handelt, war schon vor sechs Jahren erschienen, und er schien langsam zu verstummen.

Jeder bekam nun aufgetragen, auf die Stellen einzugehen, die ihm in Willibald Alexis' neuestem Roman am besten gefallen hatten, und Gontard wurde als Erster aufgerufen. Schnell hatte er im aufgeschlagenen Buch seine Passage gefunden:

Überall war Ordnung und das wartende Auge der Hausfrau sichtbar. Jeder, Mägde, Knechte, Töchter, Verwandte und Freunde, bis auf die Hunde hinab, schien sein besonderes Geschäft zu haben. Die begossen mit Kannen, die schöpften aus dem Fließ, die trugen das Wasser. Jene nestelten an den Stricken, welche zwischen den Kieferstämmen angespannt waren; sie prüften die Klammern, sie sorgten, dass die nassen Stücke sich nicht überschlugen. Dort hingen gewaltige Kessel über ausgebrannten Feuerstellen, und daneben standen Tonnen und Fässer. Aber diese Arbeit schien vorüber; nur auf den einzelnen Waschbänken, die in das schilfige Ufer des Fließes hineingebaut waren, spülten noch die Mägde mit hochaufgeschürzten Röcken und zurückgekrempelten Ärmeln. Es war die feinere Arbeit, die man bis auf die Letzt gelassen, die jede für sich mit besonderer Emsigkeit betrieb. Da gab es mancherlei Neckereien zwischen dem Schilf. Wollte aber ein Mann in die Nähe dringen, ward er unbarmherzig bespritzt.

»Das erinnert mich sehr an Szenen aus meiner Heimat«, sagte Konrad von Sandhausen, als ein jeder um Kommentare gebeten wurde. »Bei uns wurde immer am Flusse Szeszuppe gewaschen.«

Julius Eduard Hitzig schüttelte sich. »Wenn ich einen Fluss vor Augen habe, denn sehe ich immer nur eine Wasserleiche stromabwärts treiben.«

»Das ist eben Ihre professionelle Deformation«, hielt ihm Grahsen vor.

Das bezog sich darauf, dass Julius Eduard Hitzig, 1780 in Berlin als Isaac Elias Itzig auf die Welt gekommen, vor dem Ruhestand dem Staat als Justizbeamter, Director des Inquisitoriats und Mitglied im Criminal-Rat gedient hatte und neben Zeitschriften zur Strafjustiz auch – gemeinsam mit Willibald Alexis – den *Neuen Pitaval* herausgab, in dem Hunderte von Criminalfällen veröffentlicht wurden.

Hitzig konnte nichts mehr erwidern, denn in diesem Augenblick brachte die Mamsell einen kleinen Imbiss ins Zimmer, und die Herren schwiegen erst einmal, denn mit vollem Munde sprach man nicht. Danach wurde munter weiterdebattiert, bis Ludwig Tieck die Augen zufielen und mit ihm auch Daniel Grahsen und Konrad von Sandhausen die gastliche Stätte verließen. Gontard, Hitzig und sieben andere Männer blieben noch. Zwei weitere Stunden vergingen, und als Letzter war Julius Eduard Hitzig an der Reihe. Er hatte sich eine recht deftige Stelle ausgesucht.

»Wer wäscht die Nebel fort am Herbstmorgen, wer das schmutzige Winterkleid der Erde, und der Frühling steht da vor dem Herrn in seinem reinen Blumenkleide, von würzigen Düften umsäuselt. Des Menschen Hand hat nichts dazu getan.«

»Dechant, ich meine, in jedem guten Haus ist Reinlichkeit die erste

Tugend, und wer sich auf Erden nicht gewaschen hat, der kommt auch nicht rein in den Himmel. Wie's in einem geistlichen Haus steht, das weiß ich nicht, dafür lass ich andere sorgen. Aber wenn ich zu sorgen hätte, wisst Ihr, was ich täte?«

»Nur zu, Base,«, rief der Junker, die Hände reibend, »steckt ihn in den Waschkessel!«

»Ach was, ihn allein! Das müsste ein Kessel sein wie der Müggelsee, und die ganze Klerisei hinein mit allen euren Salben und Öl, Äbte, Bischöfe, Klöster, Nonnen und Mönche. Und Lauge dazu, bitter salzige, und umrühren wollte ich.«

»Kochen, Base! Ein Feuer darunter, das der Gottseibeiuns heizen müsste, sonst werden sie nicht rein.«

»Das Wasser würde schwarz werden schon von euren kleinen Versecksünden, von der Eitelkeit, der Hoffart, dem Fraß, der Gleisnerei und Spiel und Trunk. Aber Wasser ist genug in der Mark. Abgeschäumt, ich würfe euch in einen neuen See. Da sötte ich aus eure Fleischessünden, doch das ist noch nicht das Größte, eure Habsucht und Herrschsucht und wie ihr verredet und verlästert, und nun wieder umgerührt.«

»Da kann ich den König schon verstehen, lieber Willibald Alexis, dass er Sie nicht sonderlich schätzt«, begann Gontard die Diskussion dieser Textpassage. »Da hat er gerade für die Katholiken den Weiterbau des Kölner Doms auf den Weg gebracht und will nun uns Protestanten mit einem gewaltigen Berliner Dom beglücken – und Sie polemisieren gegen den geistlichen Stand. Da möchte man doch ...«

Weiter kam er nicht, denn in diesem Augenblick kam Laetitia Perceval völlig aufgelöst ins Zimmer gestürzt und rief, ehe sie in Ohnmacht fiel: »Man hat unsere Mamsell erstochen! Im Keller! Schrecklich zugerichtet liegt sie da in ihrem Blut.«

Drei

Albert Bölzke bummelte durch die Stadt und suchte nach Cigarrenresten, die jemand weggeworfen hatte. Manchmal war es die Hälfte einer Havanna, deren Geschmack einem Banquier oder Dandy nicht zugesagt hatte, meist aber nur ein schäbiger Stummel. An manchen Tagen war das Rauchen für Bölzke Frühstück, Mittag- und Abendbrot, da der Tabak eine Zeitlang den Hunger beschwichtigte. Eigentlich war er von Beruf Herumtreiber und Tunichtgut, aber da er bei den Behörden als Dienstmann registriert war – mit der Konzessionsnummer 52, die auf einem Messingschild zu sehen war, das er um den Arm trug –, konnte ihn kein Constabler mitnehmen und ins Armenhaus sperren. Zudem war er in gewisser Weise unantastbar, seitdem Adolf Glaßbrenner mit seinem Volksstück *Eckensteher Nante im Verhör*, das 1832 im Königsstädtischen Theater uraufgeführt worden war, Leute wie ihn gleichsam zu Berliner Originalen gemacht hatte und manch einer zu singen pflegte:

Det beste Leben hab ick doch,
ick kann mir nich beklagen,
pfeift ooch der Wind durchs Ärmelloch,
det will ick schon verdragen.

Det Morgens, wenn mir hungern tut,
ess ick ne Butterstulle,
dazu schmeckt mir der Kümmel jut
aus meine volle Pulle.

Glaßbrenners Vorbild, den Eckensteher Nante, eigentlich Ferdinand Strumpf, geboren 1803, hatte Bölzke gut gekannt, waren sie sich doch an der Ecke Königs- und Neue Friedrichstraße oft über den Weg gelaufen und hatten sich in der nahen Destillation Eulner einen genehmigt.

In der Brüderstraße gelang es Bölzke, einem Bäckerjungen ein fast verbranntes Weißbrot abzuluchsen, das seinen gröbsten Hunger stillte, aber es gelüstete ihn auch nach etwas Fleischlichem, und so pfiff er einer dicken Mamsell hinterher, die mit einem großen Korb in der Hand dem Markt zustrebte.

Kaum hatte er seinen Pfiff ausgestoßen, da riss ein Kumpan, der dicht hinter ihm ging, heftig an seinem Ärmel. »Pass uff, Albert, dette dir nich verdächtig machst!«

»Wieso'n dit?«

»Weil se letzte Nacht 'ne Köchin umjebracht ham, abjeschlachtet wie dem Tillack sein Schwein.«

Bölzke grinste. »Ach, du meinst die Amalia Matschke bei dem Schreiberling da im Kella, dem Alexis. Det war ick doch selba, und nu versuche ick, den Criminal-Commissarius zu täuschen.«

Heinrich machte ein verdutztes Gesicht. »Vasteh ick nich.«

»Na Mensch, is doch klar wie Kloßbrühe: Der Werpel, der denkt doch nu, der Bölzke, der kann et nich jewesen sein, sonst wära nich so dämlich und pfeift die Weiba weita hintaher.«

»Ick bewundere dir, Albert! Wat du so allet an Jeist im Koppe hast! Aba wenn de eenen jesoffen hast, biste wie'n Tier.«

Bölzke hörte das gerne und setzte seine Runde fort. Er kam sich dabei vor wie ein Fuchs, denn wie der durch Wald und Feld, so streunte er durch Berlin, immer auf der Suche nach einer Beute – und sei sie noch so klein. Fernerhin genoss er das Berliner Straßenleben wie ein fortlaufendes Theaterstück.

In der Poststraße streifte ein Schornsteinfeger ein Dienstmädchen, das mit einem blau-weißen Umhang unterwegs war, und das keifte: »Ochse, mach er mich nicht weiß, er oller Müllergeselle!«

Bölzke sah auf dem Werderschen Markt Dr. Kußmaul mit dem reichen Tuchhändler Damaschke stehen.

»Wat würden Se mir raten, Herr Dokta? Ick bin 69, aber bei bester Gesundheit, habe Vermögen und will ma 'ne junge Hübsche von 19 anlachen. Glauben Se, ick könnt der so janz simpel beibringen, ick wär erst 49?«

Dr. Kußmaul lachte. »Aber nicht doch, tun Sie genau das Gegenteil! Sie wird viel eher auf Ihr Angebot eingehen, wenn Sie ihr sagen, dass Sie schon 79 sind.«

Bölzkes Stimmung wurde allmählich besser und erreichte ihren Höhepunkt, als ihm auf der Friedrichstraße das Fuhrwerk eines Speditionsgeschäftes entgegenkam und er entdeckte, dass sich sein alter Kumpan Georg oben zwischen den Colli versteckt hatte und auf jemanden wartete, dem er ein Paket in die fangbereiten Arme werfen konnte.

»Orje, hier bin ick, schmeiß wat runta!«

Und ehe der Kutscher vorn auf dem Bock reagieren konnte, hatte Georg ein Paket gegriffen und in Richtung

Bölzke geworfen. Der hatte keine Mühe, es zu fangen, und beide flüchteten mit ihrer Beute die Behrenstraße hinunter, um sich im Thiergarten vor ihrem Verfolger in Sicherheit zu bringen, was ihnen auch gelang. Als sie das Paket öffneten, jubelten sie, denn es enthielt handgedrehte Cigarren aus Vierraden. Die verscherbelten sie alsdann bei verschiedenen Händlern, die nicht lange nach der Herkunft einer Ware fragten, und machten sich einen schönen Tag, indem sie erst einmal zur Fischerstraße gingen und im »Nußbaum« aßen. Es hätte auch für ein vornehmeres Gasthaus gereicht, aber sie hatten Angst, dass ihnen dort der Viertel-Commissarius auf den Zahn fühlen würde. Angetrunken, aber immer noch aufrecht liefen sie durch die Residenzstadt und suchten nach einem Plätzchen, wo sie ein wenig Ruhe finden konnten.

»Am besten, du kommst bei mir mit inne Jartenstraße«, lallte Orje.

Sie setzten sich in Bewegung, und unterwegs stieß auch noch Heinrich zu ihnen. Zu dritt zogen sie weiter, kamen aber nur bis zum Hamburger Thor, wo ihnen ein Trupp lärmender und rauchender Arbeitsmänner den Weg versperrte. Die hatten sich mit dem Wachhabenden angelegt, dem Grenadier Bienert, der vor dem Wachtgebäude stand und nach dem Rechten sah. Er nahm einen der Arbeitsmänner ins Visier.

»Sie da, det Roochen is an diese Stelle tunlichst zu unterlassen!«

Der lachte nur. »Dumme Bemerkungen sind ooch zu unterlassen.«

Daraufhin packte Bienert ihn und wollte ihn in die Wache schleppen, doch sofort löste sich ein Arbeitsmann aus der Menge, um seinem Kollegen beizuspringen. Er packte Bienert an der Brust und suchte, ihn zu Boden zu stoßen. Augenblicklich kam eine ganze Mannschaft aus dem Wachtgebäude, um die beiden Aufsässigen zu packen und in Arrest zu nehmen. Als man sie in die Wachstube gebracht hatte, forderten die Arbeitsmänner draußen deren Freilassung, und als die Sprechchöre keinen Erfolg hatten, stieß man Drohungen aus und bewarf das Wachthaus mit Steinen. Da konnten Bölzke und seine Freunde nicht anders, als mitzumachen. Fensterscheiben gingen zu Bruch. Die Wachmannschaft stürzte heraus, um die Menge zu attackieren. Gut gezielte Würfe trafen sie an Helm und Körper. Derart herausgefordert, zog einer seinen Infanteriesäbel, um sich damit Respekt zu verschaffen. Schläge mit der flachen Seite auf den Kopf waren dazu ein bewährtes Mittel. Als einen der Ersten traf es Albert Bölzke.

Heinrich sah, wie er leblos auf dem Pflaster liegen blieb, und murmelte: »Det is nu die Strafe, detta die Matschke abjestochen und uffgeschlitzt hat.«

Vier

Der Criminal-Commissarius Waldemar Werpel lebte nach der Devise »Eile mit Weile«, und so ließ er die Suche nach dem Mörder der Mamsell Amalia Matschke langsam angehen. Bevor er mit den Gästen sprach, die am Mordabend im Hause Wilhelmstraße 97 mit Willibald Alexis das Erscheinen des Romans *Die Hosen des Herrn von Bredow* gefeiert hatten, wollte er hören, welche Erkenntnisse der Stadtphysicus beim Betrachten der Leiche gewonnen hatte. Zu diesem Zweck hatte er sich in die Charité zu begeben.

Das erste Berliner Leichenschauhaus für die Stadtphysici, wie die Rechtsmediciner zu dieser Zeit hießen, war 1811 errichtet worden. Wegen der unzumutbaren Bedingungen dort wurden ab 1839 Räume des Leichen- und Sektionshauses der Charité für diesen Zweck genutzt. 1833 war an der Friedrich-Wilhelms-Universität die Praktische Unterrichtsanstalt für die Staatsarzneikunde gegründet worden, in der die Gerichtliche Medicin und die Medicinalpolizei zusammengefasst waren. Erster Lehrstuhlinhaber war der gerichtliche Stadtphysicus Karl Wilhelm Ulrich Wagner, der die Staatsarzneikunde auch als akademisches Fach etablierte.

Wagner war am 21. Januar 1793 in Braunschweig geboren worden. Er hatte 1813 in Göttingen die medicinische

Doktorwürde erlangt und war danach in den braunschweigischen Militärdienst eingetreten, wo er 1815 nach der Schlacht bei Waterloo zum Generalstabsarzt aufgestiegen war. 1819 hatte er sich in Berlin habilitiert, um ein Jahr später außerordentlicher Professor der Staatsarzneikunde zu werden. 1826 hatte man ihn zum ordentlichen Professor ernannt, 1828 war er Criminal- und 1829 Stadtphysicus geworden.

Als Werpel ins Wagner'sche Kabinett in der Charité eingetreten war und Platz genommen hatte, war aber nicht die Mamsell Amalia Matschke das bevorzugte Thema, sondern die Schlacht bei Waterloo, an der auch er teilgenommen hatte.

»Am 28. Juni des Jahres 1815 haben wir beim Dorfe Plancenoit gestanden«, erklärte Werpel dem Stadtphysicus und legte dessen Briefbeschwerer in die Mitte der Schreibunterlage. »Das hier ist das kleine Städtchen Waterloo in der belgischen Provinz Brabant, fünfzehn Kilometer südöstlich von Brüssel. Folgt man in südlicher Richtung der Straße nach Charleroi, so trifft man wenige Kilometer von Waterloo entfernt auf zwei Höhenrücken.« Er markierte sie mit einem Brieföffner und einem Lineal. »Hier ist es gewesen, hier hat die Schlacht getobt. Ach ja, wie der General Wellington sagte: *Ich wollte, es wäre Nacht oder die Preußen kämen*.«

Auch Prof. Wagner konnte sich lebhaft an alles erinnern und berichtete, wie seine Braunschweiger in ihren schwarzen Uniformen die britische berittene Artillerie unter Captain Mercer für Franzosen gehalten und beschossen hätten. »Die haben nun mit ihrer Batterie das Feuer erwidert, und was meinen Sie, Werpel, was ich für Arbeit damit hatte, meine Leute wieder zusammenzuflicken!

Schließlich haben wir einen Reiter zu Mercer geschickt, und der hat dann in einer merkwürdigen Mischung aus breitem braunschweigischem Platt und ein paar Brocken der englischen Sprache die Anhöhe hinaufgerufen: ›Ah, mine Gott, mine Gott! Vot it is you doos, sare? Dat is your friends, de Proosiens; and you kill them! Ah, mine Gott, mine Gott! Vill you no stop, sare?‹«

Nachdem sie diese und andere Episoden ausführlich durchgegangen waren, kamen sie endlich auf Amalia Matschke zu sprechen.

»Ich habe zwölf Einstiche in den Rumpf gezählt«, sagte der Stadtphysicus. »Und dann ist ihr auch noch der Leib aufgeschlitzt worden.«

Werpel schüttelte sich. »Das erinnert mich an das Schwein vom Tillack.«

Wagner schloss die Augen. »Mich eher an die Schlachtfelder, auf denen ich ...«

»Wer kann denn so was tun?«, fragte Werpel.

»Die Kaiser, Könige und Feldherren.«

»Nein, ich meine das Schwein vom Tillack und den Mord bei Willibald Alexis.«

Der Stadtphysicus musste nicht lange nachdenken. »Nur einer aus dem Irrenhaus.«

»Da ist aber keiner entwichen. Danach habe ich mich bereits erkundigt«, sagte Werpel.

»Dann ist er bis jetzt noch nicht eingesperrt.«

Werpel nickte. »Genau das habe ich mir auch gedacht. Und meinen Sie, Herr Professor, dass der Mörder bei dem Schwein von Tillack nur geübt hat?«

»Das kann man zweifelsohne sagen. In so einem Kerl schießt es plötzlich hoch, und er stürzt sich auf alles, was lebendig ist und sich schlecht wehren kann.«

»Und woran kann man einen solchen Menschen erkennen?«, wollte Werpel wissen.

»Man kann ihn nur daran erkennen, dass man ihn an nichts erkennen kann. Das ist gerade das Schlimme. Es wird ein Mensch sein, der aussieht wie Sie und ich. Er ist im alltäglichen Leben durch und durch gewöhnlich, vermute ich, aber etwas zwingt ihn dazu, einen anderen zu töten, wenn sich eine günstige Gelegenheit bietet.«

»Der Tillack meint, dass es bei seiner Jolanthe eine Rotkappe gewesen ist«, sagte Werpel.

»Eine was?«, fragte der Stadtphysicus.

»Ein Wesen, das Krallen hat und rotglühende Augen und Menschen tötet, um mit deren Blut die Farbe seiner Kappe immer wieder zu erneuern. Vertreiben kann man es mit einem Bibelzitat.«

Wagner war zu sehr Naturwissenschaftler, um bei solchen Aussagen nicht die Augen zu verdrehen. »Ich meine keinen Kobold oder bösen Geist, sondern eine teuflische Kraft, die in der Psyche eines kranken Menschen steckt und ihn zu Grausamkeiten treibt.«

»Einerlei«, sagte Werpel. »Es ist jedenfalls blutdürstig.«

»Also suchen Sie mit aller Kraft den Mann, der von ihr befallen ist!«, rief der Stadtphysicus. »Damit mich der Leichen-Commissarius nicht zu weiteren aufgeschlitzten Leibern rufen muss.«

Werpel schnappte sich also den Constabler Krause, um mit ihm gemeinsam zur Wilhelmstraße 97 zu laufen.

»Warum mussten Se denn jrade mir nehm?«, fragte Krause. »Imma bin ick der Dumme.«

Werpel schmunzelte. »Selbsterkenntnis ist der erste Weg zur Besserung.«

Krause strahlte. »Ach so, ick soll befördert wer'n. Na, denn isset wat anderet.«

Bei Willibald Alexis in der Wilhelmstraße 97 wollte sich Werpel noch einmal den Tatort ansehen und ließ sich und den Constabler von der Gattin des Schriftstellers zunächst in den Keller führen.

»Hier habe ich die arme Mamsell gefunden und bin schreiend nach oben gelaufen, wo mein Mann und seine Gäste plaudernd beisammensaßen«, berichtete Laetitia Perceval.

Werpel wartete auf eine Intuition. »War die Matschke schon lange bei Ihnen?«

»Nein, sie war nur an diesem Abend zur Aushilfe im Haus, weil mein Mädchen allein nicht alles schaffen konnte.«

Werpel trug diese Aussage in seine Kladde ein, weil sie ihm irgendwie bedeutsam erschien. »Es können also nicht allzu viele Menschen gewusst haben, dass sie bei Ihnen war?«

»Eigentlich nur ihre Mutter und ihre Schwester.«

»Die werden wir auch noch anhören, danke.« Werpel fiel noch etwas ein. »Ist denn die Mamsell von sich aus in den Keller gegangen, oder haben Sie sie geschickt?«

Laetitia Perceval versuchte sich zu erinnern. »Nein, ich habe sie nicht geschickt, sie ist wohl in den Keller gegangen, um neuen Wein zu holen.«

»Und wann war das ungefähr?«

»Es muss so zwischen zehn und halb elf gewesen sein.«

»Und von der Straße aus hatte jedermann Zugang zum Keller?«

»Von der Straße aus kommt man nicht in den Keller«,

erklärte Laetitia Perceval, »aber vom Hof her, und auf den gelangt man unbemerkt von der Leipziger Straße.«

Werpel seufzte. »Es hätte demnach jeder in den Keller eindringen können.«

»Ick weeß nich, wat Sie ham«, sagte der Constabler Krause. »Wenn wa den Täta erst ham, dann zeicht der uns, wie et jewesen is, und allet is janz einfach.«

Werpel wurde immer mutloser, denn er ahnte schon, dass alles, was er unternahm, nichts nutzen würde. Aber seine Oberen und die Bürger erwarteten von ihm, dass er irgendwelche Maßnahmen ergriff. Er ließ sich zu Willibald Alexis führen und hoffte, dass der eine Idee haben würde.

Doch der Schriftsteller zuckte mit den Schultern. »Nein, ich kann Ihnen nicht weiterhelfen. Aber einen Augenblick bitte, ich glaube, da draußen reißt mein Freund Hitzig am Klingelzug, und der ist schließlich einst Criminalrath gewesen und kennt mehr Criminalfälle als ich, vielleicht fällt ihm etwas ein.«

Werpel freute sich, dass ihm der Weg zu Julius Eduard Hitzig erspart blieb, und bat ihn, nachdem man sich begrüßt hatte, um seine Meinung im Fall Amalia Matschke. »Ich frage Sie sozusagen auf dem Wege der Amtshilfe.«

»Was mich am meisten erschüttert, ist die Tatsache, dass wir hier oben im Zimmer keine Schreie gehört haben«, sagte Hitzig. »Der Mörder muss ihr also den Mund zugehalten oder sie vorher betäubt haben. Wie auch immer, die große Frage ist erst einmal, ob der Täter zufällig auf die Matschke gestoßen ist oder schon vorher in irgendeiner Beziehung zu ihr gestanden hat. Aber wenn ich an das Schwein denke, das bei Tillack abgestochen worden ist, dann ist von demselben Täter auszugehen, und wir haben es mit einem Mann zu tun, der durch die Stadt geistert und nach immer neuen Opfern sucht. Die Morde an dem Schwein und an der Mamsell können so gesehen erst der Anfang gewesen sein. Menschliche Ungeheuer hat es zu allen Zeiten gegeben.«

»Ja, sicher«, stimmte der Constabler Krause ihm zu. »Ick denke da nur an den Tschech.« Heinrich Ludwig Tschech hatte am 26. Juli 1844 mit einer Pistole ein fehlgeschlagenes Attentat auf Friedrich Wilhelm IV. verübt, und die Berliner sangen über ihn: »Hatte je ein Mensch so'n Pech / wie der Bürgermeister Tschech, / dass er diesen dicken Mann / auf zwei Schritt' nicht treffen kann!«

Hitzig verdrehte die Augen. »Beide Fälle sind doch nicht vergleichbar. Tschech war doch nicht von Mordgelüsten erfüllt, er war ein neuer Michael Kohlhaas, der nicht hinnehmen wollte, dass man ihn in Storkow als Bürgermeister abgesetzt hatte.«

Werpel zog seine Kladde hervor. »Wenn ich mir einmal notieren dürfte, wer hier alles zu Gast gewesen ist, als die Matschke getötet wurde ...«

»Ich muss doch sehr bitten!«, rief Willibald Alexis. »Für meine Gäste lege ich meine Hand ins Feuer.«

»Keiner hat sich auch nur für länger als eine Minute aus dem Zimmer entfernt«, fügte Hitzig hinzu. »Und als die Ersten gegangen sind, hat die Mamsell noch gelebt.«

Werpel machte eine beschwichtigende Geste. »Ich will auch nur wissen, ob jemand eine Beobachtung gemacht hat, die uns auf die Spur des Täters bringen könnte.«

»Nun gut.« Alexis und Hitzig nannten ihm die Namen aller, die das Erscheinen der *Hosen des Herrn von Bredow* gefeiert hatten.

Der Criminal-Commissarius bedankte sich und zog

gemeinsam mit dem Constabler Krause in den nächsten Stunden und noch am nachfolgenden Tag durch die Stadt, um Ludwig Tieck, Konrad von Sandkirchen, Daniel Grahsen und einige andere zu befragen, doch niemand hatte etwas beobachtet, das ihn weiterbringen konnte. Als Letzter kam Christian Philipp von Gontard an die Reihe. Zu dem hatte Werpel ein ausgesprochen zwiespältiges Verhältnis. Einerseits hatte ihm der Artillerie-Offizier schon bei der Aufklärung mancher Fälle geholfen, andererseits aber auch dafür gesorgt, dass Werpel sich nichtsnutzig und jämmerlich vorkam und Angst haben musste, von den Leuten verspottet zu werden. Er fand ihn in der Vereinigten Artillerie- und Ingenieurschule.

»Sie wissen bestimmt schon, wer es war«, begann Werpel die Unterredung mit ihm.

Gontard lächelte. »Sie wohl auch, sonst hätten Sie keinen Constabler mitgebracht.«

Krause freute sich, dass er einmal beachtet wurde. »Ja, ick bin da, wenn eena festjenommen wer'n soll, aba vorher schon jeflüchtet is.«

»Was sagt Ihnen Ihr Instinkt im Fall der Amalia Matschke, Herr von Gontard?«, fragte Werpel.

Gontard musste nicht lange überlegen. »Willibald Alexis und Julius Eduard Hitzig werden dahinterstecken. Sie haben es getan, um einen spektakulären Fall für ihr Werk *Der neue Pitaval* zu haben – mit der Überschrift *Der Mamsellenmörder*.«

»Bis jetzt ist nur eine Mamsell aufgeschlitzt worden«, wandte Werpel ein.

»Zu befürchten ist, dass es nicht dabei bleiben wird«, sagte Gontard nun mit dem gebotenen Ernst. »Denn alles deutet auf einen kranken Verbrecher hin.«

Werpel nickte. »Das vermute ich ebenfalls, aus einer Irrenanstalt ist aber keiner entwichen, da habe ich schon meine Erkundigungen eingezogen.«

»Wie kann einer entweichen, der noch gar nicht eingeliefert worden ist?«, überlegte Gontard. »Der Mann wird als gewöhnlicher Bürger unter uns leben – bis ihn dann immer wieder sein Fieber packt.«

»Sie meinen, dass wir also gar nichts anderes tun können als warten, bis er wieder jemanden tötet?«

Gontard nickte. »So ist es. Besonders schmerzlich für mich ist, dass ich Ihnen nicht weiterhelfen kann, obwohl ich ganz in der Nähe war. Aber wir haben oben bei Willibald Alexis wirklich nicht einen einzigen verdächtigen Laut gehört, keinen Schrei, nichts. Auch als ich zwischendurch einmal aus dem Fenster gesehen habe, ist mir nichts Verdächtiges aufgefallen. Die entscheidende Frage ist für mich, ob die Mamsell schon seit längerem von einem Kerl verfolgt worden ist oder ob es ein Zufall war, dass es ausgerechnet sie getroffen hat. Haben Sie sich denn schon im Umkreis der Matschke umgehört?«

»Nein, so weit waren wir noch nicht. Wir gehen aber anschließend zu ihrer Familie.«

Sie fanden Marie Matschke, die Mutter, und Anna, eine jüngere Schwester der Ermordeten, in einer Kellerwohnung in der Commandantenstraße, in der sie für andere Leute Wäsche wuschen und plätteten. Ihre Tränen waren versiegt, sie fügten sich stumm in das, was das Schicksal ihnen angetan hatte.

»Ich hatte zehn Kinder«, sagte Marie Matschke. »Vier sind mir im Wochenbett gestorben, das fünfte ist nun umgebracht worden, bleibt mir immer noch die Hälfte. Na, wenn det nüscht is!«

»Ich kondoliere«, sagte Werpel und wartete, bis Marie Matschke ihr Bügeleisen beiseitegestellt hatte, um ihr die Hand zu drücken. »Wir werden auch alles tun, damit der Mörder gefasst wird. Gab es denn einen Mann, der Ihrer Tochter nachgestellt hat?«

»Die Amalia hatte keinen Bräutigam, leider.«

»Doch, Mutta, da war immer so ein Rumtreiber, der hinter ihr her war.« Ihre Tochter versuchte sich zu erinnern. »Bölzke heißt er.«

»Albert Bölzke!«, rief Werpel. »Ja, den kenne ich, der hat schon einiges auf dem Kerbholz.«

Sie zogen los, Bölzke zu suchen, fanden ihn aber erst am nächsten Morgen in der Stadtvogtei, wo er des Nachts wieder einmal als Schnapsleiche eingeliefert worden war. Mittlerweile war er schon weitgehend ausgenüchtert.

»Kennen Sie eine Amalia Matschke?«, fragte Werpel ihn.

Bölzke gähnte. »Wer soll'n das sein?«

»Na, die Mamsell, die Se uffjeschlitzt ham!«, rief Krause, woraufhin Werpel ihn mit einem Blick strafte, der seinen Ärger über die voreilige Äußerung des Constablers erkennen ließ.

Bölzke war im Nu hellwach. »Und nun wollen Sie mir det anhäng'n?«

Werpel blickte ihn eindringlich an. »Wir wissen, dass Sie der Matschke nachgestellt haben, um mit ihr in Beziehung zu treten.«

Bölzke winkte ab. »Die war mir viel zu dick!«

»Und trotzdem wollten Sie mit ihr anbändeln!« Werpel hatte die Absicht, ihn herauszufordern.

»Jeder leidet mal unter Geschmacksverirrung, Herr Commissarius.«

Werpel versuchte es nun mit dem *Erlkönig*: »*Und bist du nicht willig, so brauch ich Gewalt.*«

Bölzke grinste. »Nee, Sie, an dem Abend, wo sie die Mamsell abgestochen ham, da bin ick bestimmt nich durch Nacht und Wind jeritten.«

Jetzt hatte Werpel etwas entdeckt, das ihm fast einen Jubelschrei entlockt hätte. »Und wie kommt das Blut da auf Ihre Jacke?«

»Det is mein eijenes.«

»Wie kam es denn dazu?« Werpel zweifelte an dieser Aussage.

»Na, als wir am Hamburger Thor 'n bisschen Rabatz jemacht ham, hat mir einer von die Wachleute mit sei'm Säbel eens übern Schädel jezogen. Seh'n Se nich die Narbe hier?«

»Das war doch, nachdem Sie die Matschke abgestochen haben!«, hielt Werpel ihm entgegen.

»Hiermit sind Se festjenommen«, sagte Krause. »Ich wusste doch, det ick nich die janze Zeit über umsonst mit dem Herrn Commissarius mitjelatscht bin.«

Fünf

Gedankenverloren saß Christian Philipp von Gontard in seinem Bureau in der Vereinigten Ingenieur- und Artillerieschule. Ihm war, als würden die höheren Mächte seine Leidenschaft zur Mörderjagd missbilligen und sich über ihn lustig machen: Da hältst du dich für so unendlich klug und weise - und merkst nicht, wie ganz in deiner Nähe jemand abgestochen wird! Minuten, bevor sie ermordet worden war, hatte die Mamsell Amalia Matschke noch ins Zimmer gesehen und gefragt, ob noch Weißwein gewünscht würde, und er war es, der gerufen hatte: »Ja, ich bitte sehr darum!« Hätte er nichts mehr trinken wollen, dann wäre sie nicht in den Keller geeilt - und lebte noch. Natürlich trug er im juristischen und moralischen Sinne keine Schuld an ihrem Tod, dennoch lastete alles schwer auf ihm. Ja sicher, auch Willibald Alexis, Julius Eduard Hitzig und zwei, drei andere der Herren hatten etwas trinken wollen, aber erst, nachdem er sich gemeldet hatte. Vielleicht hätte er weniger gelitten, wenn die Matschke mit einer Pistolenkugel oder einem einzigen gutgezielten Schuss getötet und nicht so grausam zugerichtet worden wäre. Die Gedärme waren ihr aus dem Bauch gequollen! Ihm wurde noch immer übel, wenn er daran dachte. Und wieder und wieder hörte er seine innere Stimme: Du allein bist schuld, dass es so gekommen ist! Er kam von dem Bild nicht los, das sich ihnen im Keller bei Willibald Alexis geboten hatte, als sie nach dem Schrei seiner Frau nach unten gestürzt waren. Er hätte nie gedacht, dass so viel Blut im Körper eines Menschen kreisen würde. Fünf bis sechs Liter waren es, hatte er von Kußmaul erfahren. Und dann dieser massige Körper der Matschke! Der Mörder hatte ihr die Kleidung vom Leib gerissen.

Gontard schüttelte sich. Er regte sich zwar auf, wenn die Berliner in ihrer drastischen Art Vergleiche mit Tillacks Jolanthe zogen, aber auch er hatte im ersten Augenblick die Assoziation gehabt, dass hier ein Tier von einem anderen gerissen worden war. In Wutike waren einige Male Fuchs und Marder in seinen Hühnerstall eingedrungen und hatten, weit über ihren Hunger hinaus, Dutzende von Tieren getötet. Aber auch ein anderer Gedanke ging ihm durch den Kopf: dass jemand womöglich als junger Mensch in den Krieg gegen Napoleon gezogen war und es bis heute nicht verkraftet hatte, wie sein Bajonett damals, mit einer aufschießenden Blutfontäne, in den Leib der feindlichen Soldaten gefahren war. Oder dass alles einen rituellen Hintergrund hatte. Von den Hindus hörte man, dass sie bei bestimmten Festen Tausende von Tieren opferten. Sollte auch hier im nüchtern-rationalen Berlin jemand glauben, die Welt erlösen zu können, indem er ein Tier abschlachtete? Nun gut, das könnte man annehmen, wenn er sich nur Tillacks Schwein ausgesucht hätte ... Warum hatte er dann aber auch die Mamsell Matschke getötet? Waren es womöglich zwei Täter? Jedenfalls hatte der Leichen-Commissarius, mit dem er schon gesprochen hatte, die Frage, ob man der Matschke Gewalt angetan hatte, verneint. Gontard überlegte, ob er mit Professor

Ideler von der Charité sprechen sollte, aber er glaubte nicht, dass Ideler wirklich etwas von den Tiefen der menschlichen Seele verstand. Wo gab es schon einen Gelehrten, der Einblicke in die Abgründe der Seele hatte? Er musste mit Kußmaul darüber reden und auch überlegen, wie man verhindern konnte, dass es weitere Bluttaten gab. Werpel durfte man in dieser Sache nicht allein lassen.

In diesem Augenblick wurde an seine Bureautür geklopft. Er fuhr zusammen und brauchte Sekunden, um zu begreifen, wo er war. »Ja bitte, herein!«, rief er schließlich.

In der Tür stand Georg von Glombeck und fragte ihn, wo er denn bliebe, sein Unterricht habe schon vor zehn Minuten beginnen sollen.

»Mein Gott!« Gontard fühlte sich wie bei einer sündigen Tat ertappt und suchte, anfangs stammelnd, nach einer Rechtfertigung für seine Nachlässigkeit. »Ich ... ich ... bin da in eine Angelegenheit involviert ... Sie kennen doch meine Leidenschaft dafür, Verbrechen aufzuklären, und da gibt es momentan diese grausamen Morde, erst das Schwein bei Tillack und dann ...« Er wusste, dass er diesen Satz so nicht zu Ende bringen konnte. »Ja, es steht auch in der *Vossischen*, dass ich bei Willibald Alexis zu Gast war, als es geschah. Wie dem auch sei, ich komme schon! Worüber wollten wir heute sprechen?«

»Über Raketen bei der Artillerie«, antwortete von Glombeck.

»Aha, danke ...« Gontard raffte seine Unterlagen zusammen und lief in Richtung Hörsaal. Zum Glück hatte er sich gut vorbereitet und konnte seinen Offizieren einiges Interessante berichten.

»Der erste überlieferte Raketenstart fand, wie sollte es anders sein, im Kaiserreich China statt, und zwar 1232, noch bevor hier in der Mark Brandenburg die Bayern herrschten und der Falsche Waldemar in Erscheinung trat. Aber zurück zu den Chinesen! Im Krieg gegen die Mongolen setzten sie bei der Schlacht von Kaifeng eine Art Rakete ein, das heißt, sie schossen eine Vielzahl simpler, von Schwarzpulver angetriebener Geschosse auf die Angreifer ab. Die Raketen sollten weniger den Gegner verletzen, als die feindlichen Pferde erschrecken. Rund drei Jahrhunderte vergingen, bis auch wir Europäer so weit waren. Hier gab es den ersten dokumentierten Start einer Rakete 1555 im siebenbürgischen Hermannstadt. Der Flugkörper verfügte über ein Drei-Stufen-Antriebssystem. Wieder sollte viel Zeit vergehen. 1804 dann stellte der Engländer William Congreve mit der von ihm entwickelten und später nach ihm benannten Raketenwaffe, einer Art Brandrakete, erste größere Versuche an. Sie wurde 1806 bei Boulogne, 1807 beim Bombardement von Kopenhagen, 1809 beim Angriff auf die französische Flotte bei Île d'Aix und bei der Beschießung von Vlissingen sowie 1813/14 vor Glückstadt eingesetzt. Während der Befreiungskriege schickten die Engländer ihren Verbündeten Raketenbatterien, die 1813 bei den Belagerungen von Wittenberg und Danzig sowie in der Völkerschlacht bei Leipzig zum Einsatz kamen. Congreves Raketen wurden ferner im Krieg von 1812 gegen die Amerikaner eingesetzt.«

Es wurde nun über die Raketenwaffe diskutiert, und die Mehrheit der Anwesenden war dafür, sie in Preußen nicht einzuführen, weil sie gegenüber den üblichen Artilleriegeschossen keine Vorteile zu bieten schien. Erst wenn es die Technik möglich machen würde, sie vom Abschusspunkt aus präzise ins Ziel zu lenken, wäre die Raketenwaffe vorzuziehen. Die meisten im Raum hielten das allerdings für völlig unmöglich. »Sie kann doch keinen kilometerlangen elektrischen Draht hinter sich herziehen!«, rief einer.

Nach seiner Unterrichtsstunde machte sich Gontard, ohne es besonders eilig zu haben, auf den Weg zum Berliner Schloß, wo er im Geheimen Kabinett für Militärangelegenheiten einen Vortrag über den Ausbildungsstand der preußischen Artillerie-Offiziere zu halten hatte. Mit einer Aktenmappe unter dem Arm schlenderte er die Linden hinunter, bis er auf der Schloßbrücke den Criminal-Commissarius Waldemar Werpel entdeckte, wie dieser, weit über das Geländer gebeugt, in die trüben Wasser der Spree hinunterstarrte.

»Na, lauern Sie auf ein Leichenteil, das in Richtung Spandau treibt?«

»Mir war übel«, erklärte ihm knapp Werpel, dessen leicht gelblich grüne Gesichtsfarbe eigentlich schon alles erklärte.

Gontard grinste. »Ihnen ist wohl der Fall der Mamsell Matschke auf den Magen geschlagen, wie?«

»Ich muss irgendetwas gegessen haben, das schon verdorben war.«

Gontard nickte und kommentierte diese Aussage mit einem leicht variierten Hamlet-Zitat. »Ja, ja, *something is rotten in the state of Prussia.*«

»Wer hat sich zusammengerottet?«, fragte Werpel, der, zum Glück für Gontard, kein Englisch verstand.

»Ich denke, die Arbeitsmänner am Hamburger Thor haben sich zusammengetan.«

»Genau!« Werpel kämpfte gegen einen neuen Brechreiz, konnte aber diesmal standhalten. »Dort wurde auch der Bölzke mit dem Säbel am Kopf getroffen.«

»Wer ist Bölzke?«, fragte Gontard.

Werpel erklärte es ihm. »Verdächtig ist er, weil sie mir bei den Matschkes zu Hause erzählt haben, dass er hinter der Amalia her war, und sein Hemd voller Blutspritzer war. Aber er behauptet, dass es sein eigenes Blut sei, weil ihn der Wachtmann am Hamburger Thor mit dem Säbel getroffen hat.«

»Hatte er denn eine Wunde am Kopf?«

Werpel verneinte das. »Es soll von seiner blutenden Nase gekommen sein, die er dadurch bekam, dass er zu Boden gestürzt ist.«

Gontard nickte. »Daraufhin haben Sie ihn wieder laufenlassen?«

»Ja, aber nur ...«, Werpel senkte seine Stimme, »... damit er seine nächste Tat begehen kann.«

»Wie meinen Sie das?« Gontard war verwundert über Werpels Vorgehen.

»Bisher kann ich nicht beweisen, dass Bölzke der Mamsellenmörder ist. Aber wenn es dunkel wird, dann folge ich ihm unauffällig, um ihn auf frischer Tat zu ertappen.«

»Sehr gut«, lobte Gontard ihn für diese Strategie. Auch er fand, dass man etwas anderes kaum tun konnte. »Ich an Ihrer Stelle würde meine Constabler auch nach blutigen Kleidungsstücken suchen lassen. Der Täter muss sich ziemlich beschmutzt haben, und irgendwie muss er seine Kleider auch beiseiteschaffen. Dass er sie verbrennt, denke ich nicht, denn das wäre im Frühjahr zu auffällig.«

»Apropos Kleidung, der Tillack meint, dass der Mörder ’ne Rotkappe sein kann.«

Gontard lachte. »Ein Soldat mit einer roten Mütze, ein Franzose also?«

»Nein, eine Rotkappe ist ein Kobold mit Krallen und

rotglühenden Augen. Der tötet Menschen, um mit deren Blut die Farbe seiner Kappe immer wieder aufzufrischen.«

Gontard war nachdenklich geworden. »Dann wäre der Mörder womöglich einer aus dem Irrenhaus.«

»Ich habe schon mit Herrn Professor Ideler gesprochen«, sagte Werpel. »Aus seiner Abteilung ist aber niemand entwichen.«

Gontard zog seine goldene Uhr aus der Westentasche. »Oh, ich glaube, ich muss mich beeilen, man erwartet mich im Schloss.«

Die Führer durch die preußische Residenz schwärmten vom Berliner Schloss, an dem seit vier Jahrhunderten gebaut wurde:

Es imponiert durch erhabene Großartigkeit und einfache Pracht. Die schöne Façade an der Wasserseite mit Erkern und Thürmen, der ältere Theil des Schlosses, erinnert an die romantische Ritterzeit. Eine andere Erinnerung, die sich an das Schloß knüpft, ist die weiße Frau, die zu Zeiten durch die Gemächer des Schlosses wandeln und den Tod eines Gliedes der königlichen Familie verkünden soll. Für den Berliner ist das Schloß der Mittelpunkt der wichtigsten historischen und politischen Erinnerungen. Hier wurden Feste und Turniere, Vermählungen, Taufen und Besuche gefeiert; hier feierte man Friedrichs des Großen Siege; hier wohnte Napoleon; hier ruhte die Leiche der Königin Luise; hier wurde dem König Friedrich Wilhelm IV. die Krone auf das edle Haupt gesetzt.

Gontard stand dem Bau eher ablehnend gegenüber, obwohl auch Verwandte von ihm an seiner Vollendung mitgewirkt hatten. Auf irgendeine Art fühlte er sich dem

Berliner Unwillen von 1447/48 verbunden, dem Widerstandskampf der Berliner und Cöllner Stadtbürger gegen den Bau einer Burg auf der Spreeinsel – an jener Stelle, an der später das Schloss erbaut wurde. Für die Bürger hatte sie eine Zwingburg der Hohenzollern dargestellt, die ihre städtische Autonomie gefährdete.

Aber das Ganze hatte sich nicht aufhalten lassen, und heute freute sich das biedermeierliche Berlin darüber, dass unter der Regie von Friedrich August Stüler und Albert Dietrich Schadow eifrig am neuen Kuppelbau gewerkelt wurde. Der Entwurf stammte vom König, und Karl Friedrich Schinkel hatte ihn bearbeitet.

Das Militärkabinett war ein unmittelbares Organ der Kommandogewalt des preußischen Königs zur Bearbeitung von Personalsachen des Offizierkorps und zugleich Vermittlungsstelle für die Militärbehörden. Sein Leiter war August Wilhelm von Neumann-Cosel, ein Generalleutenant der Infanterie aus dem oberschlesischen Neiße, der sich in den Feldzügen gegen Napoleon hervorgetan hatte.

Gontard betrat den Innenhof des Schlosses und sah ein wenig hilflos zu den vielen Fenstern hinauf, als würde dort derjenige stehen, der ihn erwartete, und ihm den Weg weisen. Da dies nicht geschah, fragte er einen der vorübereilenden Lakaien. Sechshundert Zimmer hatte das Schloss, und in diesem Labyrinth konnte man sich leicht verirren.

»Entschuldigen Sie, wissen Sie, wie ich zum Militärkabinett komme?«

»Dorthin kommen Sie gar nicht. Da hätten Sie schon gegen Napoleon dabei sein müssen, aber zu der Zeit waren Sie wohl noch zu klein.« Schon war er verschwunden.

Gontard kannte seine Berliner und musste zugeben, dass der Mann so unrecht nicht hatte. Er machte sich auf den Weg zum Kastellan, um den um Auskunft zu bitten. Doch er hatte nur ein paar Schritte getan, als sich eine Hand auf seine Schulter legte.

»Darf ich Ihnen helfen, Herr von Gontard?«

Gontard erschrak und brauchte einen Augenblick, um den Mann einzuordnen. »Oh, wir kennen uns von Willibald Alexis her.« Natürlich, es war Konrad von Sandkirchen, der Obergewandkämmerer des Königshauses. »Sie wohnen und arbeiten ja hier – bestimmt können Sie mir weiterhelfen.«

»Ich vermute, Sie wollen zur Sitzung des Militärkabinetts.«

»Gut geraten!«, sagte Gontard. »Ich soll Auskunft darüber geben, welche meiner Artillerie-Zöglinge das Zeug zur Karriere haben.«

»Dann folgen Sie mir bitte, denn ich glaube, Neumann-Cosel sitzt heute mit seinem Stab im Grünen Hut, im Runden Zimmer.«

Der »Grüne Hut«, nach seinem hutförmigen Kupferdach so benannt, war ein runder, in neuerem Mauerwerk größtenteils versteckter Turm der alten befestigten Burg des Markgrafen Friedrich II. Bis zur Zeit des Großen Kurfürsten hatte er als Gefängnis gedient, und es hieß, hier habe auch die Eiserne Jungfrau, ein Folterwerkzeug, gestanden.

Sie hatten ein Stückchen zu gehen, und unweigerlich kam die Rede auf die ermordete Mamsell. Auch Konrad von Sandkirchen zeigte sich erschüttert.

»Da bringt die Mamsell eben noch den Wein – und wenig später ist sie tot und grausam zugerichtet.«

Gontard stieß einen tiefen Seufzer aus und übte sich in Selbstironie. »Ich aber habe keine Idee, wie ich ihren Mörder finden könnte – und dies, obwohl ich doch seit Jahren davon ausgehe, unübertrefflich zu sein, was das *Detegere* betrifft.«

»*Detegere*?«, fragte Konrad von Sandkirchen.

»Das ist das lateinische Verb für entdecken, aufdecken.«

Der Obergewandkämmerer war erstaunt. »Ich wusste gar nicht, welchen Leidenschaften unsere Offiziere nachgehen.«

Gontard lachte. »Es ist nun einmal so, dass der Hof nicht alles weiß, was im Volke geschieht.«

Konrad von Sandkirchen nickte. »Der Hofstaat ist eben ein Staat im Staate, wie das Wort schon sagt. Das mag strittig sein, aber mit Leibniz neige ich dazu, unsere Welt als die beste aller möglichen anzusehen.«

»Da kann ich Ihnen nur zustimmen«, sagte Gontard. »Mit der Einschränkung allerdings, dass die beste aller möglichen Welten dynamisch zu denken ist: Nicht der derzeitige Zustand der Welt ist der bestmögliche, sondern die Welt mit ihrem Entwicklungspotential ist die beste aller möglichen Welten.«

Konrad von Sandkirchen ging nicht auf den Zündstoff ein, der in dieser Bemerkung enthalten war, sondern kommentierte diese leichthin mit Heraklit: »Ich weiß, *man kann nicht zweimal in denselben Fluss steigen*.«

»Was die Spree betrifft, ganz sicher nicht, denn man verschluckt sich schon beim ersten Mal an einem Stück Kot.«

»Ich bitte Sie, mein lieber Herr von Gontard – ich bin ein sehr empfindsamer Mensch.«

Sie plauderten noch ein wenig über Philosophisches

wie etwa die unzureichende Entsorgung der Fäkalien in Preußens Residenz, dann waren sie am Grünen Hut angekommen. Gontard bedankte sich bei Konrad von Sandkirchen für seine Dienste als Cicerone, dann trat er ins Runde Zimmer, um von Neumann-Cosel und seine Offiziere zu begrüßen. Schnell war die heutige Sitzung eröffnet.

»Ich danke Ihnen im Namen des Königs für Ihr Kommen, meine Herren. Es geht heute um die Frage, welche unserer jungen Offiziere das Zeug zum schnellen Avancement haben. Ich habe vor mir eine Aufstellung der verschiedenen Waffengattungen liegen und werde jetzt die Namen einzeln aufrufen und um Ihre Stellungnahme bitten.«

Erst war die Infanterie an der Reihe, und Gontard hatte Zeit und Muße, das Ambiente des Runden Zimmers auf sich wirken zu lassen. Vor allem drei Gemälde weckten Gontards Interesse, und er versuchte, die Bildinschriften zu entschlüsseln. Nach gut zwanzig Minuten hatte er sie entziffert: *Pesne, Bildnis der Königin von Schweden – La Fosse, Der verlorene Sohn – Wouwerman, Pferdemarkt.* Am besten von den dreien kannte er Antoine Pesne, den preußischen Hofmaler, dessen hundertster Todestag in elf Jahren zu feiern war. Auch Charles La Fosse, Großonkel Pesnes und Hofmaler Ludwigs IV., war ihm einigermaßen vertraut. Nur über Philips Wouwerman, einen niederländischen Barockmaler, wusste er wenig – allenfalls, dass er noch einmal an die 150 Jahre älter sein mochte als die beiden Erstgenannten und sich offenbar auf Pferde spezialisiert hatte. Gontard sah sich durch den Grunewald reiten – und fuhr zusammen, als plötzlich sein Name fiel.

»Was können Sie uns über ihn berichten?«, fragte ihn von Neumann-Cosel.

Gontard sah den Generallieutenant mit großen Augen an. »Über Philips Wouwerman?«

»Nein, über Georg von Glombeck.«

»Georg von Glombeck«, wiederholte Gontard, um Zeit zu gewinnen. »Er ist zweifellos ein sehr alerter, einfallsreicher junger Mann – einer, der sich von den anderen abheben und nicht nur im Strom mitschwimmen will.«

Ein hoher Offizier vom 3. Preußischen Artillerieregiment in Magdeburg meldete erhebliche Bedenken gegen von Glombeck an. »Ja, klug und keck mag er sein, weit über dem Niveau seiner Kameraden, aber ich erinnere mich noch gut daran, dass ein Bombardier Klage gegen ihn eingereicht hat. Seine Frau habe ihn bekocht, und Glombeck habe sie Mal für Mal bedrängt, sich mit ihm einzulassen.«

Gontard horchte auf. Sollte Glombeck schon früh einen Hang dazu gehabt haben, füllige Mamsellen verführen zu wollen? Das war eine Spur, der nachgegangen werden sollte.

Nach drei Stunden entließ Neumann-Cosel die eingeladenen Offiziere, und Gontard machte sich auf den Heimweg. Unterwegs fiel ihm ein, dass er Henriette versprochen hatte, ihr ein Mittel gegen ihre Magenschmerzen mitzubringen. So trat er in die Polnische Apotheke in der Friedrichstraße ein, wo ihn aber nicht Dr. Julius Schacht bediente, sondern Theodor Fontane, den er kannte, seit der 1839 seine erste Novelle *Geschwisterliebe* veröffentlicht hatte und 1843 von Bernhard von Lepel in den literarischen Verein »Tunnel über der Spree« eingeführt worden war.

»Sie sind wieder hier?« Gontard gab seinem Erstaunen Ausdruck.

»Ja, ich war doch nur vierzehn Tage in England.«

Gontard wurde präziser. »Ich meine, Sie sind wieder hier in der Apotheke und nicht mehr in der Kaserne?« Das bezog sich darauf, dass Fontane seinen Militärdienst als Einjährig-Freiwilliger beim Kaiser-Franz-Garde-Grenadier-Regiment No. 2 abgeleistet hatte.

»Nein, meinen Dienst habe ich hinter mich gebracht. Er hat mir sehr viel Freude bereitet. Es ist ja bekannt, dass ich das Militärische mag.« Fontane nahm den Zettel entgegen, den Gontard ihm reichte. »Nach der Zeit in der Kaserne war ich dann eine Weile in der väterlichen Apotheke in Letschin.«

»Das Dorfleben an der Oder muss Ihnen gutgetan haben, Sie machen einen sehr zufriedenen Eindruck.«

»Ach, wissen Sie, wer immer unzufrieden ist, der taugt nichts und ist meist dünkelhaft und boshaft dazu. Während man sich über andere lustig macht, lässt man selber viel zu wünschen übrig.« Fontane reichte Gontard ein Tütchen mit Kräutertee über den Ladentisch. »Dies hier ist für Ihre Frau, der ich gute Besserung wünsche.«

Gontard bedankte sich, trat wieder auf die Straße hinaus und lief in Richtung Dorotheenstraße. Nach wenigen Schritten kam ihm sein Freund Friedrich Kußmaul entgegen und überredete ihn, noch für ein halbes Stündchen mit ins Lesecafé Stehely zu kommen. Dort trafen sie auf den Zeitungsschreiber Grahsen, den Gontard bei Willibald Alexis kennengelernt hatte, und den Schriftsteller, Dramatiker und Journalisten Karl Ferdinand Gutzkow. Sein 1835 erschienener Roman *Wally die Zweiflerin* war in Preußen verboten worden, wie bald alle seine Schriften, und 1836 war er wegen Verächtlichmachung der Religion zu einem Monat Gefängnis verurteilt worden. 1843 aber durften seine Werke wieder erscheinen.

»Dafür sind meine Schriften jetzt in Österreich verboten«, sagte Gutzkow. Man hatte sich über seine 1845 erschienenen *Wiener Eindrücke* an der Donau zu sehr erregt. »Und dennoch, seit ich eine Weile in Wien gelebt habe, möchte ich auf den Wiener Kaffee und auf seine vielen phantastischen Zubereitungsarten nicht mehr verzichten.« Um dies zu unterstreichen, rief er der Bedienung zu: »Bitte, einen Umgestürzten Neumann!«

»Pst!«, machte Gontard. »Wenn hier das Wort Umsturz fällt, laufen die Schnüffler sofort zu Doktor Wiesenburg, und man bringt uns in die Stadtvogtei.«

Sie kamen zu einem Thema, das weniger gefährlich war: die Ermordung der Mamsell Matschke im Hause des Willibald Alexis.

Gontard sah Friedrich Kußmaul an. »Du hast doch ein wenig Kenntnis von dem, was man neuerdings als Psychiatrie bezeichnet.«

Kußmaul gab sich bescheiden. »Darüber weiß ich kaum etwas, eigentlich nur, dass der Begriff von Johann Christian Reil aus Halle geprägt worden ist. Etymologisch ist er aus griechisch *psyche*, das heißt Seele, und *iatrós*, Arzt, zusammengesetzt und bedeutet wörtlich übersetzt etwa Seelenheilkunde, aber wir wissen über die menschliche Seele ebenso wenig wie über das Leben auf Mars und Venus, und dieser Ideler in der Charité weiß noch viel weniger.«

»Ich wüsste gern, was den Mörder der Matschke an- und umtreibt. Wer könnte mir denn dabei weiterhelfen?«

Kußmaul überlegte. »Karl Georg Neumann ist ein fähiger Mann, aber der hat seinen Wirkungskreis nach Trier verlegt, und Wilhelm Griesinger, dessen Buch *Pathologie und Therapie der psychischen Krankheiten* wirklich ein Meilenstein ist, sitzt in Tübingen. Aber dass einer der beiden in der Lage ist, anhand der Tatmerkmale Rückschlüsse auf den Täter zu ziehen, halte ich für ausgeschlossen. Wäre der Mann vorher auffällig geworden, dann wäre er schon im Irrenhaus. Also vermute ich, dass er ein nach außen hin ganz unauffälliger Zeitgenosse ist. Aber wie soll man einem solchen ansehen, zu welchen Taten er fähig ist?«

Das alles machte Gontard wenig Mut. Auf dem Nachhauseweg aber hatte er eine Idee. Er sah auf einem Hinterhof an einer Wäscheleine eine Reihe von Hosen flattern und fragte sich, was wohl der Täter mit seiner Kleidung gemacht hatte. Nach dem Blutbad in Tillacks Stall wie in Willibald Alexis' Keller hatten doch Rock und Hose voller Spritzer und Flecke sein müssen. Irgendwie musste er sich seiner verräterischen Kleidungsstücke danach entledigt haben. Hatte er sie verbrannt, hatte er sie in die Spree geworfen, hatte er sie irgendwo vergraben, lagen sie bei ihm zu Hause in einer Abstellkammer, hatte er versucht, sie zu waschen? Die Mamsell Matschke war ermordet worden, als sie über *Die Hosen des Herrn von Bredow* geredet hatten, und vielleicht war das ein Wink des Schicksals: Vielleicht sollte er nach blutbefleckten Hosen suchen, den Hosen des Mörders. Gontard überlegte, was er mit seinen Hosen gemacht hätte, wäre er der Täter gewesen. Er hätte sie, nachdem das Blut getrocknet war, heimlich zu den Lumpen gegeben.

Sechs

Carl Waldschischek hauste mit seiner Familie in einer feuchten Kellerwohnung in der Linienstraße, unweit des Prenzlauer Thores. Zwei Räume standen ihnen zur Verfügung: die Stube, in der seine sieben Kinder schliefen, und die Küche, in der zwei Holzpritschen standen, eine für ihn und eine für seine Frau. Der Abtritt befand sich draußen auf dem Hof. Von Beruf war Waldschischek Lumpensammler. Die Leute mieden ihn, weil er einen Geruch verströmte, wie ihn sonst nur die Latrinen-Minnas an sich hatten, jene Frauen, die nachts anrückten, um die mit Fäkalien angefüllten Eimer abzuholen und zur Spree zu bringen, in die sie entleert wurden.

Waldschischek war 1796 als Sohn eines Maurers auf die Welt gekommen und hätte wahrscheinlich einen ehrbaren Handlungsgehilfen abgegeben. Bei Buder in der Königsstraße hatte er schon angefangen, als ihm 1813 in der Schlacht bei Großgörschen eine Kugel in den Kopf gedrungen war. Zwar hatte der Chirurgus das Geschoss entfernen können, und Waldschischek hatte diese Tortur und das anschließende Wundfieber wundersamerweise überlebt, doch seither hatte er erhebliche Schwierigkeiten, seine Impulse zu kontrollieren. Vor allem aber litt er unter beträchtlichen Sprachstörungen, das heißt, dass er manchmal einige Zeit brauchte, um das passende Wort zu finden, und oft stotterte, wenn er aufgeregt war. Beides zusammen sollte sich als fatal erweisen, denn wenn sie ihn als jungen Mann hänselten und Stotter-Carl nannten, dann schlug er zu, ohne sich lange zu besinnen. Vollends rasend aber wurde er, wenn sich die Dienstmädchen und die Köchinnen über ihn lustig machten. Einmal hätte er eine in seiner Wut beinahe erstochen. Das hatte ihn für fast zehn Jahre ins Zuchthaus gebracht. Anschließend hatten sie ihn ins Irrenhaus an der Krausenstraße gesteckt, wo er anfangs in einem Bretterverschlag gelebt und später seine Tage am Spinnrad verbracht hatte. Dort hatte ihn Auguste entdeckt, eine stille, herzensgute Frau, der 1831 der Mann und drei ihrer Kinder weggestorben waren, als die Cholera in Berlin gewütet hatte. Sie hatte Waldschischek aus dem Irrenhaus geholt und geheiratet. Zu den vorhandenen zwei Kindern aus ihrer ersten Ehe waren noch drei gemeinsame gekommen. Anschließend hatte Waldschischek vergleichsweise gute Jahre verlebt, nun aber hatte ihn die Schwindsucht gepackt, und er sah aus wie der Tod auf Latschen, so seine Nachbarn. Der Arzt der Armenfürsorge hatte ihm kein Jahr mehr gegeben.

Aber noch reichten seine Kräfte, jeden Morgen durch die Stadt zu ziehen und Lumpen zu sammeln. Pünktlich um acht Uhr spannte er seinen Neufundländer vor einen kleinen Wagen. Den nicht selber ziehen zu müssen, sah er als Geschenk des Himmels an. Zwar fraß das Tier eine Menge, aber Auguste wusch, nähte und plättete den ganzen Tag und die halbe Nacht über und verdiente etwas dazu, und so kamen sie mehr schlecht als recht über die Runden. Doch was sollte werden, wenn er im nächsten Jahr auf dem Armenkirchhof am Koppenplatz lag? Sein Tod würde Auguste und die Kinder in unsagbares Elend stürzen. Die Gedanken daran quälten ihn, und seine Atemnot wurde so groß, dass er sich erst einmal auf den Hauklotz setzen musste.

Auguste kam und hielt ihm ihr Riechfläschchen unter die Nase. Sie beugte sich zu ihm hinunter. »Willst du wirklich in die Stadt, um Lumpen zu sammeln?«

»Ja, Heinrich kommt ja mit.«

Das war ihr Neunjähriger, der um diese Zeit eigentlich in die Gemeindeschule gehörte, aber in allen Fächern so gut war, dass es nichts ausmachte, wenn er einmal fehlte und seinem Vater half. Auguste hatte den großen Traum, dass er einmal studierte und Arzt würde. Sie betete jeden Abend für ihn, hielt sich aber auch an die Devise ihrer Mutter »Hilf dir selbst, dann hilft dir Gott«. Sie hatte deswegen auch schon mit dem Pfarrer darüber gesprochen, ob der sich nicht für Heinrich einsetzen könne. Er wolle es versuchen, hatte der versprochen. Doch ob sie sich darauf verlassen konnte, wenn ihr Carl vom Herrn erst heimgeholt worden war in die Ewigkeit?

Kindergeschrei ließ sie zusammenfahren. Es kam aber nicht von ihrem eigenen Nachwuchs, den sie im Keller zurückgelassen hatte, sondern vom Nachbargrundstück. Dort verdiente sich die Ziebulke als Ziehmutter ihr Geld. Es war ein großer Missstand: Hunderte von gefallenen Mädchen oder verarmten Frauen, die schon viele Kinder hatten, sahen in den Gebäranstalten der schweren Stunde entgegen, da sie einem neuen armseligen Wesen das Leben schenkten. Die meisten dieser Mütter gingen Tage nach der Geburt in die Häuser der Reichen, um dort als Säugammen Geld zu verdienen, während sie ihr eigenes Kind einer sogenannten Ziehfrau in Pflege gaben und dafür nur wenig zahlten. Es gab verwilderte und leichtsinnige Geschöpfe unter den Müttern, denen es lieb war, wenn ihr Kind bald starb, womit auch zu rechnen war, denn von zehn sogenannten Ziehkindern starb die Hälfte in den ersten vier Wochen, oft nach einem elenden Dahinsiechen. Die Ziehmütter, meist alte, hartherzige Frauen, hatten oft fünf, sechs oder mehr solcher Kinder in Pflege und kochten ihnen nur in der ersten Zeit etwas Besonderes, bald aber gaben sie ihnen das zu essen, was an ärmlicher Kost für die Erwachsenen auf den Tisch kam. Die kleinen Mägen konnten dieses Essen nicht annehmen, die Kinder schrien erbärmlich, zehrten zum Gerippe ab und starben an Hunger. Bei der Ziebulke kam noch hinzu, dass ihr Mann ein alter Feldwebel war, der die Kinder, wenn sie die ersten Wochen überlebt hatten, wie Rekruten behandelte und so lange prügelte, bis sie still waren. Und wäre Auguste nicht einige Male mutig dazwischengegangen, hätte er so lange auf die Kleinen eingeschlagen, bis sie für immer still gewesen wären. Jetzt klang es so, als habe er wieder einmal zum Siebenstriemer gegriffen.

Auguste stürzte zum Zaun. »Aufhören, sonst rufe ich den Viertel-Commissarius!«

Der Ziebulke erschien am Fenster, um als Antwort eine halb geschälte Kartoffeln nach ihr zu werfen. Sie musste sich blitzschnell ducken, um nicht getroffen zu werden. Der Hund begann zu kläffen.

Carl Waldschischek warnte: »Hör uff, den zu reizen! Der bringt dir um, wenn ick nich mehr da bin.«

Heinrich kam aus dem Keller, und sie zogen los. Auguste winkte ihnen hinterher, ehe sie in den Schuppen ging, um die Lumpen, die Waldschischek gestern Abend mitgebracht hatte, zu sortieren. Lumpen wurden vor allem zur Papiergewinnung gebraucht. 1819 war in Berlin die erste Patentpapierfabrik eröffnet worden, sie war ausgestattet mit einer Papiermaschine des Engländers Corty, und die war ein gefräßiges Tier, das ständig mit Lumpen gefüttert werden musste. Feine Lumpen lieferten feines Papier, grobe Lumpen grobes Papier und wollene Lumpen Löschpapier. In der Papiermühle wurden die Lumpen eingeweicht und dann von den Papiermachern zu Fasern zerstampft, aus deren Brei sie später das Papier schöpften. Die Papiermühle wollte nur kleine Stücke haben, also musste Auguste alles, was auf dem Boden lag, in kleine Fetzen zerreißen oder zerschneiden. Vorher waren Schnallen, Knöpfe und dergleichen mit der Schere abzutrennen. Nun war das, was vor ihr lag, nicht etwa vorher gewaschen worden, sondern starrte teilweise vor Dreck, war feucht, verschimmelt, voll von Würmern, Maden und Insekteneiern. Kein Wunder, dass sie sich dabei immer wieder mit irgendeiner Krankheit ansteckte, wobei die Krätze noch das Geringste war. Aber die Kinder ließ sie das nicht machen, die sollten sich den Tod nicht holen, und ihren Carl erst recht nicht, der litt ohnehin genug. Die Kraft dazu gab ihr der Glaube. Sie wusste, dass der Herr sie nicht verließ und irgendwann einmal von allem erlöste. *Harre des Herrn, der wird dir helfen.* Sie machte sich an die Arbeit.

Derweil zog Waldschischek mit seinem Hundegespann durch die Straßen der Residenzstadt. »Der Lumpenmann ist da!«, ließ er seinen Sohn rufen, denn die Kraft der eigenen stark angegriffenen Lunge reichte dazu längst nicht mehr aus. Er selbst aber trat noch an die Türen und Thore, um das Geschäftliche abzuwickeln, denn die Lumpen wurden ihm nicht etwa geschenkt, sondern waren einzutauschen gegen Knöpfe, Schnallen, Nähgarn und

Nadeln, die Auguste auf den verschiedensten Märkten günstig einzukaufen suchte oder von den mitgebrachten Lumpen abtrennte. Von der Papiermühle wurde er mit barer Münze entlohnt, und sein Verdienst hing davon ab, wie gut er und Auguste handeln konnten. Vielleicht wären sie trotz allen Fleißes und Geschicks aber doch schon verhungert, wenn sie nicht das Mitleid manches Mitmenschen erregt hätten - Auguste, weil sie so demütig war, und er, weil er so elend aussah.

»Der Lumpenmann ist da!«

Meist eilten die Mamsell oder der Hausbote auf die Straße, selten ließ sich die Herrin des Hauses selber blicken und brachte ihm Kleider und Tischdecken aus feinen Stoffen. Das war dann ein wahrer Festtag für Waldschischek. Heute aber bekam er nur das gereicht, was andere mit spitzen Fingern anfassten, etwa die Tücher, die sich die Frauen jeden Monat zwischen die Schenkel klemmten, eitrige Verbände, Stoffreste, mit denen man vordem Fenster abgedichtet hatte, Putzlappen und Kleidungsstücke, die kein Landstreicher mehr tragen konnte, zerschlissen und zerlöchert, wie sie waren. Er hoffte auch heute wieder vergebens, dass sich ein Paar Hosen finden würden, die besser waren als seine eigenen.

»Der Lumpenmann ist da!«

Es wurde Mittag, und Vater und Sohn setzten sich in der Anhaltischen Straße schweigend in den Schatten der Bäume, die im Park hinter ihnen wuchsen. Der Junge wusste, dass dieser zum Palais des Prinzen Albrecht gehörte. Der Prinz würde jetzt an einer festlich gedeckten Tafel sitzen und eine Bratenplatte vor sich haben, auch heute am Mittwoch, während sie ihren Haferbrei aus einem Blechnapf löffelten.

»Wie viel kann das Leben geben, aber wie wenigen nur«, sagte Heinrich.

Waldschischek sah ihn an. »Wo ... wo ... wo ...«

Der Junge war helle und hat schon früh gelernt, zu erraten, was sein Vater sagen wollte, sobald der auch nur das erste Wort hervorgebracht hatte. »Wo ich das herhabe? Vom Apotheker Fontane, wir haben ein bisschen miteinander geredet, als er mir neulich seinen alten Rock gegeben hat.«

»Ein ... ein ... ein ...«

»Ja, ein kluger Mann, und Gedichte schreibt er auch.«

Waldschischek nickte. Vielleicht würde Heinrich auch einmal Apotheker werden – oder sogar Arzt, wie Auguste hoffte. Doch wie sollte der Sohn eines Lumpensammlers Arzt werden? Das konnte nicht gelingen, da mochte Auguste noch so oft in die Kirche gehen und beten. Schuster, bleib bei deinem Leisten – Lumpensammler, bleib bei deinen Lumpen! Ein dreckiger Spatz konnte auch nicht kommen und sagen, sein Junges solle ein stolzer Adler werden.

Nachdem sie ihr kärgliches Mahl eingenommen hatten, zogen sie weiter. Die Puttkammer-, die Bessel- und die Charlottenstraße waren noch abzuklappern, dann sollte es wieder heimwärts gehen. Als sie die Ecke Bessel- und Charlottenstraße erreicht hatten, presste Heinrich seine rechte Hand auf den Magen und sagte, er habe mächtiges Bauchgrimmen.

»Geh ... geh ... geh dahin!« Waldschischek zeigte auf die Königliche Sternwarte, ein Werk Schinkels, in einer Sackgasse am Ende der Charlottenstraße gelegen und von einem kleinen Park umgeben.

Heinrich rannte los und verschwand im dichten Gebüsch. Als er zurückkam, hielt er ein Paar Hosen in der Hand. Waldschischek hielt sie zuerst für die seines Sohnes und glaubte, er hätte sie vollgemacht, dann merkte er aber, dass sie viel zu groß für ihn waren.

»Die habe ich im Gebüsch gefunden«, sagte der Junge.

»Die ... die ... die ...«

»Sie sind voller Blut, ja, aber wenn Mutter das rausgewaschen kriegt, könntest du sie tragen. Die sind doch viel besser als deine, ein wunderbarer Stoff. Fass mal an!«

Waldschischek prüfte das dunkelgelbe Gewebe mit den Fingern. Ja, das war ein Geschenk des Himmels. Mit diesen Hosen konnte er in der kurzen Zeit, die er noch zu leben hatte, herumlaufen wie ein Graf.

Sieben

Da die Familie seiner Braut hugenottische Wurzeln hatte, wie der Name des Handelshauses Kahlbaum & Gillieux erahnen ließ, wurde die Hochzeit von Dr. Friedrich Kußmaul mit Luise Kahlbaum, der Nichte des heutigen Inhabers, im Hôtel de Brandebourg gefeiert, das an der Charlottenstraße 42, Ecke Mohrenstraße gelegen war. Das war nicht weit von Gontards Wohnung in der Dorotheenstraße entfernt. Trotzdem bestand Henriette darauf, eine Droschke zu nehmen. Sie war in der letzten Woche mit den Kindern von Wutike nach Berlin gekommen, nicht nur wegen der Hochzeit, sondern mit Sack und Pack, denn die Kinder sollten in Berlin zur Schule gehen. Gontard, der seine Frau und seine Kinder in den letzten Jahren immer nur zweimal im Monat gesehen hatte, wenn er nach Wutike gereist war, konnte das Familienleben nun Tag für Tag erleben und erleiden, was für ihn eine nicht eben geringe Umstellung bedeutete.

Von den drei Kahlbaum-Brüdern war nur noch einer am Leben, und zwar Ludwig, der Leiter des Handelshauses, das gerade eine heftige Krise durchgestanden hatte. Heinrich Kahlbaum, der Vater der Braut, war bei einem Schiffsunglück ums Leben gekommen. Magnus, ein begabter Flaneur, hatte sich im Thiergarten erhängt. Luise, die ihn geliebt hatte, war nur schwer über seinen Tod hinweggekommen, und dies auch nur, weil ihr Friedrich Kußmaul mit seiner menschlichen Wärme und seiner medicinischen Kunst geholfen hatte. Alle wussten von dieser Vorgeschichte und taten sich anfangs schwer damit, ausgelassen zu feiern.

An der Festtafel, die so lang war, dass man die Gäste am anderen Ende des Tisches ohne Operngucker kaum erkennen konnte, wie Gontard lästerte, war er zwischen seiner Frau und Caroline Kraatz platziert worden, einer Schriftstellerin aus dem Kreis um Louise Aston, über die bei Stehely einmal jemand gesagt hatte: »Dürr ihre Texte, gewichtig ihr Leib, oh, wäre es doch umgekehrt!« Gontard versuchte, sich so dünn wie möglich zu machen, um eine Chance zu haben, seine Hand mit der Gabel zum Mund zu führen. Und dann hatte er auch noch die Pflicht, mit seiner Tischdame angenehm zu plaudern. Ihm wollte aber so schnell kein passendes Konversationsthema in den Sinn kommen. Mit dem Mamsellenmord anzufangen, was ihre Körperfülle nahelegte, erschien ihm zu geschmacklos.

So war es an Caroline Kraatz, den ersten Satz zu sprechen. »Ich liebe Adolf Glaßbrenner – Sie auch?«

Gontard lächelte mit einem schnellen Blick zur anderen Seite hinüber. »Nein, ich habe meine Frau.«

Caroline Kraatz überhörte diese Bemerkung. »Ich meine, ich liebe ihn aufgrund seiner literarischen Qualitäten«, sagte sie.

Gontard konnte nicht anders, als ihr beizupflichten. »Einiges ist wirklich wunderbar, zum Beispiel das kleine Gedicht von den zwei Wünschen.« Und er trug es auch sogleich vor:

Ach, zwei Wünsche wünsch ich immer,
leider immer noch vergebens.
Und doch sind's die innig-frommsten,
schönsten meines ganzen Lebens!

Dass ich alle, alle Menschen
könnt mit gleicher Lieb umfassen,
und dass einige ich von ihnen
morgen dürfte hängen lassen.

»Haben Sie dabei einen ganz bestimmten Menschen im Auge?«

»Aber nicht doch, wie kommen Sie darauf?« Gontard hütete sich, den Namen Dr. Wilhelm Wiesenburg in den Mund zu nehmen, und ging rasch dazu über, das Fehlen Glaßbrenners in der Berliner Geisteswelt zu bedauern. »Er ist der Protokollant unserer Stadt, Erfinder wunderbar querköpfiger und verschmitzter Typen, Vater des Berliner Witzes – und muss in einem Nest wie Neustrelitz leben.«

»Auch andere mussten ins Exil gehen«, sagte Caroline Kraatz. »Denken Sie nur an Ovid! Und außerdem ist er nicht einsam, sondern hat eine Adele Peroni an seiner Seite.«

»Ob es immer ein Segen ist, mit einer Schauspielerin verheiratet zu sein?« Gontard hatte seine Zweifel.

Caroline Kraatz lachte. »Noch schlimmer dürfte es mit einer Schriftstellerin sein.«

»Wie meinen Sie das?«

»Weil wir doch alles, was wir erleben, in unsere Romane einbringen, und stellen Sie sich vor, Sie finden all das, was Sie erleben, detailliert zwischen zwei Buchdeckeln wieder, auch wenn der Held bei mir nicht Gontard, sondern vielleicht ...«, sie überlegte einen Augenblick, »... Rotdang hieße.«

Gontard brauchte einen Moment, ehe er ausrufen konnte: »Ah, ein Anagramm! Aber besser noch als Rotdang wäre möglicherweise Rotkappe.« Er hatte sich an das Gespräch mit Werpel erinnert.

»Was ist denn das?«

Gontard erklärte es ihr. »Rotkappe ist ein Kobold mit Krallen und rotglühenden Augen. Er tötet Menschen, um mit deren Blut die Farbe seiner Kappe immer wieder zu erneuern.«

»Wieso kommt Ihnen das jetzt in den Sinn?«

»Nicht ich bin auf Rotkappe gekommen, sondern der Tillack, dem jemand sein Schwein abgestochen hat.«

»Ah, sie meinen den Mamsellenmörder!«, rief Caroline Kraatz. »Davon habe ich schon gehört. Der soll es auf Frauen abgesehen haben, die von anderen als wandelnde Fleischberge bezeichnet werden – so wie ich zum Beispiel.«

Gontard war Kavalier genug, um lautstark zu protestieren. »Nicht doch! Sie sehen wie eine Prinzessin aus und nicht wie eine Köchin oder ein Dienstmädchen.«

Caroline Kraatz lachte. »Als eine bürgerliche Frau, die nicht verheiratet ist, bin auch ich eine Mamsell.«

Gontard wurde makaber. »Dann weiß ich also, zu wem ich den Mörder demnächst schicken kann.«

Die Schriftstellerin lachte so rauh und kehlig, dass die Gäste ringsum pikiert schauten. »Wer mich zu ermorden versucht, der überlebt das nicht.«

An dieser Stelle mussten sie ihren Dialog unterbrechen, denn Ludwig Kahlbaum klopfte mit dem Messer gegen sein Glas und eröffnete den Reigen der Festredner und derer, die glaubten, das Paar mit endlosen selbstverfassten Gedichten erfreuen zu müssen.

Nach dem Festmahl ging es lockerer zu, und Gontard nutzte die Chance, sich ein wenig die Beine zu vertreten. Erst trat er mit Henriette auf die Straße hinaus, dann streifte er allein durch das Hotel, getrieben von der Vorstellung, dass in seiner Nähe wieder eine Mamsell erstochen werden könnte. Seit seinen Erlebnissen im Hause von Willibald Alexis kamen derartige Gedanken immer wieder in ihm auf. Ich bin es, der den Mörder anzieht, hallte es in seinem Kopf. Und wenn er den nächsten Mamsellenmord verhindern wollte, musste er sich in der Nähe der Küche aufhalten und die Frauen, die dort arbeiteten, beschützen. So unsinnig ihm dieser Gedanke auch schien – er lenkte doch seine Schritte in Richtung der Hotelküche. In einem separaten Raum entdeckte er eine Frau, die dabei war, Kartoffeln zu schälen und Obst und Gemüse zu schneiden und zu putzen. Sie hieß Ottilie, wie er einem Zuruf des Kochs entnahm. »Ottilie, wo bleibt meine Petersilie?« Die Tür zum Gang war nur angelehnt, und so konnte er die Frau gut sehen.

In der Vorstellung, der Mamsellenmörder würde vielleicht ausgerechnet an diesem Ort und zu dieser Stunde zum zweiten Male zuschlagen, verbarg er sich in einer Nische und wartete. Es dauerte nur etwa drei Minuten, da packte ihn ein Niesreiz, den er nicht völlig unterdrücken konnte, sosehr er Zeigefinger und Daumen der rechten Hand auch massierend gegen seine Nasenflügel drückte. Schließlich gab er einen Laut von sich, der einem wollüstigen Stöhnen nicht unähnlich war und die Mamsell auffahren ließ. Sie sprang auf und griff nach einem Küchenmesser, das sich gut als Dolch gebrauchen ließ.

Gontard kam aus seinem Versteck, stieß die Tür vollends auf und rief: »Entschuldigung, ich wollte Sie nicht erschrecken! Ich komme von der Hochzeitsfeier Kahlbaum und habe mich hier im Labyrinth des Hauses verlaufen.«

»Und det soll ick Sie jlooben?« Die Mamsell machte Anstalten, sich auf ihn zu stürzen. »Wenn Sie sich nich sofort verdünnisieren, dann ...«

Gontard ergriff die Flucht, kam aber nicht weit, denn an der nächsten Ecke prallte er gegen einen Mönch. Für einen Moment glaubte er an ein Gespenst und schrie mit greller Stimme auf. »Gott, haben Sie mich erschreckt!«

Der Franziskaner rieb sich den Magen, in den Gontard unwillentlich seinen Ellenbogen gerammt hatte. »Dass Berlin eine unchristliche Stadt ist, wissen wir in Bayern. Dass es aber schon wie im alten Rom zur Christenverfolgung kommt, hätte ich nicht vermutet.«

»Entschuldigung, Pater, aber wenn einer verfolgt wird, dann bin ich es.« Er zeigte zur Küche. »Die Mamsell wollte mir ans Leder.«

Sie stellten sich nun einander vor, und Gontard erfuhr, dass er es mit dem Pater Vincenz Feuersinger aus dem Franziskanerkloster Engelberg zu tun hatte.

»Engelberg?« Gontard kannte die Ortschaft nicht.

»Engelberg liegt im Landkreis Miltenberg, Diözese Würzburg«, erklärte ihm der Pater. »Unser Kloster ist hoch über den Weinbergen von Großheubach gelegen und über 612 Sandsteinstufen, die sogenannten Engelsstaffeln, zu erreichen. Seit 1300 bestand eine Wallfahrt an dieser Stelle, und gegründet worden sind wir 1630 als Kapuzinerkloster durch den Mainzer Erzbischof Anselm Casimir Wamboldt von Umstadt. 1828 wurde das Kloster auf Anordnung von

König Ludwig I. von Bayern von den bayerischen Franziskanern übernommen. Bekannt sind wir für unser dunkles Bier aus Holzfässern, das in der Klosterschenke gereicht wird.«

»Ich bin Protestant, ich darf das sicherlich nicht trinken«, sagte Gontard. »Oder hat der neue Papst nichts mehr dagegen?« Diese Bemerkung bezog sich darauf, dass Pius IX. am 16. Juni 1846 als Nachfolger Gregors XVI. zum Papst gewählt worden war. »Der neue *Papa Re* soll einige liberale Reformen planen. Aber gleichzeitig wettert er gegen alle republikanischen Ideen und die italienische Einigungsbewegung.«

Der Franziskaner lächelte und reagierte mit einem Spruch Salomos. *»Der Rat im Herzen eines Mannes ist wie tiefe Wasser; aber ein Verständiger kann's merken, was er meint.«*

Sie diskutierten noch ein Weilchen über das Wirken der Franziskaner in Preußen, weil der Pater nach Berlin gekommen war, um ein Buch über die brandenburgischen Klöster zu schreiben. Dann verabschiedete sich Gontard, denn so langsam musste er wieder zur Hochzeitsfeier zurückkehren.

Im Festsaal war gerade eine von Friedrich Kußmauls Cousinen im Begriff, am Klavier Platz zu nehmen, um das *Blumenstück* von Robert Schumann zu spielen. In diesem Moment erschien der Criminal-Commissarius Werpel in der Tür, an seiner Seite die Mamsell Ottilie.

»Augenblick!«, rief Werpel. »Ich habe jemanden in Arrest zu nehmen.« Er drehte sich um zu Ottilie. »Wer war es denn, der Sie belästigt hat?«

Ottilie musste nicht lange suchen, dann hatte sie Gontard entdeckt. »Der da war es!«

»Herr Jesus Christus, wir haben dich – auch in dieser Stunde des Abschieds von Professor Christian Ludwig Ideler – in unserem Beten, Singen und Predigen als den bezeugt, der in seiner Auferstehung die Macht des Todes ein für allemal gebrochen hat. So bitten wir dich, Herr, lass in uns noch stärker als die Angst vor der Wirklichkeit des Todes den Glauben und das Vertrauen auf jene Wirklichkeit des ewigen Lebens sein, die du uns in deiner Auferstehung eröffnet hast.«

Nun ging Hofprediger Friedrich Strauß auf das Leben des Verstorbenen ein. Christian Ludwig Ideler war am 21. September 1766 in Groß-Brese bei Perleberg auf die Welt gekommen und 1794 zum Königlichen Astronomen und Berechner der Landeskalender ernannt worden.

»Im Jahre 1810 wurde er Mitglied der Königlich-Preußischen Akademie der Wissenschaften und Mitglied der Kalenderdeputation. Am Königlichen Hof unterrichtete er von 1816 bis 1822 die Prinzen Wilhelm, Friedrich und Karl und seit 1821 war er Professor an der Berliner Universität und zugleich Studiendirector des Kadettenkorps, Lehrer an der Forstakademie und an der allgemeinen Kriegsschule in Berlin.«

Von dort wie auch von der »Gesetzlosen Gesellschaft zu Berlin«, zu deren Mitbegründern Ideler zählte, hatte Gontard den Astronomen gut gekannt, sein Hauptwerk *Untersuchungen über den Ursprung und die Bedeutung der Sternnamen und Über den Ursprung des Tierkreises* hatte er aber nie gelesen. Achtzig Jahre war Ideler geworden, und Gontard rechnete, wann er dieses Alter erreicht haben würde ... 1890. Ob sich dann die über dreißig deutschen Kleinstaaten endlich zusammengeschlossen hatten und das einige Deutschland eine Republik geworden war?

Beim anschließenden Leichenschmaus hatte Gontard Gelegenheit, mit zwei Verwandten des Verstorbenen zu sprechen, die ihm schon in der Kapelle und beim Gang zum Grab aufgefallen waren: zum einen dem Neffen Karl Wilhelm Ideler, der Psychiatrie-Professor an der Charité war, und zum anderen dem Schwiegersohn, dem Staatsrechtler Wilhelm Eduard Albrecht, der aus Sachsen angereist war. Albrecht zählte zu den Göttinger Sieben, also den Professoren, die 1837 gegen die Aufhebung der Verfassung im Königreich Hannover durch Ernst August I. protestiert hatten und daraufhin entlassen worden waren.

»Wie ergeht es Ihnen als Privatdozent in Leipzig?«, fragte Gontard.

Albrecht lächelte. »Es gibt schlimmere Orte für eine Verbannung, und immerhin werde ich durch die ganze Angelegenheit vermutlich eine Art Unsterblichkeit erlangen, vorausgesetzt, die Dinge entwickeln sich so, wie wir uns das in unseren kühnsten Träumen erhoffen.«

In diesem Augenblick trat Karl Wilhelm Ideler zu ihnen, und sie ließen besser davon ab, offen über ihre politischen Vorstellungen zu sprechen. Da war der Mamsellenmörder ein unverfänglicheres Thema.

»Jener Criminal-Commissarius Werpel war in dieser Angelegenheit schon bei mir in der Charité«, sagte Ideler, von Gontard darauf angesprochen. »Ich habe ihm erklärt, dass von den Irren in meiner Abteilung keiner ausgebrochen ist und als Täter in Frage kommt.«

»Was müsste das denn für ein Mensch sein, der so etwas tut?«, fragte Gontard, obwohl er von Ideler keine Antwort erwartete, die ihn weiterbringen konnte.

Ideler seufzte. »Mein Onkel wusste als Astronom auch nicht, warum es das Weltall überhaupt gibt. Woher soll ich als Seelenheilkundler wissen, was in den Köpfen kranker Menschen vorgeht? Ich weiß nur, dass es Menschen gibt, die an böse Geister glauben oder auch meinen, dass ein Dämon von ihnen Besitz ergreifen könnte, und die neigen dazu, sich in Rituale und Abwehrzauber zu flüchten. Denken Sie nur an ein Apotropaion!«

»Bitte, was?« Gontard gab sich keine Mühe, sein Unwissen zu überspielen.

Ideler begann, einen kleinen Vortrag zu halten. »Ein Apotropaion – die wörtliche Übersetzung dieses griechischen Begriffs lautet ›ein Unheil abwendend‹ – ist eine Schutzmaßnahme gegen böse Kräfte. Es handelt sich meist um Plastiken, oft in Gestalt eines Tier- oder Menschenkopfes. Sie sollten in der Antike vor üblen Auswirkungen von Zauberei, dem bösen Blick und anderen widrigen Kräften schützen. Auf dem Schutzschild der Athene zum Beispiel hatte das Apotropaion die Form eines Gorgoneions.«

Gontard erinnerte sich dunkel an eine Schulstunde, in der es um griechische Mythologie gegangen war. »Gorgonen – waren das nicht drei geflügelte Schreckgestalten mit Schlangenhaaren, die jeden, der sie anblickt, zu Stein erstarren lassen?«

»Richtig! Ihre Namen lauten Stheno, Eurydale und Medusa. Medusa ist die einzige Sterbliche unter ihnen und wurde von Perseus enthauptet. Der Kopf dieser Gorgone wurde der Göttin Athene gebracht, ihn bezeichnet man als Gorgoneion. Es wurde auf dem Brustschild der Athene angebracht, der sogenannten Aigis. Fratzengesichter mit herausgestreckter Zunge und Eberzähnen sind aber schon in der phönikischen Kunst nachweisbar. Bekannt sind auch die Augenidole, seltener kommen apotropäisch gebrauchte Tierfüße wie etwa Löwenpranken vor. In späteren Zeiten wurden Apotropaia oft in dekorativer Funktion benutzt, als Neidkopf beziehungsweise Giebelkreuz zum Beispiel.«

»Herzlichen Dank für Ihre Ausführungen.« Aber so ganz wollte sich Gontard mit dem Gesagten noch nicht zufriedengeben. »Und wenn nun aller Schutz nichts genutzt hat und der Zauber doch in den Menschen eingedrungen ist, was geschieht dann?«

»Wenn das passiert, geht es um die Katharsis, um seine Austreibung.«

Gontard verzog das Gesicht. »Das klingt sehr nach Exorzismus.«

»Den Begriff Besessenheit benutze ich nicht«, wehrte Ideler ab. »Und die Maßnahmen der katholischen Kirche haben nichts mit unserer Wissenschaft zu tun.«

»Und wie würden Sie einen Menschen behandeln, der von einem Wesen besessen ist, das ihm befiehlt, beleibte Mamsellen zu töten?«

Ideler lachte. »Den müsste ich nicht mehr behandeln, denn der stirbt durch die Guillotine, das Handbeil oder das Rad.«

Er hatte sich verlaufen. Es schien keinen Ausgang zu geben. Immer tiefer geriet er ins Labyrinth aus Stollen, Fluren und Gängen. Fledermäuse flatterten umher und wollten ihn angreifen, um sein Blut zu trinken. Er begann zu rennen und kam in einen Raum, der mit weißen Kacheln ausgekleidet war. An einem riesigen Haken baumelte ein Schwein, daneben eine massige Frau. Nackt. Ein Mann schlitzte mit einem scharfen Messer zuerst das Schwein auf, dann die Frau. Aus den Körpern spritzte das Blut.

In diesem Augenblick stieß Gontard einen so entsetzlichen Schrei aus, dass nicht nur Henriette, die neben ihm lag, sondern auch die Kinder im Nebenzimmer aus dem Schlaf gerissen wurden.

»Christian, was ist mit dir?« Henriette war hochgefahren und rüttelte an seinen Schultern.

Sein Herz raste, und der Atem blieb ihm weg, so dass er hustete und röchelte. »Ich hatte einen Alptraum«, stieß er hervor. »Der Mamsellenmörder, ich habe ihn gesehen!«

Henriette, obwohl erschrocken, zeigte den trockenen Humor einer echten Berlinerin. »Und wer war es?«

Gontard fand langsam in die Wirklichkeit zurück. »Willst du mich auf den Arm nehmen?«

»Nein, aber du weißt doch: *Den Seinen gibt's der Herr im Schlafe.*«

»Schön wär's!« Gontard setzte sich auf die Bettkante. »Ich habe den Mann nur von hinten gesehen und auch nur schemenhaft.«

Auf dem Flur wurden Stimmen laut, und Bertha Britzke, die in ihrem Haushalt Dienst- und Kindermädchen war, versuchte, die beiden Kleinen zu beruhigen.

»Wat is'n, Herr von Gontard, war'n Einbrecher bei Ihnen in't Zimma?«

»Nein, ich hatte nur einen schrecklichen Traum. Jetzt geht es mir aber wieder gut, und alle können sich beruhigt ins Bett legen.«

Gontard sah aus dem Fenster. Die Sonne ging schon wieder auf, es musste gegen halb vier sein. Sein Puls raste noch so sehr, dass er keine Aussicht hatte, erneut einzuschlafen, und so kleidete er sich schon an und setzte sich in die Bibliothek, um bis zum gemeinsamen Frühstück mit Henriette und den Kindern etwas zu lesen. Auf der Suche nach einer interessanten Lektüre ging er an seinen langen Regalen entlang und überflog prüfend, den Kopf leicht nach rechts geneigt, was auf den Buchrücken stand. Als er bei *Till Eulenspiegel* angelangt war, las er, benebelt wie er noch war, *Tillack*. Und im selben Augenblick schoss es ihm durch den Kopf: Den Tillack habe ich im Traum gesehen! Er ist der Mamsellenmörder! Erst hat er seine Jolanthe aufgeschlitzt, dann die Matschke!

Dieser Gedanke ließ ihn den ganzen Tag nicht mehr los, und gleich nach Dienstende setzte er sich in eine Droschke und fuhr zum Rosenthaler Thor, um mit dem Mann zu reden, von dem Werpel ihm erzählt hatte und über den auch viel in der Zeitung berichtet worden war. Am Rosenthaler Thor ließ er den Kutscher halten, zahlte die amtlich festgelegte Taxe und ein angemessenes Trinkgeld, stieg aus und ging die Brunnenstraße hinauf. Als er vor Tillacks Villa angekommen war, machte er sich zuerst daran, nach apotropäischen Zeichen zu suchen. Doch er entdeckte am Giebel und unter dem Sims weder grauenerregende Fratzen noch glotzende Augen, auch waren an den Säulen keine abschreckenden Knoten und drohend züngelnde Schlangen zu finden. Auffällig war nur, dass neben der Haustür ein Loch von erheblicher Größe in die Wand gebrochen worden war. Als Artillerie-Offizier dachte Gontard sofort daran, dass hier ein Geschoss eingeschlagen war, doch das konnte in Zeiten des tiefsten Friedens kaum geschehen sein. Der Mörtel und die zerschlagenen Ziegel waren noch von heller Färbung, so dass der Maurer seinen Meißel erst vor wenigen Tagen angesetzt haben konnte. Gontard fragte sich, was man Tillack wohl geliefert haben konnte, dass es von seiner Größe her nicht durch die Haustür gepasst hätte. Nun, vielleicht hatte der Schwamm im Mauerwerk gesessen. *Erkläret mir, Graf Oerindur, diesen Zwiespalt der Natur.*

In diesem Augenblick kam der Nachbar zur Linken aus seinem Anwesen, und Gontard folgte einer plötzlichen Eingebung, ging auf den Mann, offenbar einen Kaufmann, zu und fragte ihn, ob er wisse, was es mit dem Loch in Tillacks Hausfront auf sich habe.

Der Nachbar tippte sich an die Stirn. »Der Tillack muss 'ne Macke haben!«

»Wie kommen Sie darauf?«

»Na, er hat das Loch neben der Eingangstür in die Wand schlagen lassen, weil seine Schwiegermutter gestorben ist. Tillack hat den Sarg nicht durch die Tür zum Kirchhof bringen lassen, sondern durch das Loch, um so zu verhindern, dass die Tote ins Haus zurückkehrt.«

Fast hätte Gontard geschmunzelt, wenn die Situation nicht so ernst gewesen wäre. Was der Nachbar erzählt hatte, war ein deutliches Indiz dafür, dass Tillack abergläubisch war. Dann war ihm wohl auch zuzutrauen, sowohl sein Tier wie auch die Matschke getötet zu haben.

Der Berliner Zoologische Garten, zwanzig Minuten Fußweg hinter dem Hofjäger am südwestlichen Ende des Thiergartens gelegen, war am 1. August 1844 für das Publikum geöffnet worden. Die Führer durch die Residenz wussten von ihm wie folgt zu berichten:

Die alte Fasanerie wurde nach geschmackvollen Anordnungen des General-Garten-Directors Lenné in einen anmuthigen Park, mit Hügeln, Wiesenflächen und frei geschwungenen Kieswegen umgeschaffen. Die Häuschen und Behälter für die Thiere sind in verschiedenen Theilen des Parks errichtet. Das Raubtierhaus ist vom Baurath Cantian erbaut. Die Bären bewohnen einen festen Thurm nebst Grube und Kletterbaum. Bei dem Behältnis für die Büffel befindet sich ein Teich zum Baden für diese Thiere. Die sehr belebte Affenrotunde ist ähnlich der im Jardin des plantes zu Paris. Ueberall findet man Gelegenheit, die Thiere in ihren möglichst freien natürlichen Bewegungen und Gewohnheiten zu beobachten. Eine Vermehrung durch Anschaffung seltener Exemplare fremdländischer Thiere findet fortwährend statt.

Aufgrund der vielen Attraktionen drängelten Ferdinand und Luise, seit sie in Berlin waren, ihre Eltern fortwährend zu einem gemeinsamen Ausflug in den Zoologischen Garten.

»Habt ihr denn in Wutike nicht genug Tiere gehabt?«, fragte Gontard. »Dort waren doch Schweine, Kühe, Pferde, Hühner, Gänse, Enten, Karnickel - von Maulwürfen, Ratten, Mäusen und ähnlichem Getier einmal ganz zu schweigen.«

»Es gab aber keine Löwen, Tiger und Bären!«, riefen die Kinder.

Gontard leistete weiterhin Widerstand. »Um diese Tiere zu sehen, habt ihr doch eure Bilderbücher.«

»In denen brüllt doch aber kein Löwe, und der Bär brummt nicht«, wandte Luise ein.

»Und ich weiß nicht, was ich schreiben soll, wenn es wieder dasselbe Aufsatzthema gibt wie letztes Jahr: Mein schönstes Ferienerlebnis«, sagte Ferdinand, der mit dem neuen Schuljahr aufs Gymnasium kam.

»Und wer fragt nach *meinem* schönsten Ferienerlebnis?«, fragte Gontard.

Henriette flüsterte ihm etwas ins Ohr. »Ich dachte, das wäre es gewesen.«

»War es auch.« Er küsste sie anhaltend.

»Muss Liebe schön sein«, brummte Bertha Britzke. »Ick hätte jedacht, Ihr schönstet Ferienerlebnis wäre det jewesen, wo Sie von die aufjeschlitzte Mamsell jeträumt ham!«

»Pst!«, machte Henriette. »Die Kinder!«

»Wird Bertha auch aufgeschlitzt?«, fragte Luise und schüttelte sich.

»Los, runter auf den Hof!«, rief Gontard. »Und wenn ihr eine Droschke seht, dann haltet sie an! Wir kommen gleich. Und sagt dem Kutscher, dass es bis zum Zoo raus geht! Dann meckert er nicht so, wenn er warten muss.«

Die Kinder stürmten los, und Gontard und Henriette beeilten sich, ihnen zu folgen. Mit Bertha zu reden blieb keine Zeit mehr.

Als sie am Abend nach Hause kamen, sollten sie diese kleine Unterlassung noch bereuen, denn vielleicht hatte sie den Ausschlag dafür gegeben, dass ihr Mädchen abgereist war. Auf dem Küchentisch lag ein kleiner Zettel, auf dem mit ungelenker Schrift geschrieben stand:

Gnedige Herrschaften! Sie wern mir nich mehr vorfinden, weil ich wider zurück bin nach Wutike, wo mir als Mamsell keiner aufschlitzen tut. Mit die Ankst, mit die kann ich nich leben. In treue ihre Bertha B.

Acht

Carl Waldschischek war an diesem Nachmittag allein unterwegs, denn seine größeren Kinder waren ausgezogen, Rosenthaler Bauern bei der Ernte zu helfen. Er hustete wieder einmal erbärmlich, denn mit dem Nahen des Herbstes wurde die Luft frischer und feuchter, und das war nicht gut für seine angegriffene Lunge. Er nahm alles hin, ohne zu klagen. Wenn es der Wille Gottes war, dass er im Laufe des nächsten Jahres starb, dann sollte es so sein. Der Mensch denkt, Gott lenkt. Sich dagegen aufzulehnen wäre ihm nicht in den Sinn gekommen. Sein Leben als Lumpensammler hatte sich immer nur mit der Aussicht auf ein herrliches Jenseits ertragen lassen. Starb er, dann hatte die irdische Qual ein Ende. Aber Auguste und die Kinder, die machten ihm Sorgen.

»Der Lumpenmann ist da!« Seine Stimme trug nicht mehr weit, darum rief er abermals: »Der Lumpenmann ist da!«

»Das riecht man doch.« Eine Dickmadam, die ganz in seiner Nähe stand, hielt sich demonstrativ die Nase zu.

Waldschischek nahm es hin, er war die Missbilligung anderer Leute gewohnt. Der Herr wollte es so. *Gelobet sei der Herr täglich. Gott legt uns eine Last auf, aber er hilft uns auch.* Den Psalm hatte Waldschischek von seiner Großmutter gelernt. So zog er weiter, sammelte stinkende Lumpen ein und freute sich, dass sein Wägelchen mittlerweile so voll geworden war, dass es der Hund allein kaum noch ziehen konnte und er selbst mit anpacken musste.

Auf der Friedrichstraße schien sich kurz vor der Weidendammer Brücke zu dieser Tageszeit alles versammelt zu haben, was in Berlin Pferd und Wagen hatte. Die Bahnen schwerbeladener Fuhrwerke kreuzten sich mit denen flinker Droschken und Einspänner. An der Ecke Dorotheenstraße gab es ein solches Durcheinander, dass Waldschischek lange warten musste, ehe er den Fahrdamm überqueren konnte. So stand er da und war mit seinen Gedanken bei Auguste und den Kindern, als sich vor seinen Augen etwas abspielte, das ihn erstarren ließ. Auf seiner Seite der Straße stand ein Mädchen von etwa zehn Jahren, das es nicht mehr geschafft hatte, auf die andere Seite zu laufen, wo ein etwas älterer Junge, vermutlich der Bruder, wartete.

»Luise, komm doch endlich!«, schrie der.

»Ich trau mich nicht!«

Dann wagte sie es doch, dicht vor einer heranfegenden Postkutsche, und stürzte. Nur Sekunden würde es noch dauern, bis Pferdehufe und Räder sie getötet hatten ...

Mit dem Eisenbahnbau ging es in Preußen im Jahre 1846 zügig voran. Am 7. August war die Strecke Berlin-Magdeburg eröffnet worden, und Mitte Dezember sollte man endlich auch nach Hamburg fahren können, zunächst aber nahm die Niederschlesisch-Märkische Eisenbahngesellschaft die Bahnlinie Berlin-Breslau in ganzer Länge in Betrieb. Teilabschnitte waren schon vorher befahren worden, nun aber war die letzte Lücke geschlossen worden, und am 1. September 1846 sollte vom Frankfurter

Bahnhof der erste durchgehende Zug nach Breslau abgelassen werden. Zur Feier dieses Ereignisses war auch Christian Philipp von Gontard eingeladen worden, schließlich hatte das Militär ein hohes Interesse an der Eisenbahn. Bei der Artillerie beispielsweise wurde eingehend darüber nachgedacht, wie man auf offenen Waggons Geschütze sehr viel schneller als mit Pferd und Wagen von einem Ort zum anderen bringen konnte. Auf solche Fortschritte kam es an, wollte man in künftigen Kriegen siegen.

Der zuständige Minister hielt mit allem Pathos, das ihm zur Verfügung stand, eine längere Rede, und da man in der letzten Reihe nur wenig verstand, kam es, wenn auch nur im Flüstertone, zu privaten Unterhaltungen.

»Gibt es denn schon Überlegungen, Eisenbahnwaggons so zu konstruieren, dass man mit unseren Geschützen feuern kann, ohne sie vorher abladen zu müssen?«, wollte Glombeck von Gontard wissen.

»Meines Wissens noch nicht, aber die Idee ist hervorragend, und man sollte sie weiterverfolgen.« Gontard konnte den jungen Offizier nicht ausstehen, aber dumm war von Glombeck nicht, das musste man ihm lassen.

Konrad von Sandkirchen, der mit einigen anderen Hofchargen vor Gontard stand und ihren Dialog verfolgt hatte, drehte sich um. »Die Herren sollten nicht immer so militärisch denken! Ich fände es viel schöner, wenn wir bald einen Hofzug hätten. In Bayern ist Maximilian II. in dieser Hinsicht schon viel weiter als wir. Je einen Salonwagen für den König und die Königin müsste es geben, einen Hofspeisewagen, zwei Hofsalonwagen für die Begleitung und einen Wagen für Bedienstete.«

»Sowie einen Wagen für das Wachpersonal, gleichgültig, ob von der Polizei oder vom Heer gestellt«, fügte Gontard hinzu. »Denn ein Tschech kommt selten allein.«

»Ihre feine Ironie ist köstlich, lieber Gontard«, sagte Konrad von Sandkirchen. »Aber Vorsicht!«

»Wieso sollte ich vorsichtig sein?« Gontard tat verwundert. »Was ist denn daran verwerflich, wenn ich sage, dass wir unter Umständen von den Tschechen angegriffen werden können?«

Ihr Geplänkel wäre noch weitergegangen, und Gontard hätte sich womöglich noch in gefährliches Fahrwasser begeben, wenn nicht Glombeck in diesem Augenblick nach einem herumstreunenden Köter getreten hätte, der offenbar an sein Bein pinkeln wollte.

»Hau ab, die Hosen sind neu!«

Ringsum wurde um Ruhe gebeten, was aber den Zeitungsschreiber Grahsen, der sich nun ebenfalls, wenn auch mit Verspätung, eingestellt hatte, nicht daran hinderte, Gontard auf die Rettung seiner Tochter anzusprechen. »Es soll ja knapp gewesen sein, ist mir berichtet worden. Und dass ausgerechnet ein so bresthafter Mensch wie dieser Lumpensammler Waldschischek Ihre Luise gerettet hat, grenzt wirklich an ein Wunder.«

»Ja, ich will mich auch gleich anschließend in eine Droschke setzen und zu ihm fahren, um mich zu bedanken.«

Das tat Gontard dann auch, nachdem er bei Hirschfeld & Wolff, Unter den Linden 27, ein wenig Geld abgehoben hatte und seine Frau zugestiegen war. Henriettes und seine Dankbarkeit waren groß, beide waren sich aber im Klaren darüber, dass es besser war, Waldschischek und seiner Familie regelmäßig etwas zukommen zu lassen, als ihnen eine große Summe auf einmal zu überreichen, denn es gab sicher eine Menge Geier, die nur darauf warteten, ihnen alles wieder abzunehmen.

Als sie in der Linienstraße ankamen, fanden sie nur Auguste Waldschischek mit den drei kleinsten Kindern im Hinterhof. Sie hing gerade Wäsche auf - Stücke, die in der Dorotheenstraße längst aussortiert worden wären. Zwar hatten Gontard und Henriette Bettina von Arnims *Dies Buch gehört dem König* gelesen, doch das Elend der Armen mit eigenen Augen zu sehen und mit der eigenen Nase zu riechen war noch viel erschütternder. Beide bedankten sich bei Auguste Waldschischek, aber nur Gontard brachte es über sich, sie zu umarmen.

»Bei meinem Mann müssen Sie sich bedanken, der ist aber noch unterwegs«, sagte Auguste Waldschischek und wehrte ab. »Er hat nur als Christenmensch gehandelt. *Barmherzig und gnädig ist der Herr, geduldig und von großer Güte.* Er hat meinen Carl dazu gebracht, sich selber in Gefahr zu begeben, um Ihre Tochter aufzuheben und zu retten.«

Gontard war immer etwas verunsichert, wenn er es mit sehr frommen, einfachen Menschen zu tun hatte. »Aber wir möchten uns nicht darauf verlassen, dass Ihr Mann beim Jüngsten Gericht ...« Er stockte, denn das war nun doch eine Ironie, die im Café Stehely ihr Recht hatte, aber nicht hier in der Linienstraße. Verlegen fasste er in die Tasche seines Rockes und brachte das Couvert mit dem kleinen Geldgeschenk zum Vorschein. »Meine Frau und ich sind Ihnen von Herzen dankbar und möchten Ihnen hiermit eine kleine Freude machen.«

Auguste Waldschischek errötete. »Nein, das können wir nicht annehmen!«

Henriette ergriff das Wort. »Doch, doch, Sie brauchen

neues Bettzeug, Wintersachen für die Kinder und sich, einmal ein Stück Fleisch auf dem Teller, Holz und Kohlen für Ihren Ofen und so fort ...«

Je länger Henriette redete, desto mehr konnte sie Auguste Waldschischek überzeugen, dass die gute Tat, die ihr Mann vollbracht hatte, nicht dadurch an Wert verlor, dass sie ein Geschenk annahm.

Gontard konnte nicht glauben, dass sich ein Mensch, der der untersten Schicht der Gesellschaft angehörte, so edel verhielt. Das widersprach jedem Klischee, und er hätte vermutet, dass es so nur im Kolportageroman vorkommt, nicht aber in der Wirklichkeit. »Ein solcher Idealismus ist unfassbar«, sollte er später seinem Freund Friedrich Kußmaul sagen. Was mochte die Frau zu dieser Haltung treiben? War es ihre tiefe Frömmigkeit, war es ihr Stolz? Auch Lumpensammler war schließlich ein Beruf – wenn auch einer, der kein hohes Ansehen genoss. Während Gontard dies durch den Kopf ging, musterte er die Wäsche- und Kleidungsstücke, die auf der Leine hingen. So zerrissen und zerschlissen, wie sie waren, konnten sie nur dem entnommen worden sein, was Waldschischek auf seinen Rundgängen durch Berlin eingesammelt hatte. Doch da war ein Paar Hosen darunter, das einem Offizier oder einem anderen Uniformierten gehört haben musste. Aber nicht das allein ließ Gontards Puls in die Höhe schnellen, sondern vor allem die großen bräunlichen Flecke auf ihrer Vorderseite. Das war doch Blut! Auguste Waldschischek hatte es offenbar nicht vollkommen aus dem Gewebe waschen können.

»Wo haben Sie dieses Paar Hosen her?« Er zeigte auf das Stück, das er meinte.

»Die haben wir nicht gestohlen!«, rief Auguste Waldschischek. »Die haben mein Mann und mein Sohn entdeckt. Sie waren ganz blutig, die hat einer weggeworfen.«

»Und wissen Sie, wo das war?«

»An der Sternwarte unten.«

Gontard hatte den Stadtplan vor Augen. Von Willibald Alexis' Wohnung in der Wilhelmstraße bis zur Sternwarte war es ein Katzensprung. Sollte sich der Mörder der Mamsell Matschke des verräterischen Kleidungsstücks dort entledigt haben? Es sprach einiges dafür. Er überlegte, ob er Waldschischek dieses Paar Hosen abkaufen sollte. Nein, er konnte doch nicht durch alle einschlägigen Läden laufen und fragen, an wen man sie verkauft hatte! Davon gab es Hunderte, und er hätte nur ehrbare Bürger ins Gerede gebracht und anschließend deren Rache fürchten müssen. Und wenn er Werpel von seinem Fund erzählte, bekamen Waldschischek und seine Frau nur Ärger, weil er sie mit Sicherheit des Diebstahls bezichtigen würde.

Der Criminal-Commissarius saß an seinem Schreibtisch und übte sich in der Kunst des Bureauschlafs. Zu Hause hatte er in aller Herrgottsfrühe aus dem Bett gemusst, denn auf die Minute pünktlich zum Dienst zu erscheinen war in Preußen erste Beamtenpflicht. Werpel hätte noch so viele Morde aufklären können – wenn er unpünktlich war, wurde er disziplinarisch belangt und musste sich jede weitere Beförderung aus dem Kopf schlagen. Der Große Kurfürst hatte es im Fall des Prinzen von Homburg exemplarisch vorgemacht. Wie entscheidend die Schlacht auch war, die jemand für die Hohenzollern gewann, er war des Todes, wenn er vorher einem Befehl oder einem Gesetz zuwidergehandelt hatte.

Werpel träumte gerade von den Tänzerinnen im Königlichen Opernhaus, als heftig gegen die Tür geklopft wurde. Er fuhr hoch. Wer immer das war, er sollte sich zum Teufel scheren! So ungnädig wie möglich rief er deswegen: »Herein!«

In der Tür stand eine Frau, die er für ein Marktweib hielt.

»Wenn man Ihnen die Kohlköppe geklaut hat, gehen Sie doch bitte drei Türen weiter!«

»Nee, Herr Commissarius, man hat mir erdolchen wollen!«, rief sie und präsentierte ihm ihren entblößten linken Unterarm. »Hier hat er mir mit sei'm Messa jetroffen. Und seh'n Se hier, an'e Stirn, die Beule, da hat er mir betäum woll'n!«

Gontard erfuhr aus der Zeitung, dass der Mamsellenmörder wieder zugeschlagen habe und sein zweites Opfer nur mit knapper Not dem Schicksal der Amalia Matschke entgangen sei. Getroffen hatte es das 23-jährige Dienstmädchen Klara Kubinke, das beim Regierungsrat Karl Theodor Seydel in der Blumenstraße 18/19 in Stellung war. Sie sei auf dem Weg in den Keller, aus dem sie Sauerkraut habe holen wollen, von einem maskierten Mann mit einem dolchartigen Messer bedroht worden. Er habe versucht, sie mit einem stumpfen Gegenstand niederzuschlagen, sie aber nicht richtig erwischt. Jedenfalls sei sie nicht in Ohnmacht gefallen und habe seine Stiche abwehren können. Auf ihre Schreie hin habe der Mann die Flucht ergriffen. Präzise Angaben zur Person könne sie nicht machen, sie könne lediglich sagen, dass der Mann von normaler Statur gewesen sei und kein Wort gesprochen habe.

Gleich nach seiner letzten Unterrichtsstunde machte sich Gontard auf zu Werpel, um Näheres zu erfahren, doch der Criminal-Commissarius war nicht in seinem Bureau. Die Vorkommnisse waren allerdings zu vielversprechend, als dass Gontard sie nicht weiterverfolgt hätte, und so machte er sich auf den Weg zur Blumenstraße, die im Stralauer Viertel gelegen war und von der Alexanderstraße abging. Vom Molkenmarkt konnte Gontard den Weg zu Fuß in einer guten Viertelstunde schaffen. Daran, dass es der Mamsellenmörder nicht bei einer Bluttat bewenden ließe, hatte er keinen Augenblick lang gezweifelt. Seit dem Mord an der Matschke waren fünf Monate vergangen, und bei ihm musste sich wieder etwas aufgestaut haben, so wie sich das Wasser staute, wenn er in Wutike mit den Kindern Sand und Steine im Bach anhäufte und sie dann auf den unvermeidlichen Dammbruch warteten.

Karl Theodor Seydel, der Dienstherr der Kubinke, war als studierter Staatswissenschaftler 1842 zum preußischen Finanzministerium nach Berlin gekommen. Bald darauf war aber seine Strafversetzung nach Oppeln erfolgt, weil er es gewagt hatte, in Presseorganen zu publizieren, die als regierungsfeindlich angesehen wurden. Nun war er zurück in Berlin und, inzwischen Regierungsrat geworden, mit der Neuordnung des Bankenwesens befasst.

Gontard war ihm einige Male begegnet, und die beiden verstanden sich ausnehmend gut. Als er eingetreten war und sie sich begrüßt hatten, brauchte Gontard nicht lange zu erklären, warum er gekommen war.

»Natürlich sind Sie wegen meiner Klara hier!«, rief Seydel. »Man weiß doch schon lange, dass Sie, lieber Gontard, als privater Criminal-Commissarius die Residenzstadt unsicher machen.«

Gontard lachte. »Unsicher? Ich hoffe, dass ich sie sicherer mache!«

»Dann kommen Sie mal mit in die Küche, und sehen Sie sich das arme Opfer an!«, sagte Seydel.

Die leise Ironie ließ Gontard stutzen. »Kann ich dem Klang Ihrer Worte entnehmen, dass Sie der Mamsell Kubinke nicht so recht glauben?«

»Erraten!« Seydel führte Gontard ins Herrenzimmer, wo man sie von der Küche aus nicht hören konnte. »Ich glaube, dass sie den Überfall nur inszeniert hat, damit ihr Ludwig sie endlich ehelicht und sie in eine eigene Wohnung ziehen kann, wo sie weniger gefährdet ist.«

»Ludwig ist ihr Bräutigam?«

»Ja, er ist ein ehrbarer Tischlergeselle, der sich aber ein wenig zögerlich verhält.«

»Mir wäre es fast lieber gewesen, der Mamsellenmörder wäre wirklich wieder umtriebig geworden, denn, so zynisch es klingen mag, wir können ihn nur fassen, wenn er eine weitere Tat begeht.« Gontard überlegte kurz. »Kann ich die Dame Kubinke einmal selbst in Augenschein nehmen?«

»Ja, selbstverständlich.«

Seydel schwang eine Glocke, und wenig später trat die Kubinke ein, deutete einen Knicks an und fragte, was denn gewünscht sei. Dabei hielt sie ihren linken Arm so betont in die Höhe, als wolle sie sagen, dass es unmenschlich sei, eine so schwer verletzte Frau wie sie derart zu scheuchen.

»Bringen Sie uns bitte eine Kanne Tee und zwei Tassen!«

»Sehr wohl.« Wieder knickste sie und ging zurück in die Küche.

»Und?« Seydel sah Gontard fragend an. »Was sagt Ihnen Ihre Intuition?«

»Erst einmal bin ich bass erstaunt, wie dünn sie ist. Sie erscheint mir fast wie ein Hungerhaken, während wir, also

Werpel und ich, immer davon ausgegangen waren, dass es der Mamsellenmörder auf ausgesprochen korpulente Damen abgesehen hat.«

Seydel musste schmunzeln. »Das kommt wohl daher, dass in den Zeitungen steht, sein erstes Opfer sei eine dicke Sau gewesen.«

»Sicher.« Auch Gontard konnte eine gewisse Heiterkeit nicht unterdrücken. »Aber diese Zeitungsartikel lenken alles in Bahnen, die mir gar nicht recht sind, denn in Wirklichkeit ist es eine ganz und gar ernste Sache, und es steht zu befürchten, dass der Amalia Matschke noch weitere Frauen folgen werden.«

»Ich verstehe.« Seydel bot Gontard einen Stuhl an. »Setzen wir uns aber erst einmal und warten auf unseren Tee. Wenn Sie meine Klara befragen wollen, dann bitte tun Sie das!«

Gontard tat es, konnte aber auch nicht mehr herausfinden, als alle schon wussten. Klara Kubinke blieb dabei, dass alles so geschehen war, wie sie es dem Criminal-Commissarius Werpel berichtet hatte.

»Bleibt mir nur ein altbewährtes Mittel«, sagte Karl Theodor Seydel. »Abwarten und Tee trinken.«

Gontard seufzte. »Unsere letzte Tasse wird es wohl nicht sein. Es bleibt uns in der Tat nichts anderes, als den nächsten Mord an einer Mamsell abzuwarten.«

Neun

Daniel Grahsen hatte in der *Vossischen Zeitung* über den Anschlag auf das Dienstmädchen Klara Kubinke so berichtet, wie es von ihr zu Protokoll gegeben worden war, und nun stand er bei Werpel im Bureau, um sich zu erkundigen, ob es etwas Neues gäbe und man schon einen Tatverdacht habe.

Werpels Antwort bestand lediglich in einem ausdrücklichen Nein.

Grahsen wusste, dass der Criminal-Commissarius ihn nicht sonderlich mochte, hatte er doch schon oft genug angedeutet, dass er Werpel nicht für einen der Hellsten hielt. Mit seiner Meinung nicht hinter dem Berg zu halten, war er sich einerseits als ehrlicher Zeitungsschreiber schuldig, und seine Leser verlangten auch danach, andererseits aber verstopfte er sich damit seine Quellen bei der Polizei. Vielleicht war es besser, sich im Fall des Mamsellenmörders ausschließlich an Gontard zu halten, denn der wusste im Zweifelsfall mehr als Werpel, aber der Artillerie-Offizier war nun einmal keine staatliche Instanz. So überlegte er, ob er sich bei Werpel einschmeicheln sollte, um ihn zum Sprechen zu bringen, oder ob er es besser mit einer Attacke versuchen sollte. Es lag in seiner Natur, die zweite Alternative zu wählen.

»Ihre Bilanz sieht mager aus, Herr Commissarius. Erst

wurde das Schwein von Tillack dahingemetzelt, dann die Matschke – und nun der Versuch, die Klara Kubinke aufzuschlitzen. Ich habe schon von einem Fall gehört, dass ein Dienstmädchen Berlin verlassen hat – aus Angst, das nächste Opfer zu werden.«

Werpel stieß einen undefinierbaren Grunzlaut aus. »Wir haben nach jüngsten Zählungen über 408 000 Einwohner, da kommt es auf einen mehr oder weniger auch nicht an.«

Grahsen sah ihn eindringlich an. »Denken Sie auch so, wenn es um das Opfer eines Mordes geht?«

Werpel sah demonstrativ aus dem Fenster. »Es wird langsam Herbst bei uns.«

»Und danach folgt ein bitterkalter Winter.« Grahsen wandte sich zur Tür. »Für manchen jedenfalls.«

Unzufrieden über das Gespräch mit Werpel trat Grahsen auf die Straße hinaus. Er hatte das Gefühl, dem Criminal-Commissarius Unrecht getan zu haben, denn es gab – überschlägig gerechnet – vielleicht 150 000 Männer in der Stadt, die als Täter in Frage kamen. Es konnte aber auch ein Fremder gewesen sein, jemand, der sich nur kurz in der Residenzstadt aufgehalten hatte und dann weitergezogen war. Und weder bei Tillack noch in den Kellern von Willibald Alexis und Karl Theodor Seydel hatte Werpel verwertbare Spuren gefunden. Auch hatten sich keine verlässlichen Zeugen gemeldet. Was konnte der Mann bei dieser aussichtslosen Lage auch unternehmen? Selbst Gontard tappte noch völlig im Dunkeln. Grahsen überlegte, ob er darüber einen weiteren Artikel schreiben könnte. Nein, solange es keine neuen Erkenntnisse gab, war die Sache für die Leser uninteressant. Das Einzige, was sich vielleicht noch ausschlachten ließ, war die Angst unter den Dienstmädchen, Köchinnen, Ammen und Zugehfrauen, wenn sie denn wirklich welche hatten und Gontards Mamsell kein Einzelfall war. Am besten war es, wenn er die Damen selber fragte. Auf dem Molkenmarkt wurde es langsam lebendig, und er brauchte nur zu warten, bis ihm eine redselige Mamsell über den Weg lief.

Mit wem er indes zusammenstieß, war der Kattundrucker Leopold Behnert, der ihm noch aus früheren Zeiten bekannt war. Es war vor zwei Jahren gewesen, als es in der Kattunfabrik der Gebrüder Goldschmidt in der Köpenicker Straße 22–24 einen Streik gegeben hatte. Die hochqualifizierten Manufakturarbeiter waren unruhig geworden, weil man neuartige Maschinen aus England aufstellen wollte, durch die sie ihre Arbeit verloren hätten. Die Weberunruhen in Schlesien hatten ein Übriges getan, sie handeln zu lassen. Aber den Arbeitervereinen, die staatlicherseits unterdrückt wurden, mangelte es noch an Schlagkraft, und die Polizei, von den Gebrüdern Goldschmidt gerufen, hatte die Ordnung schnell wiederhergestellt, nachdem es zum Handgemenge mit Arbeitern gekommen war, die die Arbeit niedergelegt hatten. Die mutmaßlichen Rädelsführer hatte man verhaftet und teilweise zu hohen Gefängnisstrafen verurteilt. Behnert war nun als Erster aus der Haft entlassen worden.

»Und was machen Sie jetzt?«, fragte Grahsen.

»Ick warte.«

»Worauf?«

Behnert grinste. »Wenn ick det sagen täte, denn hätte ick noch mal zwee Jahre abzusitzen, mindestens.«

»Und wie schlagen Sie sich so durchs Leben?«

»Ich arbeite als Laufbursche und als Arbeitsmann bei Kahlbaum & Gillieux.«

Grahsen nickte. »Das ist eine gute Adresse.«

Damit eilte Behnert davon, während Grahsen weiter über den Markt schlenderte und nach einer Mamsell Ausschau hielt, die bereit war, ihm über ihre Ängste zu berichten. Nach ein paar Schritten prallte er zurück, denn das Hökerweib, das an seinem Stand neben einer Wanne mit lebenden Fischen saß, schien eine Wiedergängerin der aufgeschlitzten Mamsell Amalia Matschke zu sein. Ein wahrer Koloss war diese Frau! Mit bloßen Armen, die dem eines Schlächtergesellen in nichts nachstanden, langte sie in ihre Wanne, in der Rotflossen, schleimige Karpfen, Schleie und Barsche plätscherten. Ihr gelb geblümtes Kattunkleid schien dabei jeden Augenblick platzen zu wollen, die zu kleine Strohschute drohte, ihr vom Kopf zu rutschen und ins Wasser zu fallen.

»He, wenn Er mir weiter so lüstern anstarrt, verlange ick Entree!«, schrie sie.

Grahsen machte, dass er weiterkam. Als er in die Stralower Straße einbiegen wollte, kam ihm Johanna Kuschnowski entgegen, die er aus dem Café Stehely ganz gut kannte. Von der Figur her hätte sie es durchaus mit dem Fischweib aufnehmen können, doch was die Haare auf den Zähnen anging, war sie ihr deutlich unterlegen. Er sprach sie an, und sie zeigte sich durchaus geneigt, mit ihm ein wenig zu plaudern.

Waldemar Werpel hatte an diesem Mittwochabend die Flasche italienischen Rotweins, die eigentlich für die ganze Woche gedacht war, bis auf den letzten Tropfen geleert. Das war notwendig gewesen, um seinen Ärger hinunterzuspülen. Ursache dafür war der Artikel dieses unsäglichen Tintenkleckser der *Vossischen*, in dem ihm indirekt der Vorwurf gemacht wurde, dass Tausende von ehrbaren Frauen noch immer vor dem nicht gefassten Mamsellenmörder zittern mussten. Eine Köchin war mit dem Satz zitiert worden, dass auch blinde Hühner manchmal ein Korn fänden, die Berliner Polizei aber keinen Mörder. Er schimpfte immer wieder leise vor sich hin.

»Komm doch endlich mal auf andere Gedanken!«, rief seine Frau.

»Wie denn, Minna, wie denn?«

»Ich wüsste da schon etwas.«

Werpel erschrak, gab sich aber begriffsstutzig. »Soll ich in eine Destille gehen?«

»Nein, aber dich einmal an deine ehelichen Pflichten erinnern!«

»Gott, wir haben schon Kinder genug!«

»Heute brauchst du dich deswegen nicht zu sorgen.« Sie stand auf und küsste ihn auf die Nase. »Ich geh schon einmal ins Bett und warte auf dich.«

»Gut, ja.« Werpel wusste, dass er keine Chance hatte, sich diesem Befehl zu widersetzen, ohne dass es schreckliche Folgen hatte. Da brannte dann wochenlang das Essen an, und er hatte keine sauberen Hemden im Schrank, einmal davon abgesehen, dass Minnas Freundinnen tuschelten und kicherten, wenn er aus Versehen in ihr Kaffeekränzchen platzte.

In diesem Augenblick wurde heftig am Klingelzug gerissen. »Was ist denn das für ein Dummkopf!«, schrie er.

»Hier ist Krause!«, kam es aus dem Treppenhaus.

»Was wollen Sie zu dieser nachtschlafenden Zeit denn hier?«, schnauzte Werpel.

»Ick soll Ihnen holen!«, rief der Constabler. »Et brennt nämlich.«

»Dann holen Sie gefälligst die Feuerwehr und nicht mich!«

»Bei Stehely«, fügte Krause hinzu.

»Kann mir nur recht sein, wenn der Schuppen endlich abbrennt!« Werpel wusste, dass das Stehely Treffpunkt vieler Feinde Preußens war.

»Schick den besoffenen Kerl endlich weg«, rief Minna, »und komm ins Schlafzimmer!«

Wütend lief er auf den Korridor und wollte Krause den Marsch blasen. Er riss die Tür auf, um zu prüfen, ob der Constabler wirklich betrunken war. Nein, er hatte keine Fahne.

»Nun machen Sie doch endlich, dass Sie nach Hause kommen!«

Krause nahm Haltung an. »Det jeht aba nich ohne Ihnen, Herr Commissarius.«

»Wieso? Sie sind doch nicht blind.«

»Nee, det nich, aba wejen die Leiche.«

»Von welcher Leiche reden Sie?«

»Na, die bei Stehely im Keller liegen tut.«

Werpel begriff noch immer nichts. »Ist bei dem Feuer jemand umgekommen?«

Der Constabler staunte. »Nee, wieso?«

»Na, Sie haben doch selbst gesagt, dass es da brennt.«

»Wie man det so sagt, wenn et pressiert.«

Nun ging Werpel ein Licht auf. »Eine Mamsell ist wieder tot aufgefunden worden?«

»Ja!« Krause strahlte, weil er endlich verstanden worden war.

Aber auch Werpel strahlte, denn nun blieb es ihm erspart, sich Minnas höhnische Kommentare über seine nachlassende Manneskraft anzuhören. Schnell hatte er sich ordnungsgemäß angekleidet. Er drückte seiner Frau noch schnell einen Kuss auf die Wange. »Tut mir leid, mein Täubchen.«

Dann folgte er dem Constabler durch die nächtliche Residenzstadt, auf deren schlecht gepflasterten Straßen es noch immer so finster war, dass man aufpassen musste, sich nicht die Knochen zu brechen. Da half auch Krauses Blendlaterne nicht viel. Aber zum Glück war es von der Oberwallstraße bis zum Gensdarmen-Markt nur ein vergleichsweise kurzes Stück.

Bei Stehely angekommen, musste er sich auch diesmal sehr zusammennehmen, um nicht umzufallen. Zu sehr nämlich erinnerte ihn das Bild im Keller des Cafés an das, was er in der Schlacht bei Belle-Alliance gesehen hatte, nachdem ein Bajonett den Leib eines Kameraden aufgeschlitzt hatte und die Därme herausgequollen waren.

Der Viertel-Commissarius der Dorotheenstadt hatte schon ganze Arbeit geleistet, alles abgesperrt und mit dem Ruf »Keiner verlässt das Etablissement!« alle Gäste festgehalten. Einige Constabler waren im Einsatz, bewachten die Ausgänge und schrieben sich die Namen der Anwesenden auf. Der Name der Getöteten lautete Johanna Kuschnowski.

»Ganz famos!«, rief Werpel ihm zu. »Nun müssen Sie mir nur noch den Mamsellenmörder in Fesseln vorführen.«

»Meinen Sie, dass es sich um denselben Mörder handelt, der auch bei Willibald Alexis im Keller war?«, fragte der Viertel-Commissarius.

»Gewiss, es ist dieselbe Handschrift.« Für Werpel gab es daran keinerlei Zweifel. Dass es sich um jemanden handelte, der die erste Tat nachgeahmt hatte, hielt er für ausgeschlossen. Doch was half ihm diese Erkenntnis?

Die Leipziger Straße geht vom Dönhoffschen Platz bis an das Achteck und durchschneidet die Friedrichstadt quer in der Mitte. Sie ist eine der prächtigsten Straßen und bis ab dem Achteck 270 rheinländische Ruten lang. Sie ist voll ansehnlicher Häuser und Paläste. Der jetztregierende König hat 1773 bis 1777 46 neue Häuser nach Ungers Zeichnungen erbauen lassen, deren einige, wie z. B. die Eckhäuser an der Jerusalemsstraße, vier Geschosse, die übrigen aber drei Geschosse haben. Ohnweit des Potsdamer Thors linker Hand sind zu bemerken das von Löbensche Haus, worin das Hauptritterschaftskreditkollegium seine Session und Kasse hat.

So stand es in der dritten Auflage von Friedrich Nicolais *Beschreibung der königlichen Residenzstadt Berlin*, welche 1786 erschienen war. Und genau neben dem erwähnten Löbenschen Haus hatten sich Dr. Friedrich Kußmaul und seine Frau Luise eine stattliche Wohnung eingerichtet und in der letzten Septemberwoche einige Freunde und Kollegen zu einer kleinen Abendgesellschaft eingeladen, unter ihnen auch Gontard und seine Frau Gemahlin.

Gontard ging gerne zu solchen Veranstaltungen, schließlich gehörte es zu seinen Leidenschaften, möglichst viele Menschen zu kennen, war doch ein jedes Leben wie ein Roman, und auch Henriette freute sich, nach den ruhigen Tagen von Wutike nun wieder mehr Leben um sich zu haben. Die Kinder konnten sie ohne Bedenken einer Tante anvertrauen.

Bevor sie sich auf den Weg machten, kam es zu einem kleinen Wortgeplänkel zwischen ihnen, denn für Gontard als Offizier galt die Devise »Fünf Minuten vor der Zeit ist des Soldaten Pünktlichkeit«, während Henriette gerne trödelte und es geradezu hasste, zu den ersten Gästen zu gehören und eine Weile steif herumzustehen. Sie einigten sich schließlich darauf, zehn Minuten nach der verabredeten Zeit bei Kußmaul einzutreffen.

Die Zofe, mit weißem Häubchen und frisch gebügelter Schürze, nahm sie in Empfang und führte Henriette mit den Worten »Bitte – die Damen legen hier ab« zu einem Stübchen, das auf den Hof hinausging, während Gontard sich selbst überlassen blieb und Zeit hatte, sich im Spiegel zu betrachten. Obwohl er nun auch schon 36 Jahre alt war, wusste er noch immer nicht, als was er sich eigentlich sehen sollte: als forschen Artillerie-Offizier, als Professor einer Militärakademie, als adligen Flaneur und Müßiggänger oder als verhinderten Criminal-Commissarius. An und für sich war er von allem etwas.

Andere Gäste kamen, und das Mädchen öffnete die Flügeltüren, damit man in den Salon eintreten konnte, in dem Kußmaul und seine Gattin warteten, um alle zu begrüßen. Über die Tischordnung war lange nachgedacht worden. Gontard empfand es als sehr interessant, dass er zwischen dem Astronomen Johann Gottfried Galle und der Schriftstellerin und Frauenrechtlerin Louise Aston zu sitzen kam.

»Befehlen Sie weiß oder rot?«, war die erste Frage, die er an seine Tischdame richtete, und als der Lohndiener Weißwein vom Rhein gebracht hatte, kamen sie auf die Aufführung des Trauerspiels *Struensee* von Michael Beer mit der Musik von Giacomo Meyerbeer zu sprechen.

»Ich finde es anrührend, dass Michael Beer noch nicht in Vergessenheit geraten ist«, sagte Gontard. »Nun ist er immerhin schon dreizehn Jahre tot. Aber die Aufführung im Königlichen Schauspielhaus wird wohl sein Bruder betrieben haben, der ja eigentlich Jakob Meyer Beer heißt.«

»Ach, *Struensee!*«, rief Louise Aston. »Dieses Stück ist doch nichts gegen sein anderes Trauerspiel *Der Pariah*, ein Schmerzensschrei über das Pariatum der Juden.«

»Ich war begeistert vom *Struensee*«, bemerkte Gontard.

»Wer war Struensee?«, fragte Galle von der anderen Seite her.

»Johann Friedrich Struensee ist in Halle auf die Welt gekommen und war der Leibarzt des dänischen Königs«, erklärte ihm Gontard. »Er erlangte das Vertrauen von Christian VII., gewann zusehends an Macht am Hofe und setzte in Dänemark die Ideen der Aufklärung um: Meinungs- und Pressefreiheit, Abschaffung der Folter, Reform des Schulwesens. Seine fortschrittlichen Ideen und sein schneller Aufstieg machten ihn aber bei Hofe rasch unbeliebt, und als er auch noch eine Affäre mit der Königin hatte, haben die Dänen ihn 1772 vor den Toren Kopenhagens geköpft, gevierteilt und auf das Rad geflochten.«

»Das muss ich unbedingt einmal nachlesen!«, rief Galle. »Ich muss schon zugeben, dass man einsam wird und nicht weiß, was in Europa so geschieht, wenn man immer nur unterm Fernrohr hockt.«

»Aber dafür wissen Sie doch über alles Bescheid, was im Weltall vor sich geht!« Gontard hob sein Glas. »Prost, auf Ihre Entdeckung! Meinen herzlichen Glückwunsch noch nachträglich.«

Johann Gottfried Galle hatte an der Berliner Sternwarte einen inneren dunklen Ring des Saturns und drei neue Kometen entdeckt. Am Morgen des 23. September 1846 hatte er einen Brief des Franzosen Urbain Le Verrier erhalten, der die Bahnstörungen des Planeten Uranus untersucht hatte. Le Verrier hatte daraus die Position eines noch unentdeckten Planeten abgeleitet und Galle gebeten, den entsprechenden Himmelsabschnitt abzusuchen. In der gleichen Nacht hatte nun Galle unter Mitwirkung eines Assistenten, nur ein Grad von der errechneten Position entfernt, einen Stern achter Größenklasse entdeckt, der in der *Berliner Akademischen Sternkarte* noch nicht verzeichnet war und die Eigenschaft eines Planeten hatte.

»Das neue Kind in der Planetenfamilie haben wir nun«, sagte Galle, nachdem er sich für die Glückwünsche bedankt hatte. »Nur haben wir es noch nicht taufen können, da man über seinen Namen noch keine Einigkeit erzielen konnte.«

»Natürlich muss er nach Ihnen benannt werden!«, rief Louise Aston. »Ehre, wem Ehre gebührt.«

Galle winkte ab. »Erst einmal heißt er in der Fachwelt schlicht und sachlich ›der Planet außerhalb von Uranus‹, in Frankreich aber wird er auch ›Le Verriers Planet‹ genannt. Ich selbst schlage den Namen Janus vor, die Engländer hätten gern den Namen Oceanus.«

Nach dem Mahl zogen sich die Herren in ein separates Zimmer zurück, um sich ihre Cigarren anzuzünden, und da nun stand Gontard im Mittelpunkt, denn alle zeigten ein reges Interesse am zweiten Mamsellenmord.

»Meine Herren, ich kann Ihnen auch nur wenig mehr berichten, als in den Gazetten steht«, sagte Gontard. »Ich weiß nur, dass der Criminal-Commissarius Werpel den Zeitungsschreiber Daniel Grahsen von der *Vossischen* im Verdacht hat. Zwei Gründe gibt er dafür an: Erstens ist Grahsen vor der Tat mit der Johanna Kuschnowski zusammen gesehen worden, und Augenzeugen sagen, er habe ihr Avancen gemacht, sei aber abgewiesen worden. Zum Zweiten hat Grahsen das Café Stehely etwa zehn Minuten vor der Tat verlassen, ohne dass ihn danach noch jemand gesehen hätte, und Werpel schließt daraus, dass er sich im Keller des Cafés versteckt hat, um der Mamsell Kuschnowski aufzulauern.«

»Hat er ihr denn vorher Gewalt angetan?«, fragte Galle.

Gontard verneinte. »Das ist es offenbar nicht, was der Täter sucht, um sich Lust zu verschaffen. Es geht ihm wohl einzig und allein um das Töten, das Aufschlitzen seines Opfers, den Blutrausch.«

»Ich denke manchmal, dass es ein Soldat ist, der unter dem Zwang steht, das zu wiederholen, was er im Krieg erlebt hat«, sagte Adolf Kußmaul, der Bruder des Gastgebers und ebenfalls Mediciner, der aus Heidelberg angereist war.

»Als Soldat dürfte er mit seinem Bajonett keine Frauen aufgeschlitzt haben«, wandte Gontard ein. »Es ist eher an einen Täter zu denken, der auf korpulente Frauen fixiert ist.«

Friedrich Kußmaul spottete nun ein wenig über seinen Freund. »Ja, der Täter wird von irgendeinem ominösen Wesen besessen sein, das ihn zwingt, eine Mamsell nach der anderen umzubringen.«

Gontard wehrte sich gegen diese Attacke. »Damit ist nur umschrieben, wofür die Irrenärzte in der Charité noch keinen Namen haben.«

»Man müsste einem Menschen doch anmerken, dass er eine so teuflische Kraft in sich trägt«, stellte Ludwig Kahlbaum fest.

»Nein, das ist eben nicht möglich!«, widersprach Gontard ihm. »Ein solcher Mensch ist im Alltag durch und durch unauffällig – bis ihn dann in bestimmten Augenblicken der Trieb zum Töten packt.«

Kußmaul nickte. »Ich stelle mir das so vor wie bei einem epileptischen Anfall.«

»Aber irgendwie muss der Mann seine Taten doch planen«, warf Galle ein. »Vielleicht denke ich zu sehr als Mathematiker und Astronom – aber wenn es sich so verhält wie bei der Epilepsie, wie kann er dann gerade in dem Moment in der Nähe einer fülligen Mamsell sein, wenn der Anfall bei ihm einsetzt?«

»Da mögen Sie recht haben«, musste Kußmaul zugeben. »Also muss sich der Trieb langsam bei ihm aufbauen und ihn dazu bringen, durch Berlin zu laufen und nach einem Opfer Ausschau zu halten.«

»Schön und gut«, sagte Gontard, »aber das bringt Werpel und mich auch nicht weiter, denn in jeder Minute laufen unzählige Männer durch Berlin und halten mehr oder minder lüstern Ausschau nach Frauen aller Art zwischen, sagen wir, fünfzehn und fünfzig.«

In diesem Moment drang aus Kußmauls Küche ein schrecklicher Schrei zu ihnen ins Herrenzimmer, und alle hatten nur den einen Gedanken, dass es der nächste Mamsellenmord war.

Doch als sie den vermeintlichen Tatort erreicht hatten, mussten sie feststellen, dass ihr neues Mädchen nur so laut geschrien hatte, weil sich eine Ratte in die gutgefüllte Speisekammer verirrt hatte.

Zehn

Waldemar Werpel hatte in seinen langen Jahren als Soldat und Beamter gelernt, es einfach hinzunehmen, wenn ihn seine Oberen ab und an zusammenschissen. Diesmal war es der Oberstaatsanwalt Dr. Concarneau, der ihn sich zur Brust nahm.

»Mein lieber Werpel, bei Hofe ist man wenig amüsiert darüber, dass Sie die Journaille mit einem solch fetten Brocken füttern wie der Festnahme dieses Schreiberlings.«

Werpel wusste, dass ein subalterner Beamter wie er nicht zu räsonieren hatte, brachte aber trotzdem die Courage auf, sich zu verteidigen. »Grahsen hat eine Viertelstunde vor der Tat das Café Stehely verlassen, und er ist zuvor mit der Kuschnowski gesehen worden. Er hat ihr Avancen gemacht, ist aber abgewiesen worden.«

»Das reicht beim besten Willen nicht aus, ihm den Prozess zu machen. Das hätten Sie wissen müssen!«

»Sehr wohl, Herr Oberstaatsanwalt!« Werpel hätte sagen können, dass schon mancher ein Geständnis abgelegt hatte, wenn man ihn auf bloßen Verdacht hin in die Stadtvogtei gebracht hatte, unterließ es aber, weil es Concarneau nur gereizt hätte.

»Sie bringen uns den Mamsellenmörder so schnell wie möglich, aber ohne unnütz Staub aufzuwirbeln! Haben wir uns verstanden?«

»Jawoll, Herr Oberstaatsanwalt!«, rief Werpel, dachte aber bei sich:, Du Idiot, du – du hast ja von nichts eine Ahnung!

Wieder im Bureau, sank Werpel erst einmal auf seinen Stuhl und langte in seine unterste Schreibtischschublade, um sich einen Schluck Kümmel zu genehmigen. Diesen Trost brauchte er dringend, denn seine Lage war besch... Im Fall des Mamsellenmörders konnte ihm nur der Zufall helfen, aber der ließ sich schlecht herbeizaubern. Was blieb ihm also anderes, als dazusitzen und abzuwarten? Doch wie hieß es so schön: Hoffen und Harren macht manchen zum Narren. Außerdem meckerten seine Vorgesetzten wie auch die Bürger, wenn sie ihn tatenlos herumsitzen sahen. Also schnappte er sich den Constabler Krause, um mit ihm durch die Residenzstadt zu ziehen und alle zu befragen, die zur Tatzeit am Gensdarmen-Markt im Café Stehely gesessen hatten. Ein Constabler hatte glücklicherweise gleich nach Entdeckung der Leiche alle Namen aufgeschrieben.

Krause maulte. »Ausjerechnet icke muss nu wieda durch die janze Stadt latschen.«

Werpel gab sich kollegial. »Was soll ich erst sagen? Was meinen Sie, wie ich leide, weil ich den Mamsellenmörder nicht fassen kann!«

Krause lachte. »Bringen Se doch selba eene um, dann wissen Se janz jenau, wer et jewesen is.«

Werpel verdrehte die Augen und zog in einem so hohen Tempo los, dass der dicke Constabler bald ins Schwitzen kam und nach Atem rang.

»Mann, der hechelt ja wie meine Alte in der Gebäranstalt!« So der Kommentar eines der unvermeidlichen Eckensteher.

Auf Werpels Liste obenan stand Jacob Grimm, den sie aber nicht in der Friedrich-Wilhelms-Universität vorfanden, sondern in seiner Privatwohnung aufsuchen mussten am Rande des Thiergartens, in der Lennéstraße 8.«

»Sicherlich sitzt er wieder mit seinem Bruder am *Deutschen Wörterbuch*«, vermutete Werpel.

»Wozu braucht'n unsereena so'n Wörtabuch?«, fragte Krause. »Wir könn'n doch schon alle Deutsch.«

»Er sammelt alle deutschen Wörter«, belehrte ihn Werpel.

»Solla lieba Pilze sammeln, wenna schon wat sammeln muss«, sagte Krause. »Det is nahrhafta!«

Jacob Grimm empfing sie sehr freundlich, hatte im Café Stehely aber nichts bemerkt, was Werpel weitergebracht hätte. Der war nicht enttäuscht, hatte er sich von diesem Besuch doch auch kaum etwas erwartet.

Ihre nächste Station war die Königliche Bibliothek am Platz am Opernhaus, die nach Plänen des preußischen Baumeisters Jan Boumann zwischen 1770 und 1780 errichtet worden war. Ihre geschweifte Gestalt sollte sie, so erzählten sich die Berliner, einer Laune Friedrichs des Großen verdanken, der Boumann eine Commode als Muster mitgegeben hatte. Oberbibliothekar war seit 1842 der Hannoveraner Historiker Dr. Georg Heinrich Pertz.

Der Vorbau der »Commode« trug die von Friedrich II. höchstselbst verfasste Inschrift *Nutrimentum spiritus*, was Werpel und seinen Adlatus zu verwegenen Deutungen anregte.

»Im Nu Spiritus«, meinte Krause. »Aber wat soll det *trimentum*? Ick weeß: Det heißt so, wenn eena total besoffen ist.«

Werpel schüttelte den Kopf. »Was Sie meinen, heißt

Delirium tremens. Das hier muss etwas anderes sein. Eine Nutria ist eine Biberratte und liefert herrliche Felle. Und *nutrimentum* wird etwas Lateinisches sein. Aber dass die hier in einer Bibliothek Nutrias in Spiritus eingelegt haben, will mir nicht recht einleuchten.«

Es dauerte eine Weile, bis sie zu Pertz vorgelassen wurden, doch der konnte ihnen ebenso wenig wie Jacob Grimm in der Sache Johanna Kuschnowski weiterhelfen.

»Warten Sie am besten bis zum Jahre 1856! Dann haben wir bestimmt eine Monographie über den Berliner Mamsellenmörder in der Bibliothek stehen.«

Werpel lachte. »Ich verstehe, Sie sind der Meinung: *Nutrimentum spiritus*.«

Und prompt fiel der Oberbibliothekar auf seine kleine List herein. »Oh, Sie haben das übersetzen können? Nahrung des Geistes.«

»Klar, ein Criminal-Commissarius muss jede Gaunersprache kennen.«

Pertz war ein wenig irritiert. »Latein bezeichnen Sie als Gaunersprache?«

»Na, waren das keine Gauner, die Julius Caesar ermordet haben?«

Danach blieb ihnen an diesem Vormittag noch der Ingenieur Friedrich Carl Hermann Wiebe, der am Königlichen Gewerbe-Institut in der Klosterstraße 35/36 Maschinenlehre und das Entwerfen von Maschinen unterrichtete.

Auch ihm stellte Werpel die übliche Frage. »Ist Ihnen an dem Tag, an dem die Johanna Kuschnowski ermordet worden ist, im Café Stehely etwas aufgefallen?«

Wiebe lachte. »Ja, ich habe bemerkt, dass der Kaffee etwas dünner war als sonst.«

Werpel fand das wenig amüsant. »Es geht hierbei um

die Aufklärung eines Mordes, mein Herr! Und ich bin keiner Ihrer Schüler, die Sie aufheitern müssen, damit sie nicht einschlafen.« Er hielt das für gut gekontert.

Wiebe wurde nun ernsthaft. »Doch, etwas ist mir aufgefallen: dass nämlich die Kuschnowski gern in die Gasträume gekommen ist, um mit dem einen oder anderen Herrn etwas zu plaudern. Offenbar war sie näheren Bekanntschaften nicht abgeneigt.«

»Sie meinen also ...« Werpel ließ den Satz unvollendet, weil er ihm absurd erschien. »Wer tötet denn die Frau, die ihm Lust beschert?«

»Na, wenn se ihm nich mehr ranjelassen hat!«, rief Krause.

»Mensch, Krause, Sie sind ja ein Genie!« Werpel konnte es nicht fassen, dass sein einfältiger Constabler einmal einen vernünftigen Gedanken gehabt hatte. »Dann lassen Sie uns mal zum Sophien-Kirchhof eilen, wo sie die Kuschnowski zu Grabe tragen! Wenn alle ihre Liebhaber da sind, können wir deren Gesichter beobachten, und falls einer bei der Beisetzung fehlen sollte, dann könnte das der Täter sein.«

»Na, der sitzt doch bestimmt in det Café da am Gensdarmen-Markt«, sagte Krause.

Werpel konnte ihm nicht folgen. »Wie kommen Sie darauf?«

»Na, meine Olle sagt doch imma, det der Täta an den Ort seiner Tat zurückkehren tut.«

Werpel winkte ab. »Ja, vielleicht tut er dies später mal, nach Jahren, oder auch nicht, wenn er inzwischen nach Amerika gegangen ist.«

Da es Werpel pietätlos fand, sich unter die etwa zwanzig Trauergäste zu mischen und mit in die Kapelle zu gehen, warteten sie draußen auf der Ackerstraße, bis alle eingetreten waren, und schlichen dann auf den Kirchhof, um sich in der Nähe der ausgehobenen Grube zu verstecken. Da die Büsche ihre Blätter Ende Oktober schon weitgehend verloren hatten, blieben ihnen zur Tarnung nur die größeren Grabsteine. Als sie endlich einen gefunden hatten, der ihnen ausreichend Deckung bot, entdeckten sie nebenan einen anderen neugierigen Menschen.

»Gontard, Sie!«, rief Werpel. »Was machen Sie denn hier?«

»Na, was wohl? Ich will mir schon mein eigenes Grab aussuchen – für den Fall, dass ich einmal die Flugbahn eines Geschosses falsch berechne und es in hohem Bogen zurückkommt und mich selber trifft.«

Der Constabler Krause konnte sich vor Heiterkeit gar nicht mehr einkriegen und wieherte los. »Det is jut, det muss ick mir merken!«

»Ruhe!«, rief Werpel. »Wir sind hier auf einem Kirchhof und nicht im Theater.«

»Zuschauer sind wir schon«, sagte Gontard. »Mal sehen, wer sich außer uns noch so an dem Begräbnis der Kuschnowski interessiert zeigt.«

Als die Trauergemeinde dann ans Grab trat und der Pfarrer die letzten Worte sprach, konnten sie nur einen Mann entdecken, der ihnen bekannt war, und das war Albert Bölzke. Sie fingen ihn nach Ende der Feier auf der Straße ab und fragten ihn, was ihn bewogen habe, an der Trauerfeier teilzunehmen.

Bölzke grinste. »Nüscht Besonderet. Ick jehe öfter uff Beerdigungen und schmuggle mir ein, als entfernter Vetter vom Lande oda so, weil et hinterher beim Leichenschmaus imma so schön wat zu essen jibt.«

In Preußen experimentierte man noch nicht mit Raketengeschossen, aber ab und an gab es auf dem Schießplatz der Artillerieprüfungskommission in Tegel schon Versuche mit neuartigen Waffen. Dort aufzutauchen war für Gontard nicht nur dienstliche Pflicht, er unternahm den Ausflug in die Jungfernheide auch gerne, denn zum einen konnte er noch immer dazulernen, und zum anderen traf er immer wieder Kameraden, die er mochte. Diesmal allerdings war ihm nur ein einziges Gesicht vertraut, und zwar das seines ehemaligen Schülers Georg von Glombeck.

»Was treibt Sie denn nach Tegel?«, fragte Gontard.

»Ich habe letzte Woche meinen Dienst als Lieutenant beim Artillerieregiment No. 2 in der Kaserne Am Kupfergraben angetreten und bin als Beobachter hierher beordert worden.«

Gontard mochte Glombeck nicht besonders, aber da sich kein Besserer finden ließ, musste er mit ihm als Gesprächspartner vorliebnehmen. Mitunter konnte Glombeck ja auch ganz unterhaltsam sein.

Glombeck stöhnte. »Die Anreise von Berlin aus ist immer noch eine ziemliche Tortur.«

Gontard konnte ihm nur beipflichten. »Ich sehne mir auch den Tag herbei, an dem man mit der Eisenbahn anreisen kann. Nach Nauen gibt es nun seit dem 15. Oktober eine Strecke, und eines fernen Tages wird es bestimmt auch eine geben, die über Tegel bis nach Kremmen führt.«

»Ja, alles antreten zur gemeinsamen Fahrt zum Kremmener Damm!«, rief Glombeck.

»Na, lieber nicht«, entgegnete Gontard, denn bei den Schlachten am Kremmener Damm, wo es 1332 wie 1412 gegen die Pommern gegangen war, hatten die Brandenburger den Kürzeren gezogen.

»Nur in der Niederlage wachsen die Menschen«, meinte Glombeck mit leichter Ironie.

»Es sei denn, ihre Niederlage endet tödlich«, fügte Gontard hinzu.

Nun begannen die Schießversuche, die ihnen aber keine neuen Erkenntnisse brachten, und da sie die ganze lange Zeit über mit angenehmen Gesprächen verbracht hatten, beschlossen sie, auch um ihre Gehwerkzeuge zu stählen, gemeinsam nach Berlin zurückzumarschieren – immer die Chaussee entlang, am Wedding vorbei, bis endlich die Chausseestraße erreicht war. Auf Höhe der Infanteriekasernen waren sie dann so ausgedörrt, dass sie in einen Krug einkehren mussten. Beim Bier sprachen sie über ihre militärischen Wurzeln.

»Meine Vorliebe für die Artillerie ist auf meinen Großvater zurückzuführen«, erzählte Glombeck. »Der war nämlich stellvertretender Kommandant der Garnison Koblenz, sprich der Festung Ehrenbreitenstein, auf der die Fußartillerie zu Hause war, das Regiment No. 9.«

»Bei mir war es ein Onkel mütterlicherseits, der mir das Militär nahebrachte. Er war auf der Spandauer Zitadelle zu Hause, das heißt beim Garde-Fußartillerie-Regiment. Im Berliner Jargon wurden die Soldaten dieses Regiments auch Bumsköppe genannt, was ebenso spöttisch wie liebevoll gemeint war – so will ich jedenfalls hoffen. Als Kinder haben wir uns immer Festungen aus Sand gebaut und dann versucht, die Festung des anderen mit kleinen Feldsteinen zu treffen und zu zerstören, so aus fünf Metern Entfernung, was manchmal auch blutig endete.«

»Wie kann ich mir das vorstellen?«, fragte Glombeck.

»Na, das passierte, wenn die Flugbahn des Geschosses falsch berechnet war und ein Stein nicht die Festung traf, sondern das nackte Bein des danebenstehenden Verteidigers.«

So ging es eine gute halbe Stunde mit ihren Erinnerungen hin und her, bis Glombeck sich entschuldigte. Er müsse kurz auf den Abtritt – das viele Bier! Als er nach zehn Minuten noch immer nicht zurück war, stand Gontard auf, um ihn zu suchen. Es konnte ja sein, dass Glombeck plötzlich schlecht geworden war. Der Abtritt befand sich hinten auf dem Hof, und vielleicht war er unglücklich gestürzt und mit dem Kopf gegen einen Stein geschlagen.

Doch der junge Offizier stand am Küchenfenster und spähte mit entrücktem Gesicht hinein, presste jetzt sogar seine Nase ans Fensterglas. Ohne dass Glombeck ihn bemerkte hätte, zog Gontard sich zurück und öffnete die Küchentür vom Flur her. Wen er am Herd stehen sah, war eine Frau, die man auf den ersten Blick für die Matschke oder die Kuschnowski hätte halten können.

Elf

Blut will der Dämon, der in mir wohnt, immer neues Blut. Tillacks Tier hat ihn nur lachen lassen, und die Matschke und die Kuschnowski reichen ihm auch nicht. Gnadenlos treibt er mich an, Tag für Tag zwingt er mich, nach neuen Opfern für die Nacht zu suchen. Ich kann ihm nur entrinnen, wenn ich mich selber töte, doch das will er nicht zulassen.

Der Mamsellenmörder war über alles gut informiert, was der Criminal-Commissarius bislang in den Mordfällen Matschke und Kuschnowski erreicht hatte. Und er wusste, dass er bis jetzt noch keinen Fehler begangen hatte, denn Werpel war weit davon entfernt, Witterung aufzunehmen. Mehr als ihn hatte er Christian Philipp von Gontard zu fürchten, doch auch der Artillerie-Offizier tappte offenbar noch völlig im Dunkeln. Und so intensiv der Unbekannte sein Umfeld auch beobachtete, niemand schien eine Ahnung von seinen nächtlichen Ausflügen zu haben, geschweige denn von dem Dämon, der Besitz von ihm ergriffen hatte. Doch er war klug genug, um zu wissen, dass er nicht auf Dauer unfehlbar sein konnte. Einmal würde er doch Spuren hinterlassen, die ihm gefährlich werden konnten. Es hieß also vorzubauen, und das ging am besten, indem er den Verdacht auf andere lenkte. Da boten sich am ehesten die beiden an, die Werpel ohnehin schon im Visier hatte: Albert Bölzke, der Dienstmann und Eckensteher, und Daniel Grahsen, der Zeitungsschreiber. Wie das Alphabet es gebot, wollte er mit Bölzke beginnen.

Ein Gedanke schoss ihm durch den Kopf: Bring als Nächste die Frau um, mit der Bölzke in einer gewissen Beziehung steht! Und da es an diesem Tage einige Stunden gab, in denen er keinen Pflichten nachkommen musste, machte er sich auf, Bölzke zu beobachten. Vermutlich lungerte der in der Friedrichstraße herum ... Und richtig, Ecke Jägerstraße stand er, vertieft ins Gespräch mit einem Freund. Der Unbekannte schlich sich heran und lauschte.

»Da will ick sehen, ob ick 'ne Stelle als Kutscher bekomme!«, hörte er Bölzke sagen.

»Na, hoffentlich kannste mit die Jäule umjehen.«

»Klar kann ich det, ick komm' schließlich vom Lande.«

Der Mamsellenmörder hatte schnell erraten, worum es den beiden ging, nämlich um die Berliner Pferdeomnibusse. Deren Zeit war endlich auch in der preußischen Residenz angebrochen. Die Concessionierte Berliner Omnibus-Compagnie hatte am 15. Oktober 1846 die Genehmigung zum Betrieb von fünf Linien erhalten und wollte am 1. Januar 1847 die ersten Wagen zwischen dem Alexanderplatz und der Thiergartenstraße pendeln lassen. Da war es jetzt sicherlich höchste Zeit, sich nach geeigneten Kutschern umzutun.

In diesem Augenblick hatte der Unbekannte eine Eingebung, die er schlechthin als genial einstufte: Bring deinen Dämon dazu, auf Bölzke überzuspringen!

Er folgte dem Dienstmann in einer Entfernung von dreißig Schritten und geriet nie in Gefahr, ihn aus den Augen zu verlieren. Dabei hoffte er nur, keinem Menschen zu begegnen, den er gut kannte, denn dann gebot es der Anstand, stehen zu bleiben und ein paar Minuten zu plaudern. Er hatte aber Glück und traf nur auf Bekannte, bei denen es genügte, kurz den Hut zu lüften und sich im Vorübergehen guten Tag und guten Weg zu wünschen. Der November war so kalt und regnerisch, wie es sich für die Residenzstadt gehörte, und es waren nicht viele Menschen unterwegs. Bölzke bog nun in die Dorotheenstraße ein, und der Mamsellenmörder zögerte einen Augenblick, da er wusste, dass hier Christian Philipp von Gontard seine Wohnung hatte. Unsinn, wie soll denn Gontard Gedanken lesen können? Also blieb er Bölzke auf den Fersen und sah ihn auf dem Grundstück Dorotheenstraße 12 verschwinden. Ah ja, hier hatte die neue Omnibus-Gesellschaft ihren Sitz. Der Unbekannte überlegte. Auf der Straße zu stehen und eine halbe Stunde auf Bölzke zu warten brachte ihm wahrscheinlich eine Influenza ein, doch er musste eine Gelegenheit suchen, Bölzke tief und fest in die Augen zu schauen, denn sein Dämon wechselte auf den Strahlen der Blicke von einem Menschen zum anderen. Auch ihn, N. N., musste ein Mörder lang und intensiv angeschaut haben, sonst wäre er nicht zum Täter geworden, sondern hätte seinen Hass auf solche Mamsellen wie die Matschke und die Kuschnowski überwinden können. Der Dämon wusste genau, welche Menschen dazu geeignet waren, zu Mördern zu werden, und auf die sprang er über, denn Blut wollte er, Blut und nochmals Blut. Er wollte es sehen, schmecken, trinken. Und Bölzke war so ein Mensch. Dieser Grahsen wohl weniger, der musste nicht zustechen, der beging seine Grausamkeiten mit Tinte und Feder. Also wartete der Unbekannte auf Bölzke.

Als der wieder auf die Straße trat, geschah dies so beschwingt, dass von einer erfreulichen Unterredung mit den Männern von der Omnibus-Gesellschaft auszugehen war. Wenn der Unbekannte Bölzke richtig einschätzte, dann strebte er jetzt der nächstbesten Destille zu, um das freudige Ereignis gebührend zu begießen. Doch der Kutscher in spe ließ sich Zeit damit, er streifte erst einmal durch die Straßen, offenbar war er auf der Suche nach einem Saufkumpan. Zuerst ging es zum Brandenburger Thor. Dort postierte sich Bölzke an der Haltestelle der Thorwagen, die Berlin mit Charlottenburg verbanden, und wartete, bis das erste Gefährt herangerollt war, um Fahrgäste aufzunehmen. Bei dem ekligen Wetter heute dauerte es eine Weile, bis alle Plätze besetzt waren, und Bölzke nutzte die Zeit, um mit dem Kutscher über die Licht- und Schattenseiten seines Berufs zu plaudern. Währenddessen war der Thorwagen, der aus Charlottenburg kam, eingetroffen und hielt dicht neben der abgehenden Kutsche. Ein halbes Dutzend Fahrgäste machte sich ans Aussteigen, darunter eine schwerbeladene Dickmadam. Sofort war Bölzke zur Stelle, um ihr behilflich zu sein. Er nahm ihr die Taschen ab und fragte, wohin er sie denn bringen solle.

»Zum Hôtel de Saxe.«

»Wollen Madam da absteigen?«, fragte Bölzke.

»Nein, ich bin da als Köchin in Stellung.«

Der Unbekannte folgte den beiden in geringer Entfernung und konnte, sobald der Wind günstig wehte, Teile ihres Dialogs verstehen. Sie hieß Charlotte Pölbitz, und beide verabredeten sich für den Sonntag.

Der Dämon begann in seinem Kopf zu rumoren. Die will ich als Nächste! Die sollst du mir aufschlitzen, dass das Blut nur so spritzt!

Das Hôtel de Saxe war in der Burgstraße gelegen, direkt

an der Cavaliersbrücke und gegenüber der Kriegsakademie. Als sich Bölzke am Hintereingang des Hotels von der Pölbitz verabschiedet hatte, lief er einem Freund in die Arme.

»Georg, wat machst'n du hier?«, rief er.

»Ick hab'n reichen Pinkel aus Leipzig herjebracht. Und du hast dir wieda 'ne Dicke anjelacht?«

Bölzke lachte. »Klar, die Katze lässt det Mausen nich.«

»Daruff müssen wa eenen trinken.«

»Ja, daruff und det ick nächstet Jahr vorn uff'n Bock sitzen werde bei die neuen Pferdeomnibusse. Stell da nur vor, mir hamse jenomm'n! Und det muss erst recht bejossen werd'n!«

Die beiden gingen nun die Burgstraße Richtung Luisenstadt hinunter, immer an der Spree entlang, überquerten den bleigrauen Fluss am Mühlendamm und schlängelten sich durch die Gassen des unteren Alt-Cölln, bis sie an der Wallstraße angekommen waren. Dort gab es mit dem Bierlocal Wendt und dem Bierhaus Petermann zwei stadtbekannte Destillen. Bölzke und sein Freund Georg gingen zuerst in das eine und dann in das andere Local, und N. N., der draußen wartete, war nach einer halben Stunde derart durchgefroren, dass er nicht anders konnte, als ins nebenan gelegene Russische Bad zu gehen, um wieder aufzutauen.

Als er nach einer knappen Stunde auf die Wallstraße zurückkehrte, saßen Bölzke und Georg noch immer im Bierlocal Wendt und ließen sich volllaufen, wie er mit einem schnellen Blick durchs Fenster erkannte. Ihre Bewegungen waren allerdings schon so langsam geworden, dass sie bald am Eichstrich angekommen sein mussten. Außerdem grölten sie so laut, dass der Wirt schon böse guckte. Lange also konnte es nicht mehr dauern, bis er Anstalten machte, sie ins Freie zu befördern. Der Unbekannte ging deshalb vor der Destille auf und ab, mal in Richtung Spittelmarkt, mal in Richtung Waisenbrücke, und wartete.

Es wurde bereits dunkel, als Bölzke endlich auf die Straße trat. Das heißt, er trat nicht, sondern er segelte die vier Stufen hinunter, die man überwinden musste, um vom Local aufs Pflaster zu gelangen. Und das Schicksal wollte es, dass der Unbekannte gerade in diesem Moment am Fuße dieser kleinen Treppe stand und somit Bölzke auffangen konnte. Der schlang, um Halt zu finden, seine Hände um den Rumpf des Mamsellenmörders, und so standen sie sekundenlang eng umschlungen da wie ein Liebespaar und blickten sich in die Augen.

Für den Dämon gab es keine bessere Gelegenheit, um auf den anderen überzuspringen.

Zwölf

Nun war es schon Winter geworden, und der erste Schnee hatte die nicht eben prachtvolle Residenz der Preußenkönige ein wenig verschönert, doch weder der Criminal-Commissarius, der dienstlich damit befasst war, noch der Artillerie-Offizier Christian Philipp von Gontard, dessen private Leidenschaft diesem Fall galt, hatten den Mamsellenmörder dingfest machen können. Es geschah am Mittwoch, dem 9. Dezember, dass sie sich am späten Nachmittag auf dem Spittelmarkt in die Arme liefen und schnell auf das zu sprechen kamen, was sie im Augenblick bewegte.

»Ich habe eine Neuigkeit für Sie!«, rief Werpel. »Der Stadtphysicus hat glattweg vergessen, mir zu sagen, dass der Mörder die Kuschnowski erst mit einem Schlag auf den Hinterkopf betäubt hat, bevor er sie aufschlitzte.«

»Das hilft uns aber auch nicht weiter«, stellte Gontard fest. »Es sei denn, der Magistrat rüstet alle beleibten Mamsellen mit Pickelhauben aus.«

Der Gedanke ließ selbst Werpel schmunzeln. »Und mit Ritterrüstungen – gegen das Aufschlitzen.«

»Wir werden langsam makaber«, sagte Gontard. »Aber wie soll man sonst damit fertig werden – mit den grausigen Taten wie mit unserem Misserfolg – außer mit schwarzem Humor? Worauf wir einzig und allein noch hoffen können, ist, dass auch der gescheiteste Täter irgendwann einmal einen Fehler macht.«

»Irgendwann einmal ist gut«, brummte Werpel. »Da verlasse ich mich doch lieber auf meinen Instinkt.«

»Und was sagt der Ihnen?«, fragte Gontard mit leiser Ironie.

»Dass Albert Bölzke der Mamsellenmörder ist. In seinem Blick liegt etwas Teuflisches.«

Gontard lachte. »Das mag daran liegen, dass er Sie stets zum Teufel wünscht, wenn er Sie sieht.«

»Ich überlege die ganze Zeit über, wie ich ihn zu diesem Professor Ideler schleppen kann, damit der ihn untersucht und dann feststellt, ob er ein Irrer ist.«

»Sie haben ihn gerade bei der Omnibus-Gesellschaft als Kutscher für ihre zukünftigen Linienbusse eingestellt«, sagte Gontard.

»Sieh da, sieh da!«, rief Werpel. »Sie haben ihn also auch auf Ihrer Liste der möglichen Täter.«

»Ich habe ihn eher per Zufall bei einer Übungsfahrt auf dem Kutschbock sitzen sehen.«

»Ich stelle mir sein Vorgehen so vor, dass er bei seinen Fahrten mit dem Pferdeomnibus dicken Frauen beim Ein- und Aussteigen hilft und dabei versucht, mit ihnen anzubändeln. Ist die Gelegenheit später günstig, dann nutzt er sie.« Werpel machte die Bewegung einer Fischfrau, die einen Karpfen aufschlitzte, um die Innereien herauszunehmen.

Gontard nickte. »Möglich wär's schon, und Sie sollten ihn auf alle Fälle im Auge behalten!«

Damit verabschiedeten sie sich voneinander, und Gontard setzte seinen Weg fort in Richtung Luisenstadt, wo er im Local Becker, Alte Jacobstraße 23, an einer Versammlung vom »Bund der Gerechten« teilnehmen wollte. Schon vor vier Jahren war er mit ihm in Berührung gekommen, und nun war der Bund von Christian Friedrich Mentel, einem aus dem liberalen Paris zurückgekehrten Berliner Schneidergesellen, neu belebt worden. Man verfolgte das Programm einer sozialen Revolution, das mit dem Namen Wilhelm Weitling verbunden war. Nun verbot es sich für Gontard von seinem Stand her recht eigentlich, mit dieser Bewegung in Kontakt zu treten, doch seine Neugierde für alles Neue war zu groß, als dass er sich für ihre Protagonisten nicht interessiert hätte. Er überquerte den Stadtgraben auf der schmalen Sparwaldsbrücke und gelangte über die Commandantenstraße zur Alten Jacobstraße.

Gerade hatte er sich dem Local, das knapp hinter der Kreuzung mit der Oranienstraße gelegen war, auf hundert Schritt genähert, da sah er einen Trupp Constabler dessen Eingang stürmen. Erschrocken hielt er inne. Offenbar hatte die Politische Polizei wieder einmal zugeschlagen, und er konnte froh sein, nicht zehn Minuten früher am Ziel gewesen zu sein. Dr. Wiesenburg hätte sich die Chance nicht entgehen lassen, ihn maßregeln zu lassen und seine Entfernung aus dem Lehrkörper der Vereinigten Ingenieur- und Artillerieschule zu betreiben. Wer ihn, Gontard, also gerettet hatte, war kein anderer als Werpel – beziehungsweise der Mamsellenmörder, wenn man den Gedanken zu Ende führte. Gontard gab sich den Anschein, ein harmloser Fußgänger zu sein, der ganz zufällig hier vorbeikam, und sah mit einigem Entsetzen, wie alle Versammelten, darunter die Anführer Mentel, der Tischlergeselle Dietz und der Schuhmachergeselle August Hätzel, abgeführt wurden.

Gontard trat an einen der Constabler heran und fragte ihn, ob es eine Wirtshausschlägerei gegeben habe.

»Nee, Sie, det is ’ne umstürzlerische Verschwörung jewesen.«

»O Gott!« Gontard tat entsetzt und machte, dass er nach Hause kam.

Henriette begrüßte ihn mit deutlich zur Schau getragener Kühle. »Gut, dass du kommst, ich will nämlich gerade gehen.«

Er nahm sie in den Arm. »Das hat doch sicherlich noch etwas Zeit ...«

Da die Kinder mit dem Mädchen auf dem Weihnachtsmarkt waren, konnten sie sich in der nächsten halben Stunde miteinander im ehelichen Bett vergnügen. Leider nicht länger, denn Henriette hatte es übernommen, in ihrem Leseverein einen Vortrag über Karoline von Günderrode zu halten.

Den Frauen war es im Preußen des Jahres 1846 verboten, sich in Geselligkeits- und Bildungsvereinen zusammenzuschließen, nur Lesevereine waren zugelassen. Und wer sich zu sehr für die Emanzipation engagierte oder gar, wie Louise Aston, Cigarren rauchte und Männerkleidung trug, der musste mit scharfen Sanktionen rechnen, etwa der Weisung, Berlin innerhalb von acht Tagen zu verlassen. Louise Aston hatte diese Aufforderung am 21. März 1846 erreicht, und weder eine Audienz beim Innenminister von Bodelschwingh noch eine Eingabe beim König hatte an ihrer Verbannung als staatsgefährdende Person etwas ändern können. Nach Köpenick war sie gezogen. Ihre Freundinnen kamen auch ohne sie weiterhin zusammen, diesmal in der Wohnung eines Freundes von Rudolf Gottschall, dem Mann, mit dem sie einmal zusammengelebt hatte.

Zwölf Frauen hatten sich in der Mauerstraße versammelt, als Henriette von Gontard zu ihrem Referat über Karoline von Günderrode ansetzte, die am 11. Februar 1780 in Karlsruhe auf die Welt gekommen und am 26. Juli 1806 in Winkel am Rhein gestorben war.

»Sie stammt aus einer alten hessischen Patrizierfamilie, verlor aber ihren Vater, den Hofrat und Schriftsteller Hector Wilhelm von Günderrode, schon im Alter von sechs Jahren. Die Mutter musste mit fünf Töchtern und einem Sohn in geradezu ärmlichen Verhältnissen leben, da sie nur eine schmale Pension bezog und man ihr ein Erbe nicht auszahlen wollte. So musste Karoline mit siebzehn Jahren in ein Stift für mittellose adlige Damen gehen. Als Stiftsdame studierte sie in Frankfurt am Main Philosophie, Geschichte, Literatur und Mythologie und entwickelte eine tiefe Sehnsucht nach einem Leben, dessen Inhalte und Wege nur sie allein bestimmte. Schnell war sie entflammt, für die französische Revolution ebenso wie für herausragende Männer. Ihre erste große Liebe war unser Großkanzler Friedrich Carl von Savigny, später liebte sie den berühmten Philologen Georg Friedrich Creuzer. Eine enge Freundschaft verband sie mit Bettina von Arnim. Nach der Veröffentlichung ihrer ersten Gedichte nannte man sie die Sappho der Romantik. Mit einundzwanzig Jahren bekannte sie: *Ich habe keinen Sinn für weibliche Tugenden, für Weiberglückseligkeit. Nur das Wilde, Große, Glänzende gefällt mir. Es ist ein unseliges, aber unverbesserliches Mißverhältnis in meiner Seele; und es wird und muß so bleiben, denn ich bin ein Weib und habe Begierden wie ein Mann, ohne Männerkraft. Darum bin ich wechselnd und uneins mit mir.*«

»In der Beziehung gleicht sie unserer Louise aufs Haar!«, rief Caroline Kraatz.

»Mag sein«, sagte Henriette, »zum Glück aber hat sich Louise nicht – wie Karoline von Günderrode – im Alter von 26 Jahren selbst erdolcht.«

»Und ich werde mich auch nicht erdolchen!«

Von allen unbemerkt, war Louise Aston ins Zimmer getreten. Wie immer mal wieder war es ihr auch heute gelungen, unbemerkt ihr Köpenicker Exil zu verlassen und nach Berlin zu reisen. Der Jubel war nun groß, und man bat sie, nachdem sie alle anwesenden Frauen begrüßt und Platz genommen hatte, aus ihrem gerade erschienenen Gedichtband *Wilde Rosen* zu lesen.

»Das will ich dann gerne tun«, erklärte sie und begann mit dem Gedicht, das dem Band seinen Namen gegeben hatte.

Da droben auf einsamer Höhe
Die wilde Rose blüht,
Und wer sie von Ferne gesehen,
In heißer Sehnsucht erglüht.
Zu ihr über Felsen und Klüfte
Ein kühner Jäger klimmt.
Schon ist er in nächster Nähe –
Das Auge in Thränen ihm schwimmt.
Er will sie erfassen und pflücken,
Da strauchelt jäh sein Fuß;
Des Abgrunds finstere Tiefe
Empfängt ihn mit kaltem Kuß.
Da droben auf einsamer Höhe
Die wilde Rose blüht,
Und wer sie von Ferne gesehen,
In heißer Sehnsucht erglüht.

Man klatschte Beifall, dann wurde lange über Inhalt und Form diskutiert, wobei sich Caroline Kraatz besonders hervorzutun suchte. Sie war die begüterte Witwe eines Grundbesitzers und schrieb Gedichte und Romane, die aber keiner verlegen wollte. Aus Gram darüber aß sie unablässig Süßes, so dass ihre Nachbarn schon lästerten, sie könne als dickste Frau der Welt in einem der Circusse auftreten, wie sie in Paris und London Mode wurden.

»Was will uns Louise mit dem Gedicht sagen?«, fragte Caroline Kraatz. »Sie will uns sagen, dass Mann und Weib nicht zueinanderpassen, dass es ein Unglück gibt, wenn der Mann auszieht, ein Weib zu erobern. Er stirbt dabei, sie bleibt einsam und ungepflückt zurück und erdolcht sich dann, wie wir das vorhin von Karoline von Günderrode gehört haben. Gegen diese Sicht der Dinge protestiere ich energisch! Ich habe mit meinem Heinrich viele glückliche Jahre verbracht.«

»Und wie steht es jetzt um dich?«, fragte Henriette.

»Jetzt holt dich höchstens noch der Mamsellenmörder«, murmelte Louise Aston, der Caroline Kraatz langsam äußerst lästig wurde.

Die Kraatz nahm es ihr nicht übel, dass sie so redete. »Über diesen Mamsellenmörder müssen wir auch noch einmal diskutieren. Der Mann ist doch ein Ausbund von Hass auf alle Frauen.«

»Nicht auf alle Frauen«, kam der Einwand von mehreren. »Wer schlank und nicht als Köchin, Amme oder Dienstmädchen angestellt ist, hat nichts von ihm zu befürchten.«

»Trotzdem, da müssen wir alle zusammenhalten!«, sagte Louise Aston.

»Und wie stellst du dir das vor?«

»Am besten, wir tun uns mit meinem Mann zusammen«, sagte Henriette von Gontard. »Schließlich ist er schon von Anfang an hinter dem Mamsellenmörder her.«

Werpels Kinder lernten schon seit Tagen mit nicht nachlassendem Eifer für die Schule und für die häusliche Bescherung das Gedicht *Weihnachtsmarkt* von Carl Seidel:

Fahnen zum Kauf!
Pyramiden zu Hauf!
Knarren schnurrt um!
Waldteufel, brumm!

Herbei zum Kauf! Geschwind heran
Beim Strahlenglanz der Kerzen;
Hier kaufen Sie, mein lieber Mann,
Kandierte Zuckerherzen
Mit Namen nach dem Alphabet;
Charlottchen, Doris, Margareth',
S' ist lauter lockre Ware.
Heran, Mamsellschen, frisch herbei!

Da zuckte der Criminal-Commissarius zusammen und bekam wieder Magenschmerzen, denn das Jahr 1846 ging langsam zu Ende, und es war ihm noch immer nicht gelungen, den Mamsellenmörder hinter Schloss und Riegel zu bringen. Seine Oberen wurden langsam ungeduldig und drohten ihm bei weiterer Erfolglosigkeit mit einer Versetzung nach Ostpreußen oder in die preußische Provinz Posen, was für einen Urberliner wie ihn der Todesstrafe gleichkam. Was ihn noch davor rettete, war die Tatsache, dass dieser Gontard ebenso im

Dunkeln tappte wie er. Das wäre zum Totlachen, wenn es nicht so ernst gewesen wäre: Da hatte er den Artillerie-Offizier immer verflucht, weil er stets in seinem Schatten stand, und nun erhoffte er sich von diesem Mann die Rettung!

Um sich nicht der Untätigkeit zeihen zu lassen, machte sich Werpel auch an diesem späten Nachmittag auf, Albert Bölzke zu beobachten, den er für den Mamsellenmörder hielt. Sein Gefühl trog ihn schließlich nie. Außerdem konnte er den Ausgang zu einem Bummel über den Weihnachtsmarkt nutzen, um Geschenke zu besorgen.

Zu keiner Jahreszeit, nicht einmal während des Karnevals, sah man in der preußischen Residenzstadt ein regeres Treiben als zur Weihnachtszeit. Vierzehn Tage vor dem Heiligen Abend öffnete der Weihnachtsmarkt, und der Schloßplatz und die Breite Straße waren ganz und gar mit Buden besetzt. Hier ging man jetzt spazieren und nicht mehr Unter den Linden. Man konnte die ausgestellten Sachen sehen - und wurde dabei selbst gesehen. Elegante Damen gönnten sich dieses Vergnügen ebenso wie die ärmsten Familien. Und wurde es dunkel, dann gaben sich die Verliebten ein Stelldichein.

Besonders groß war das Gedränge am Haupteingang Breite Straße, und Werpel hatte Mühe, sich hindurchzuzwängen. Dabei prallte er gegen die breite Brust des Constablers Krause.

»Haben Sie nichts Besseres zu tun, als mir den Weg zu verstellen?«, knarzte Werpel.

»Vom Himmel hoch, da komm ich her«, sang Krause.

»Mensch, Sie stinken ja nach Glühwein!«

»Ich will Sie was sagen, Herr Commissarius, ick drinke eijentlich nie keenen nich, und des is ooch mein erster

Jrund, und zweetens drink ick heute nu jar nich, weil meine Mutta jestorm is.«

Werpel lachte. »Die ist in diesem Jahr schon zum dritten Mal gestorben.«

»Darum bin ick ja ooch so traurig.«

»Krause, ich habe Ihnen doch die Weisung erteilt, nach dem Bölzke Ausschau zu halten!«

»Zu Befehl, Herr Commissarius! Der sitzt bei den alten Ägyptern.«

»Wie meinen Sie das denn?« Werpel konnte ihm nicht ganz folgen.

»Na, er ist hinten bei die Pyramiden!« Krause konnte sich über seinen Witz halbtot lachen.

»Abtreten vom Dienst!«, rief Werpel und machte, dass er weiterkam, denn wenn er Krause in eine Ausnüchterungszelle gebracht hätte, wäre er gezwungen gewesen, einen langen Bericht darüber zu schreiben.

Es war bei den Berlinern zu einer fixen Idee geworden, am Weihnachtabend nicht nur den Kindern etwas zu schenken, sondern auch allen Erwachsenen, die zur Familie gehörten, sowie den näheren Freunden. Zudem stellte man kleine Weihnachtsbäume auf, wenigstens in den höheren Kreisen. Meist hing auch noch eine Krone mitten im Salon, auf der viele Kerzen brannten.

Werpel schwankte noch, wie er es halten sollte. Er bahnte sich allmählich einen Weg zu den Ständen, an denen Weihnachtspyramiden feilgeboten wurden, und stieß dabei mit Menschen aller Schichten zusammen: mit einem bejahrten Bürgersmann, der sein Kind auf dem Arm trug und dem jubelnden Knaben laut alle Herrlichkeiten erklärte; mit einer Mutter, die ihre Tochter hochhob, damit sie den Puppen näher kam, deren Gesichter und Hände kunstvoll aus Wachs geformt waren; mit einem Kavalier, der seine mit einem Pelz geschmückte Dame an sich drückte; mit einem Bettler, der einen Platz suchte, an dem er sich mit seinem Hut niederlassen konnte; und schließlich mit jungen Burschen, die unermüdlich ein Viereck aus Pappe durch die Luft zogen, das mit Pferdehaar an einem Stecken befestigt war und ein seltsam lautes Brummen hervorbrachte, und dazu »Waldteufel – kauft!« schrien. Ach, was gab es nicht alles zu kaufen! Aprikosen, Pfirsiche, Kirschen, Birnen und Äpfel, die aus Marzipan geformt waren. Spielzeug aus Holz, kunstvoll geschnitzte Männer und Frauen, Hanswürste und Priester, Könige und Bettler, Schlitten und Kutschen, Nonnen, Pferde, Jäger mit Hirschen und Hunden. Krüge und Becher aus Zinn und Scharen buntgefärbter Zinnsoldaten, ganz vorn die Preußen, dann Engländer, Kroaten, Panduren und Türken, prächtig gekleidete Paschas auf ihren Rössern, auch geharnischte Ritter und Bauern. Werpel kaufte für jeden etwas, Spielzeug für die Kinder, Naschwerk für seine Frau und für sich zwei Zinnsoldaten, um sein Diorama von der Schlacht bei Belle-Alliance aufzufüllen. Darüber hatte er Bölzke völlig vergessen, so dass er erschrak, als er den künftigen Pferdeomnibuskutscher am Stand mit den Weihnachtspyramiden stehen sah. Und was machte Bölzke? Er schäkerte mit einer fülligen Mamsell!

»Na, warte«, murmelte Werpel, »dich kriege ich schon noch!« Zu seiner Frau sollte er später sagen, er sei sich sicher, dass Bölzke der Mamsellenmörder sei.

Eine Eisenbahn zu bauen, die Berlin mit Hamburg verband, war außerordentlich schwierig gewesen, denn die Strecke lief über die Hoheitsgebiete von fünf eigenständigen Ländern innerhalb des Deutschen Bundes: erstens die Freie und Hansestadt Hamburg, zweitens die dem dänischen König unterstehenden Herzogtümer Holstein und Lauenburg, drittens das Großherzogtum Mecklenburg-Schwerin und viertens das Königreich Preußen. Da Hamburg-Bergedorf den beiden Städten Lübeck und Hamburg gemeinsam gehörte, war auch - fünftens - die Freie Hansestadt Lübeck vom Bahnbau betroffen. Diese fünf Länder nun schlossen am 8. November 1841 einen Staatsvertrag, in dem die Streckenführung und die Verrechnung der Transitzölle geregelt wurden, aber erst am 6. Mai 1844 durfte die Berlin-Hamburger Eisenbahn-Gesellschaft mit dem Bau beginnen. Am 15. Oktober 1846 konnte dann die 222 Kilometer lange Strecke von Berlin nach Boizenburg in Betrieb gehen. Am 15. Dezember 1846 waren mit Fertigstellung des Restabschnitts von 45 Kilometern bis Bergedorf die Bauarbeiten abgeschlossen. Berlin–Hamburg war nun die längste Fernbahnstrecke in den deutschen Ländern. Die erste Fahrt dauerte über neun Stunden. Für Gontard und seine Familie war diese Eisenbahn ein großes Glück, entfielen doch nun die ebenso beschwerlichen wie gefährlichen Reisen mit der Postkutsche, wollten sie ihr Familiengut in Wutike oder ihre Verwandten in der Prignitz besuchen. Diesmal planten sie, die Weihnachtstage im Schloss Wolfshagen zu verbringen, und so standen sie am 21. Dezember, einem Montag, um zehn Uhr vormittags auf dem Hamburger Bahnhof und warteten, dass ihr Zug bereitgestellt wurde.

»Papa, ist das ein Courierzug?«, wollte Ferdinand wissen.

»Nein, mein Junge, der geht um elf Uhr abends ab. Die

Nacht im Zug zu verbringen wäre aber nichts für deine Mutter gewesen.«

»Weil man nachts wenig sieht, wenn man aus dem Fenster guckt«, erklärte Henriette. »Und die Landschaften zu betrachten, wenn sie so an einem vorbeifliegen, ist doch das Herrlichste an der ganzen Eisenbahn.«

»Was am Havelland herrlich sein soll, hat sich mir noch nicht erschlossen«, murmelte Gontard. »Da kann ich mich auch vor einen Billardtisch setzen und das grüne Tuch anstarren.«

Henriette seufzte. »Es müsste wirklich einmal ein Dichter kommen, der ein Hohelied auf unsere Mark Brandenburg singt.«

»Vielleicht gibt es ihn schon«, sagte Gontard. »Dieser dichtende Apotheker ... Wie heißt er noch gleich? ... Theodor Fontane, der hat in der *Kreuzzeitung* schon einiges über seine Heimat veröffentlicht, über die Grafschaft Ruppin, und spielt wohl mit dem Gedanken, im nächsten Jahrzehnt die ganze Mark zu bereisen.«

»Na, hoffentlich kommt dieser Fontane auch nach Wutike, Putlitz, Groß Pankow und Wolfshagen«, sagte Henriette.

Gontard wie auch Henriette, eine geborene von Herzsprung, waren mit den Gans Edlen Herren zu Putlitz über drei Ecken verwandt. Die kamen aus der Altmark, hatten ab 1147 das Flussgebiet der Stepenitz unter ihre Herrschaft gebracht und in Wolfshagen eine Wasserburg errichtet. Die war dann um 1590 zu einem vierflügeligen Renaissanceschloss mit einer Wallanlage erweitert worden. Nachdem im Dreißigjährigen Krieg alles verfallen war, hatte Albrecht Gottlob Gans Edler Herr zu Putlitz von 1771 bis 1787 auf den noch vorhandenen Fundamenten eine spätbarocke Zweiflügelanlage errichten lassen. Der berühmteste Spross dieses Zweiges der sogenannten Gänse war Gebhard Gans Edler Herr zu Putlitz, der von 1742 bis 1826 gelebt und eine Reihe von bedeutenden Ämtern ausgeübt hatte, so war er Erbmarschall der Kurmark und Ritterschaftsdirector der Prignitz gewesen. Er hatte an mehreren Universitäten studiert und seine Dissertation in Latein vorgelegt. Daneben beherrschte er auch die französische und die holländische Sprache. Während seiner Zeit am Königlichen Kammergericht in Berlin hatte er Kontakte zu Friedrich Nicolai, Gotthold Ephraim Lessing, Moses Mendelssohn und Christian Martin Wieland unterhalten und sich als Denker, Gelehrter und Philosoph einen Namen gemacht.

Gontard hatte den berühmten Onkel Gebhard nie persönlich kennengelernt, dafür war er aber mit Gustav Heinrich Gans Edler Herr zu Putlitz gut befreundet, seit sie sich in der »Gesetzlosen Gesellschaft zu Berlin« getroffen hatten. Auch Gustav, 1821 zur Welt gekommen, hatte literarische Ambitionen, gefördert vom Umgang mit Paul Heyse und Willibald Alexis, und schon einige Märchenbücher veröffentlicht.

Endlich wurde ihr Zug in den Bahnhof geschoben, und sie enterten den Wagen erster Klasse, in dem ein ganzes Abteil für sie reserviert war. Jeder hatte seine eigene Ecke, in der er es sich bequem machen konnte. Henriette las in einem Gedichtband von Karoline von Günderrode, die Kinder schauten aus dem Fenster und beobachteten das rege Treiben auf dem Perron, und Gontard freute sich auf die Tage, die sie in Wolfshagen verbringen würden.

Als das Abfahrtsignal ertönte, war seiner Familie doch ein wenig mulmig zumute, denn noch immer gab es

Menschen, die vor einer Fahrt mit der Eisenbahn warnten, da sie bei den hohen Geschwindigkeiten Schäden für das menschliche Gehirn befürchteten. Sah man aus dem Fenster, sausten Bäume und Felder wie ein Wassersturz an einem vorbei. Dämonisch wirkten die großen rauchspeienden Teufelsmaschinen. Zwar wollten die Ingenieure den Menschen die Angst nehmen, indem sie die Waggons wie Kutschen bauten, doch das bewirkte bei Henriette eher das Gegenteil, denn sie fragte sich, wie ein solch fragiles Gefährt einen Zusammenstoß mit einem anderen Zug überstehen sollte, ohne dass sie zerquetscht wurden und alles in Flammen aufging.

»Ich komme mir vor wie ein lebendiges Paket, das wir auf dem Hamburger Bahnhof aufgegeben haben«, murmelte sie, während sie sich den Schweiß von der Stirn tupfte.

»Das ist doch keine Geschwindigkeit, mit der sich unser Zug bewegt«, suchte Gontard seine Frau zu beruhigen. »Gemessen an meinen Kanonenkugeln kriecht doch unser Zug nur so durchs Havelland.«

»Papa«, begann nun auch Ferdinand, »bei uns auf der Schule sagen sie, dass man nicht allein im Abteil fahren soll, weil man sonst ermordet wird.«

»O Gott!«, rief Gontard. »Julius Caesar ist auch ermordet worden, und der ist nicht mit der Eisenbahn gefahren.«

Auch Luise wollte etwas zur schaurigen Unterhaltung beitragen und fragte, ob jemand wisse, von wem Friedrich der Große ermordet worden sei.

»Kind!«, rief Henriette. »Wer erzählt dir denn solche Schauermärchen? Friedrich ist ganz friedlich in seinem Lehnstuhl dahingegangen.«

»Nein!«, widersprach ihr Luise. »Er ist erstochen worden.«

Gontard verdrehte die Augen. »Meine Tochter, du redest wirr.«

»Bei uns in der Schule hängt doch ein Bild, und darunter steht: *Der Tod Friedrichs des Großen nach einem Stich von Menzel.*«

Als nun alle lachten, strahlte Luise, und Gontard wollte seiner Tochter nicht dadurch den Spaß verderben, dass er sagte, *Der Tod Friedrichs II.* sei ein Gemälde von Christian Bernhard Rode und nicht von Adolph Menzel. Immerhin war das alles Ablenkung genug, und Henriette konnte ihre Beklemmungen aushalten - auch wenn die Zugfahrt deshalb noch nicht zum Genuss für sie wurde. Bald war Spandau erreicht, eine Weile später auch Nauen und Neustadt-Dosse, und in Wittenberge war schon auszusteigen. Vor dem Bahnhof wartete die Kutsche aus Wolfshagen, um sie abzuholen. In warmen Decken verpackt, fuhren sie auf der Chaussee durch die winterliche Landschaft nach Perleberg, wo sie unter dem Roland eine kleine Rast einlegten, bevor es dann weiter Richtung Pritzwalk ging. Die beiden Braunen legten sich ordentlich ins Zeug, damit sie ihr Ziel noch vor Einbruch der Dunkelheit erreichten. Hinter Retzin verließen sie die breite Chaussee, um auf einem bescheidenen Feldweg Kurs auf Dannhof zu nehmen. Von dort war es nicht mehr weit bis zum Wolfshagener Schloss. Sie wurden freudig empfangen und auf ihre Zimmer gebracht.

Den Ton in der Familie der Gans Edlen Herren zu Putlitz gab im Augenblick Albert Eduard an, kurz Eduard, 1788 auf die Welt gekommen und Sohn des von allen hochverehrten Gebhard Gans Edler Herr zu Putlitz. Er führte Gontard und seine Frau durch das Schloss und zeigte ihnen die wunderschön bemalten Leinwandtapeten, die es in einigen Räumen gab.

»Wir haben aber auch – wie man sagt – wandfeste, zum Teil illusionistische Wand- und Deckenmalereien. Hier in der sogenannten zweiten Prinzenstube seht ihr in den Feldern über den Türen und Wandschränken Grisaillemalereien mit Szenen nach berühmten Kupferstichen von Daniel Chodowieckis, was in der Mark Brandenburg einmalig sein dürfte. Der Gartensaal ist mit allegorischen und gegenständlichen Motiven zu Friedrich dem Großen als Feldherrn ausgemalt.«

»Wunderbar!«, rief Henriette. »Das ist doch etwas ganz anderes als unsere Wohnung in der Dorotheenstraße.«

»Die hat allerdings den Vorteil, in Berlin gelegen zu sein«, brummte Gontard. »Und nicht am A... am anderen Ende der Welt.«

Eduard hatte es nicht gehört und fuhr fort, Wolfshagen zu preisen. »Und was die Umgebung des Schlosses betrifft, wollen wir an Peter Joseph Lenné herantreten, auf dass er uns beiderseits der Stepenitz einen Landschaftspark anlegt.«

»Und was wird aus Retzin?«, fragte Henriette.

»Retzin will ich zu einem großen Musenhof umgestalten, und Friedrich von Flotow, mit dem Gustav befreundet ist, hat mir versprochen, dass eine seiner nächsten Opern in Retzin ihre Premiere haben wird.«

Gontard kam sich in dieser Umgebung klein und verloren vor, und nur das Gefühl, als Berliner von vornherein allen anderen überlegen zu sein, bewahrte ihn vor trübsinnigen Gedanken. Zu zwölft saßen sie dann am Abendbrottisch. Neben Eduard waren die auffälligsten Personen sein Sohn Gustav und dessen Frau Elisabeth, eine geborene Gräfin Königsmarck, sein Bruder Carl Theodor, sein Neffe Theodor Carl, was schon sehr verwirrend war, und sein zweiter Sohn Eugen, der mit seinen vierzehn Jahren der Jüngste war.

Gustav hatte den Platz neben Gontard eingenommen, und es war wie immer eine große Freude, mit ihm zu plaudern. Nach dem Studium der Rechte in Berlin und Heidelberg und dem Militärdienst beim 2. Garderegiment in Berlin arbeitete er derzeit bei der Provinzialregierung in Magdeburg.

»Es lockt der diplomatische Dienst«, erklärte Gustav und wurde dann pathetisch: »Italien!«

»Damit er sich wie Goethe fühlen kann und so werden wird wie dieser«, lästerte seine Frau.

Das bezog sich darauf, dass Gustavs wahre Leidenschaft nicht der diplomatische Dienst, sondern Literatur und Theater waren, und was dieses Genre betraf, sollte er noch eine große Karriere vor sich haben. Er schien das zu ahnen, und der Spott der anderen berührte ihn nicht im mindesten.

Er sah Gontard an. »Das Glück wohnt eben für viele von uns am anderen Ufer, bei mir ist es das Theater, bei Ihnen das, was man Criminologica nennen könnte. Über Ihren neuesten Fall, die Mamsellenmorde, bin ich übrigens bestens informiert, und zwar aus erster Hand, nicht nur aus den Gazetten.«

Gontard staunte und fragte: »Wie das? Gab es hier zwischen Pritzwalk und Perleberg auch schon eine tote Mamsell?«

Gustav lachte. »Das nicht, aber wir haben eine Mamsell, die ihrem Schicksal entkommen und in Berlin nicht aufgeschlitzt worden ist. Gleich wird sie uns das Dessert servieren.«

In der Tür erschien Bertha Britzke, die in der Dorotheenstraße gekündigt hatte und über Wutike nach Wolfshagen gekommen war.

Dreizehn

Am 30. Dezember war Gontard mit seiner Familie wieder in Berlin, denn den Silvesterabend wollten sie bei seinem Freund Friedrich Kußmaul und dessen Kreis verbringen, so richtig mit Karpfen polnisch, Bleigießen und einem Berg von Pfannkuchen, die mit Pflaumenmus oder Erdbeerkonfitüre gefüllt waren und von denen einer aber scharfen Senf und ein anderer ein Goldstück enthielt.

Als die letzten sechzig Minuten des alten Jahres anbrachen, wurde ein jeder gefragt, was er sich von 1847 erhoffte.

»Dass unsere Liebe anhält«, flüsterte Gontard seiner Henriette ins Ohr, laut aber sagte er: »Ich wünsche mir, dass ich den Mamsellenmörder fange. Ansonsten schweige ich lieber, schließlich bin ich Königlich preußischer Offizier.«

Friedrich Kußmaul hatte da weniger Rücksicht zu nehmen und ließ ein Gedicht herumgehen: *Das Lied der Deutschen*, geschrieben 1841 von Hoffmann von Fallersleben. Es war der vollkommenste Ausdruck deutscher Sehnsucht nach Freiheit und staatlicher Einigkeit und hatte nichts mit etwaigem Größenwahn zu tun.

Deutschland, Deutschland über alles,
Über alles in der Welt,

Wenn es stets zu Schutz und Trutze
Brüderlich zusammenhält
Einigkeit und Recht und Freiheit
Für das deutsche Vaterland!
Danach laßt uns alle streben
Brüderlich mit Herz und Hand!
Einigkeit und Recht und Freiheit
Sind des Glückes Unterpfand.
Blüh' im Glanze dieses Glückes,
Blühe, deutsches Vaterland.

Als alle Glocken der Residenzstadt das neue Jahr einläuteten, riefen alle »Prosit Neujahr!«, gaben sich Küsse auf die Wange, wünschten sich Glück und Gesundheit und stießen miteinander an.

»Auf das neue!«, rief Kußmaul.

Das wollte Heinrich Kahlbaum, sein Schwiegervater, nicht so stehenlassen. »Auf das neue, sofern es besser wird als das alte!«

»Auf das neue, wenn es das alte weiterentwickelt«, sagte Gontard und dachte dabei schon an die Fahrt mit dem Pferdeomnibus, die er am nächsten Tage unternehmen wollte.

Die Concessionierte Berliner Omnibus-Compagnie hatte beschlossen, des größeren Effektes wegen die erste ihrer fünf geplanten Linien genau am 1. Januar in Betrieb zu nehmen. Den König zur Jungfernfahrt zu bitten war niemandem in den Sinn gekommen, aber auch dem Berliner Oberbürgermeister war das Ereignis zu banal erschienen, um ihm beizuwohnen. Gontard kam es vor, als würde man sich schämen, dass die preußische Residenz anderen großen Städten erheblich hinterherhinkte und der Pferdeomnibus eigentlich schon bei seiner Einführung in Berlin als veraltet gelten konnte, denn technisch höherwertiger waren zweifellos die Pferdestraßenbahnen, wie sie in New York bereits seit 1832 fuhren.

Dennoch schlenderte Gontard am Neujahrstag zwischen Frühstück und Mittagessen zum Alexanderplatz, um Berlins neueste Errungenschaft in Augenschein zu nehmen. In der *Vossischen Zeitung* hatte er gelesen, dass ein einfacher Pferdeomnibus zwölf und ein Decksitzwagen an die dreißig Fahrgäste befördern konnte, wobei das Betreten des Verdecks den Damen verboten war, angeblich der steilen Treppen wegen, in Wirklichkeit aber wohl, weil die Schicklichkeit dies nicht zulassen wollte. In der Stunde sollte das Gefährt noch nicht einmal eine preußische Meile zurücklegen, die rund siebeneinhalb Kilometern entsprach.

»Da bin ich zu Fuß schneller«, sagte Gontard, als er auf dem Alexanderplatz Werner Siemens traf.

»Und wenn Sie nun alt und gebrechlich sind oder schwer zu tragen haben?«, kam der Einwand des Artillerie-Lieutenants und Erfinders.

Gontard lachte. »Dann nehme ich mir eine Droschke.«

»Doch nicht jeder hat das Geld dafür«, entgegnete Siemens. »Und wenn Berlin mit der Industrialisierung wächst und wächst, brauchen wir ein Verkehrsmittel für die Massen von Menschen, die weite Wege zu den Fabriken haben werden, die außerhalb der Berliner Stadtgrenzen entstehen.«

Gontard schüttelte den Kopf und zeigte auf einen in diesem Moment heranrollenden Pferdeomnibus. »Sie werden mir doch nicht weismachen wollen, dass mit diesem kleinen Gefährt, das nicht viel größer ist als eine normale Postkutsche, große Menschenmengen von A nach B gebracht werden können!«

Da musste Siemens ihm recht geben. »Nein, das schafft nur die Eisenbahn.«

Gontard lästerte: »Ein herrlicher Gedanke: eine zweigleisige Eisenbahn auf der Friedrichstraße! Und wir in der Dorotheenstraße bekommen dann den ganzen Ruß ins Fenster.«

Siemens blieb ernst. »In einigen Jahrzehnten wird es Elektromotoren geben, die so stark sind, dass sie ganze Züge in Bewegung setzen können.«

Gontard konnte nicht anders, als seinen spöttischen Ton beizubehalten. »Ich weiß, Faraday und Barlow konnten im Prinzip schon zeigen, dass sich mit Elektrizität eine fortwährende Bewegung erzeugen lässt, aber die von ihnen entwickelten Motorenmodelle, das sind doch Spielzeuge, nichts weiter.«

»Nun, immerhin hat Hermann Jacobi in Potsdam schon vor zwölf Jahren einen Elektromotor gebaut, der technisch brauchbar war und in St. Petersburg auf der Neva sogar ein Schiff angetrieben hat«, widersprach ihm Siemens und hielt anschließend einen kleinen Vortrag über Jacobis Konstruktion.

»Und warum hat sich diese Erfindung nicht durchgesetzt?«, wollte Gontard wissen.

»Ganz einfach: Die elektrische Energie aus seiner Zink-Platin-Batterie war zu teuer. Da wird noch eine Reihe von Erfindungen nötig sein, und es werden viele Jahre vergehen, ehe wir dieses Problem gelöst haben.«

»Dann machen Sie sich ans Werk, Herr Siemens!«, rief Gontard.

»Ich habe erst einmal mit meinem Zeigertelegraphen

genug zu tun«, erwiderte Siemens und berichtete davon, dass ihm die Mechaniker F. M. Bötticher und Johann Georg Halske nach seinem Entwurf einen funktionsfähigen Apparat bauen wollten. Besonders auf Halske setze er seine Hoffnungen.

Gontard lachte. »Ich sehe schon überall den Namen Siemens & Halske stehen.«

»Ich nicht, aber schön wäre es, wenn Sie hellseherische Fähigkeiten haben sollten.«

»Die habe ich leider nicht, sonst wäre ich im Fall des Mamsellenmörders schon weiter und wüsste, wer sein nächstes Opfer sein wird.«

Das war ein Thema, das Werner Siemens nicht sonderlich interessierte, und so verabschiedete er sich mit den besten Wünschen für das neue Jahr.

Der nächste Pferdeomnibus, der in Richtung Thiergarten abgehen sollte, hielt direkt vor Gontard, und kurz entschlossen stieg er ein. Wer als einer der Ersten eine solche Fahrt hinter sich brachte, der hatte etwas zu erzählen. Nun, viel gab es aber nicht zu berichten, denn anders als im Thorwagen nach Charlottenburg, im Kremser nach Spandau oder in der Postkutsche nach Kyritz ging es auch hier nicht zu, abgesehen davon, dass alle naselang angehalten wurde – immer dann, wenn jemand ein- oder aussteigen wollte. Eine Reise mit der Eisenbahn war allemal aufregender.

Erst als Gontard am Rande des Thiergartens wieder auf das Straßenpflaster sprang, merkte er, wer ihn die ganze Zeit über kutschiert hatte: Albert Bölzke, den Werpel noch immer in Verdacht hatte, der Mamsellenmörder zu sein.

Als Gontard den Criminal-Commissarius am nächsten Nachmittag in seinem Bureau aufsuchte, um ihm ein gesundes und erfolgreiches neues Jahr zu wünschen, kamen sie schon nach kurzer Zeit auf Bölzke zu sprechen.

»Was hat es zu bedeuten, dass er nun als Kutscher bei der Concessionierten Berliner Omnibus-Compagnie auf der Lohnliste steht?«, fragte Gontard. »Heißt es, dass er nun wirklich ein ehrbarer Bürger werden will, oder ist er nur in die Maske eines ehrbaren Bürgers geschlüpft, um fern jeden Verdachts zu sein?«

»Meiner Meinung nach sitzt er nur auf dem Bock eines Pferdeomnibusses, um nach neuen Opfern Ausschau zu halten«, sagte Werpel.

»Das hätte er auch als Eckensteher machen können«, entgegnete Gontard.

»Was können wir tun, um ihm das Handwerk zu legen?«, fragte Werpel.

»Wenn er überhaupt der Täter ist!« Gontard stieß einen etwas theatralischen Seufzer aus. »Aber wie auch immer, uns bleibt wohl nichts anderes übrig, als abzuwarten, bis der Mamsellenmörder einmal einen Fehler begeht.«

»Uns?«, fragte Werpel und stöhnte auf. »Spätestens nach dem dritten Mord werden sie mich aus dem Amt jagen – doch Sie, was haben Sie zu verlieren?«

»Mein guter Ruf steht auf dem Spiel«, sagte Gontard.

Werpel lachte. »Da ist bei mir nicht mehr viel zu ruinieren.«

»Bei mir schon«, sagte Gontard und zitierte einen Spruch Salomos: »*Ein guter Ruf ist köstlicher denn großer Reichtum.*«

So schön seine Tätigkeit an der Vereinigten Ingenieur- und Artillerieschule auch war, sie hatte ihre erheblichen Schattenseiten, vor allem waren ihm die endlosen Sitzungen während der Abschlussprüfungen lästig, in denen abzufragen war, was sich die jungen Offiziere an Wissen angeeignet hatten. Das Examen nicht zu bestehen kam einer ziemlichen Katastrophe gleich, und dennoch gab es immer wieder Offiziere und Fähnriche, die sich nicht ausreichend vorbereitet hatten. Die einen waren den Verlockungen des Berliner Nachtlebens erlegen, die anderen setzten darauf, dass man sie als Träger eines großen Namens nun einmal nicht durchfallen lassen konnte. Dazu kam eine dritte Gruppe, die angesichts des umfangreichen Stoffes von ihren geistigen Fähigkeiten her schlichtweg überfordert war. Wenn diese jungen Männer zu stottern begannen und Unsinn erzählten, dann war das peinlich für alle. So ereignete es sich auch, als jetzt Georg von Glombeck an der Reihe war.

»Wir haben nun von Ihren Kameraden einiges über die Wurfparabel gehört«, begann Gontard die Prüfung, »und mit Ihnen möchten wir uns gern über den sogenannten senkrechten Wurf unterhalten. Was genau ist denn ein senkrechter Wurf?«

»Ein senkrechter Wurf ist eine ziemliche Idiotie«, antwortete Georg von Glombeck. »Denn man bekommt das Geschoss, das man senkrecht nach oben schießt, selbst auf den Kopf und erledigt damit das, was bei der Artillerie eigentlich Sache des Feindes ist.«

Gontard verzog das Gesicht, obwohl die Antwort, wie auch die Mienen der anderen Prüfer verrieten, eigentlich recht witzig war. »Könnten wir es bitte mathematisch und nicht philosophisch sehen, wobei ich Ihnen eine kleine Hilfestellung geben will: Der senkrechte Wurf ist ein wichtiger Spezialfall der Wurfparabel.«

»Wieso denn das?«, fragte Georg von Glombeck.

»Das sollen Sie mir doch beantworten! Aber können Sie mir zunächst einmal sagen, welche beiden grundsätzlich verschiedenen Arten des senkrechten Wurfes wir unterscheiden?«

Georg von Glombeck sah ihn ratlos an. »Wie soll ich das verstehen?«

Da Gontard diesen Glombeck nicht ausstehen konnte, war er deswegen umso stärker bemüht, ihm Hilfestellungen zu geben. »Ich meine dies auf die Vertikale bezogen.«

Georg von Glombeck starrte in Richtung Decke. »Ich kann doch nur nach oben werfen.«

»Nein, wenn Sie auf dem Ast eines Baumes sitzen oder oben auf einer Burg stehen, dann können Sie einen Stein auch nach unten werfen. Das heißt, nach oben werfen Sie ihn gegen die Schwerkraft und nach unten mit der Schwerebeschleunigung. Das versuchen wir jetzt, in mathematische Formeln zu fassen. Wenn Sie bitte an die Tafel gehen würden und erst die Steigezeit t und dann die maximale Wurfhöhe h berechnen!«

Georg von Glombeck konnte diese Aufgabe nicht bewältigen. Die Mathematik war für ihn der Anfang vom Ende, denn der erste Eindruck, den die Examenskommission von ihm gewonnen hatte, war derart vernichtend, dass er in den anderen Fächern, in denen er allerdings kaum besser vorbereitet war, keinen Boden mehr gutmachen konnte.

Friedrich Wilhelm IV. war darauf aus, dem preußischen Hof wieder jenen Glanz zu verleihen, auf den Friedrich Wilhelm III. keinen Wert gelegt hatte. Zu diesem Zweck hatte er unter anderem den Weißen Saal des Berliner Schlosses restaurieren lassen. Die Wände hatte man mit weißem, feingeädertem Stuckmarmor verkleidet, dessen Felder durch Goldfugen aufgeteilt waren. Die Metallverzierungen der Türen, die Leuchter, die Kapitelle der Säulen und die Kronenrosetten glänzten silbern. Die Gardinen bestanden aus rotem Samt, mit dem auch die Türflügel bedeckt waren. Zwei übereinandergestellte Arkadenreihen begrenzten den Hauptsaal zum Treppenhaus wie zum Vorsaal hin. Die dadurch in den oberen Arkaden gebildeten Logen waren bei großen Bällen für die Zuschauer oder für das Musikkorps bestimmt. Vor der unteren Bogenreihe trugen kannelierte Säulen die Marmorstatuen der zwölf brandenburgischen Kurfürsten, oben waren die acht Provinzen des preußischen Staates durch Standbilder dargestellt. Die vier Ecken der Deckenwölbung füllten allegorische Flachreliefgruppen, mit denen auf die fürstlichen Tugenden hingewiesen wurde: den Frieden, den Glauben, die Liebe und den Ruhm. Die Archivoltenzwickel der unteren Bogenreihe zierten weitere Flachrelieffiguren, welche die Wissenschaften und die Künste repräsentierten, namentlich Philosophie, Astronomie, Mathematik, Jurisprudenz, Kriegswissenschaft, Poesie, Malerei, Musik, Bildnerei und Baukunst. Auf der entgegengesetzten Seite war der Gewerbefleiß durch Mechanik, Schifffahrt, Handel, Garten- und Weinbau, Viehzucht, Weberei, Spinnerei, Gießkunst und Bergbau vertreten. In dem umlaufenden ornamentalen Fries des Bandgesimses waren die Porträtreliefs berühmter Staatsmänner, Generäle, Gelehrter und Künstler aus den Zeiten der letzten Kurfürsten angebracht, darunter Kopernikus, Leibniz, Thomasius und Schlüter.

Im Weißen Saal fanden die Abendgesellschaften statt, die die Tradition der Berliner Salons fortsetzen sollten und zu denen Gelehrte, Künstler, Offiziere und Hofchargen eingeladen wurden. Im März 1847 hatte es auch Christian Philipp von Gontard getroffen, worüber sich seine Freude in Grenzen hielt.

»Fühle dich doch geehrt!«, sagte Henriette.

»Ich fühle mich eher fehl am Platze.«

Dennoch ging er hin, denn er wusste, dass er von Dr. Wiesenburg und der Politischen Polizei weniger zu befürchten hatte, wenn sie lasen, dass er zu den Gästen des Königs gehört hatte. Außerdem war ein Vortrag von Alexander von Humboldt angekündigt, und den wollte er sich nicht entgehen lassen.

Preußens Pomp machte wenig Eindruck auf Gontard, und im Vergleich mit Versailles fand er das Berliner Schloss eher poplig. Drei Tische gab es im Saal. Am ersten saßen König und Königin, Alexander von Humboldt und eine Reihe Berliner und auswärtiger hoher Personen, am zweiten die geladenen Gäste unterschiedlichster Berufe und Stände, so auch alle Offiziere, und am dritten die Hofdamen, Adjutanten und anderen Angehörigen des Hofstaates. Als Gontard an seinen Platz geführt wurde, kam er am Tisch des Hofstaates vorbei und wurde kurz von Konrad von Sandkirchen begrüßt, dem Obergewandkämmerer des Königshauses, dem er die heutige Einladung zu verdanken hatte.

»Der König wird nachher einige persönliche Worte mit Ihnen wechseln wollen«, raunte Konrad von Sandkirchen ihm zu.

»Oh!« Gontard hatte das Gefühl, heftig zu erröten, und hätte am liebsten die Flucht ergriffen. Noch lange nachdem er sich gesetzt hatte, war ihm mulmig zumute.

Die Stimmung war alles andere als gelöst und heiter. Es wurde wenig gesprochen, nur hin und wieder gab es eine laute Frage, die eine laute Antwort nötig machte, ansonsten unterhielt man sich mit gedämpfter Stimme mit seinem Nachbarn. Neben Gontard hatte ein Lieutenant vom Kaiser-Alexander-Grenadier-Regiment Platz genommen. Kaum hatten sie sich miteinander bekannt gemacht, begann der andere, ihn zu attackieren.

»Der Name Gontard löst bei mir keine guten Assoziationen aus.«

»Ach Gott«, seufzte Gontard, »Sie denken an meinen unglückseligen Urahn Carl.« Carl von Gontard, dem Hofbaumeister Friedrichs des Großen, war der Deutsche Dom eingestürzt, weil sich die daraufgesetzte Kuppel als zu schwer erwiesen hatte.

»Nein, ich meine Sie!«

»Mir ist meines Wissens noch nichts eingestürzt«, entgegnete Gontard.

»Es geht um meinen Kameraden Georg von Glombeck. Der fühlt sich von Ihnen ungerecht behandelt. Obwohl Sie ihm freundschaftliche Beziehungen vorgegaukelt hätten, so erzählte er mir, ließen Sie nichts unversucht, seinen Aufstieg zu verhindern.«

Gontard fühlte sich unangenehm berührt. »Nun, über die näheren Umstände seines Scheitern muss ich leider Stillschweigen bewahren.«

Nun bat der König Alexander von Humboldt, von seiner Russlandreise zu berichten, die er 1829 als Sechzigjähriger unternommen hatte. Der große Naturforscher trat an ein schnell herbeigeschafftes Rednerpult, breitete seine Papiere aus und begann zu reden.

»Als meine Begleiter, die für ihre Fachdisziplin auch jeweils die wissenschaftliche Auswertung der Expedition vornehmen sollten, wählte ich den Mediciner, Zoologen und Botaniker Christian Gottfried Ehrenberg sowie den Chemiker und Mineralogen Gustav Rose. So konnte ich mich vorwiegend geomagnetischen und astronomischen Beobachtungen widmen und die physische Geographie im Überblick studieren. Am Anfang meiner Forschungsreise stand ein dreiwöchiger Aufenthalt bei Hofe in St. Petersburg, wo ich die Zarin unter anderem mit Vorhersagen über zu erwartende – und noch während der Reise tatsächlich eingetretene – Diamantenfunde im Ural zu fesseln vermochte. Die Fortbewegung im Gelände vom 20. Mai 1829 an fand in drei gefederten Wagen statt, die von sechzehn Pferden gezogen wurden. Mit von der Partie waren hier – anders als bei meinen drei amerikanischen Erkundungsreisen – ein Koch und mein Diener Seifert. Die abgesprochene Expeditionsroute sollte über Moskau, Kasan und Perm zunächst nach Jekaterinburg am Ural führen. Auf einer nördlichen Schleife fanden hier nähere Untersuchungen statt, die zu einer reichhaltigen geologischen Materialsammlung führten. Tobolsk an der Einmündung des Tobol in den Irtysch hätte nach den Vorfestlegungen der östliche Umkehrpunkt der Expedition werden sollen, ich aber wollte weiter zum Altaigebirge und zur chinesischen Grenze, was vorher nicht abgesprochen war.« An dieser Stelle seines Vortrags schweifte Alexander von Humboldt etwas ab und berichtete von der lästigen Überwachung durch die Russen. »Kein Schritt war möglich, ohne dass man ganz wie ein Kranker unter den Achseln geführt wurde. Nun gut ...«

An dieser Stelle schlief der General Leopold von Gerlach endgültig ein, während sich der Kabinettsrat Marcus Carsten Nikolaus von Niebuhr dadurch wach zu halten suchte, dass er den Vortragenden unterbrach.

»Ich finde es nicht angebracht, unsere russischen Freunde zu tadeln, sind Sie doch von Zar Nikolaus I. und seinem Finanzminister in diskreter Kenntnis Ihrer prekären finanziellen Situation für die Expedition mit 20 000 Rubeln großzügig ausgestattet worden, ohne dass Sie darüber hätten Rechenschaft ablegen müssen.«

Alexander von Humboldt reagierte mit Empörung. »Erlauben Sie mal, ich habe ein gutes Drittel dieser Mittel, das nicht verbraucht worden war, zurückerstattet!«

Der Kabinettsrat wechselte das Thema. »Wie sehen Sie denn die zukünftige Entwicklung von Völkern wie den Indern und den Chinesen?«

Der Weltreisende zögerte nicht lange mit einer ausführlichen Antwort. »Wissen und Erkennen sind die Freuden und das Recht der Menschheit. Sie sind Teile des Nationalreichtums, oft ein Ersatz für die Güter, welche die Natur in allzu kärglichem Maße ausgeteilt hat. Diejenigen Völker, welche in der allgemeinen industriellen Tätigkeit, in Anwendung der Mechanik und technischen Chemie, in sorgfältiger Auswahl und Bearbeitung natürlicher Stoffe zurückstehen, bei denen die Achtung einer solchen Tätigkeit nicht alle Klassen durchdringt, werden unausbleiblich von ihrem Wohlstande her hintenanstehen. Sie werden es umso mehr, wenn benachbarte Staaten, in denen Wissenschaft und industrielle Künste in regem Wechselverkehr miteinander stehen, wie in erneuerter Jugendkraft vorwärtsschreiten.«

»Wollen Sie Preußen diese Jugendkraft etwa abstreiten?«

»Das sicher nicht, aber ich stehe hier auch in meiner Eigenschaft als Kanzler der Friedensklasse des Pour le Mérite und sehe mich als Förderer aller Gelehrten und Künstler.«

Ihr Disput zog sich so lange hin, bis die ersten Offiziere klammheimlich den Saal verließen, und die Königin Friedrich Wilhelm IV. zuraunte: »Der alte Herr fängt an, etwas langweilig zu werden.«

Endlich kam Alexander von Humboldt zum Ende seiner Ausführungen. »Tatsächlicher Umkehrpunkt unserer Reise wurde nach Inspektion der Silbergruben im Altai und der Kontaktaufnahme mit einem chinesischen Grenzposten der Ort Baty. Der Rückweg führte von Semipalatinsk über Omsk und Miask nach Orenburg am südlichen Ausgang des Uralgebirges und - nach dem zweiten außerplanmäßigen Abstecher - von Astrachan über Woronesch und Moskau zurück nach St. Petersburg, das am 13. November 1829 erreicht wurde.«

Alles atmete nach dem Vortrag auf, und man kehrte zum Tischgespräch zurück. Gontard überlegte, ob er sich seinen Kameraden anschließen und sich leise davonstehlen sollte, als Konrad von Sandkirchen an seinen Tisch kam und ihm sagte, dass der König im Vorsaal auf ihn wartete. Nun schlug Gontards Herz doch etwas schneller, und er fühlte sich wie kurz vor Beginn einer Schlacht.

Seine Aufregung nahm noch zu, als er dem König die Hand gegeben hatte. Weich war sie, wie auch das breite, runde und rosige Gesicht Friedrich Wilhelms IV. weich war und an einen Klosterbruder erinnerte, der den Rotwein liebte und romantische Gedichte schrieb. Auch Buchbinder und Seifenhändler sahen so aus, aber keine Könige.

Der König musterte Gontard, nachdem Konrad von Sandkirchen ihn vorgestellt hatte. »Ja, die Artillerie. Bei Großgörschen sehr wirkungsvoll. Hat unsere Niederlage in Grenzen gehalten. Mächte der Finsternis da noch stärker als die Engel des Lichts. War ja selbst dabei. Mit siebzehn Jahren. Stabskapitän im ersten Garderegiment zu Fuß.«

Gontard konnte sich nun selbst davon überzeugen, dass richtig war, was sich die Leute über den König erzählten, nämlich dass er immer nur wenige Worte und knappe Sätze von sich gab und nicht über eine Art Befehlssprache hinauskam.

»Ist Er der Gontard, der Verbrecher zur Strecke bringt?«, wollte der König wissen.

»Ja, das tue ich hin und wieder, aber vor allem bin ich Offizier und Lehrer an der Vereinigten Ingenieur- und Artillerieschule, Majestät.«

»Der Hoffmann war auch Kammergerichtsrat. Besser aber als Künstler. Kann einer vieles sein.«

»Gewiss, Majestät.«

Friedrich Wilhelm IV. sah besorgt aus. »Der Mamsellenmörder. Wirft ein schlechtes Licht auf die Residenzstadt. Schluss damit!«

In diesem Augenblick kam Alexander von Humboldt an ihnen vorbei, und dem König fiel bei seinem Anblick etwas anderes ein.

»Wann bekommt denn Leopold von Ranke den Pour le Mérite?«

Humboldt mochte den Historiker nicht und machte auch keinen Hehl daraus. »Den erhält er erst, wenn er an dem Ort angekommen ist, den uns der Mädchenname seiner Frau verspricht.« Das bezog sich darauf, dass Ranke 1843 eine Engländerin mit dem Namen Helena Clarissa Graves geheiratet hatte.

Diese Äußerung erinnerte Gontard an das, was im Café Stehely als Gerücht umging: dass nämlich Humboldts französischer Freund, der Physiker François Arago, einmal bemerkt haben solle, Alexander sei das größte Schandmaul, das er kenne.

Der König wandte sich nun wieder Gontard zu. »Der Mamsellenmörder ist zu eliminieren!«

Gontard deutete eine Verbeugung an. »Majestät können versichert sein, dass der Criminal-Commissarius Werpel und ich nichts unversucht lassen, ihn aufzuspüren. Ich war selbst bei der ersten Tat ganz in der Nähe, im Hause von Willibald Alexis.«

»Ich will diesen Namen nicht hören!«, rief der König, unerwartet heftig werdend. »Ein Schandfleck!« Sein Zorn rührte daher, dass sich der Schriftsteller öffentlich über die Pressezensur empört hatte. Er eilte davon.

Da sich auch Konrad von Sandkirchen entfernt hatte, stand Gontard nun allein im Vorsaal und verspürte plötzlich das starke Bedürfnis nach einem Abtritt. Er eilte durch die verwinkelten Gänge, bis er endlich einen fand. Auf dem Rückweg zum Weißen Saal verlief er sich abermals im Labyrinth des Schlosses und landete schließlich in dem Trakt, in dem die Wirtschaftsräume untergebracht waren. Gerade verließ eine beleibte Gehilfin die Küche und begab sich, eine leere Schüssel in der Hand, in den Keller. Es war eine Szene, die Gontard sofort an das erinnerte, was sich im Hause von Willibald Alexis abgespielt hatte, und ohne weiter nachzudenken, folgte er der Frau, sich immer wieder in einer Nische verbergend, um von ihr nicht gesehen zu werden.

Gerade war er wieder hinter einen Pfeiler geschlüpft, da sah er einen Schatten hinter sich auftauchen. Ein dicker Knüppel sauste auf seinen Kopf herab. Gontard stürzte zu Boden und verlor die Besinnung.

Vierzehn

Die ständische Gesellschaft löste sich immer weiter auf, um einer industriell-kapitalistischen Ordnung Platz zu machen, in der die Gesetze der Marktwirtschaft das Handeln bestimmten. Die Hälfte des Volkes lebte an der Armutsgrenze oder darunter. Kartoffeln waren das Grundnahrungsmittel der unteren Bevölkerungsschichten, und nach der schweren Missernte von 1846 trieben die Händler die Preise derart in die Höhe, dass die einfachen Leute die sechs Silbergroschen für die Metze nicht mehr zahlen konnten. Der Hungertod drohte ihnen.

So kam es denn, dass am 19. April 1847 in der Frühstunde eine Anzahl Weiber auf dem Markt am Oranienburger Thor über einen sie verhöhnenden Höker herfiel. Sie prügelten ihn gewaltig und streuten seine Kartoffel- und Gemüsevorräte auf dem ganzen Markt umher. Mit dieser Tat war aber auch der Anstoß zu weiterer Aktion gegeben. Wie eine Sturmflut durchzog der Weiberhaufen, verstärkt durch Gassenjungen, Lehrbuben und arme Frauen, die sich rasch aus der Rosenthaler Vorstadt, dem sogenannten Vogtlande, einfanden und bald zu mehreren Tausenden anwuchsen, die Straßen Berlins, von einem Wochenmarkt zum anderen eilend, um überall das gleiche Schauspiel aufzuführen.

Der große Saal im Berliner Criminalgericht war bis auf den letzten Platz gefüllt, als der Prozess gegen den 22-jährigen Maurergesellen Johannes Jeschke eröffnet wurde. Die Anklage lautete auf heimtückischen Mord. Die Beweisaufnahme begann mit der Anhörung des Zeugen Christian Philipp von Gontard.

»Wenn Sie bitte einmal schildern wollen, was Ihnen am Tattage widerfahren ist!«, wurde er vom Richter aufgefordert.

Gontard fasste sich unwillkürlich an den Hinterkopf, an dem seine beträchtliche Platzwunde noch immer nicht ganz verheilt war und die kreisrunde kahle Stelle deutlich anzeigte, wo der Hieb des Täters ihn getroffen hatte.

»Nun, ich hatte die Abendgesellschaft beim König kurz verlassen, um den Abtritt aufzusuchen, und mich dann auf dem Rückweg zum Saal im Labyrinth des Berliner Schlosses gehörig verlaufen. Irgendwann bin ich in den Trakt geraten, in dem die Küche und die Wirtschaftsräume liegen, und habe eine Mamsell mit einer Schüssel in der Hand entdeckt, mit der sie offensichtlich in den Vorratskeller eilen wollte. Das hat die Erinnerung an den Abend im Hause von Willibald Alexis in mir wachgerufen, an dem es den ersten Mamsellenmord gegeben hat. Zum Schutze dieser Frau, aber auch um einen möglichen Täter in flagranti zu ertappen, bin ich ihr unauffällig gefolgt – bis ich dann einen Schlag auf den Kopf bekommen habe und in Ohnmacht gefallen bin. In der Charité bin ich später verarztet worden. Den Täter habe ich nicht erkennen können. Es war ziemlich dunkel, und er hat sich von hinten unbemerkt an mich herangeschlichen.« Mehr konnte Gontard zur Aufklärung dieses Falles nicht beitragen, und nach ein paar belanglosen Fragen durfte er sich wieder setzen. Aufgerufen wurde nun der Criminal-Commissarius Waldemar Werpel.

»Ich kenne das Opfer und seine unselige Leidenschaft, mir ins Handwerk zu pfuschen, schon seit Jahren«, begann Werpel seine Aussage. »Von daher wusste ich auch, dass Herr von Gontard auf der Jagd nach dem Mamsellenmörder war und wieder einmal schneller sein wollte als ich. Ich habe mir nun alle Küchengehilfinnen vorgenommen, die sich in der fraglichen Zeit im Schloss aufgehalten haben, und bin auf eine gewisse Luise Lemcke gestoßen, von der es hieß, sie habe einen sehr eifersüchtigen Bräutigam. Seinen Namen habe ich mit Johannes Jeschke ermitteln können. Maurergeselle ist er. Nach kurzer Einvernahme hat er auch ein umfassendes Geständnis abgelegt.«

Es begann nun eine heftige Auseinandersetzung zwischen Jeschke und seinem Verteidiger auf der einen und dem Staatsanwalt auf der anderen Seite.

»Sie haben den Zeugen von Gontard für den heimlichen Liebhaber Ihrer Braut gehalten und sich ins Schloss geschlichen, um ihm aufzulauern und ihn heimtückisch zu töten.« So lautete die Anklage.

»Nee, ick wollte die Luise nur abholen, damit se nüscht passiert uff'm Weg nach Hause, und da hab ick jesehn, wie der Kerl ihr nachjeschlichen is. Da hab ick jedacht, det is der Mamsellenmörder und der will ihr ooch so uffschlitzen wie die andern beeden Weiba, und da hab ick ihm denn mit eem Knüppel ee'n übajezog'n. Um ihr zu retten.« Mit diesen Worten verteidigte sich der Angeklagte.

Gontard war froh, in diesem Fall nicht richten zu müssen. Er hegte keinerlei Groll gegen den Maurergesellen. Schuld an allem war kein anderer als er selbst, und er konnte sogar Werpel verstehen, wenn der, begegneten sich ihre Blicke, geradezu genüsslich grinste, als wolle er sagen: Schad't dir gar nüscht, det haste nu davon!

Die Strategie der Verteidigung hatte nur einen schwachen Punkt: Gontard hatte nämlich als vermeintlicher Täter noch gar keine Anstalten gemacht, sich auf die Mamsell zu stürzen. Trotzdem hielt sich das Gericht an die Devise »Im Zweifel für den Angeklagten« und sprach Johannes Jeschke frei.

Werpel hielt dieses Urteil für mehr als bedenklich. »Hoffentlich ist das kein Freibrief für jeden eifersüchtigen Liebhaber, seinen Nebenbuhler auszuschalten.«

»Jedenfalls für Liebhaber von dicken Mamsellen«, schränkte Gontard ein. »Ich bin froh, dass Sie mich nicht verdächtigen, der Mamsellenmörder zu sein, wo ich doch einer korpulenten Dame in den Keller gefolgt bin.«

»Da bringen Sie mich auf eine Idee«, sagte Werpel und grinste.

Das, was später als Kartoffelrevolution in die Geschichtsbücher eingehen sollte, bestimmte auch in den Tagen nach dem 19. April das Geschehen in den Berliner Straßen. Gontard bekam das am eigenen Leibe zu spüren, als er am späten Nachmittag durch die Charlottenstraße lief und im Schaufenster des Bäckermeisters Blumberg eine Buttercremetorte sah, die bei ihm einen selten gekannten Heißhunger auslöste. Er trat in den Bäckerladen, um ein großes Stück Torte mit nach Hause zu nehmen.

»Und wat bring'n Se Ihre Frau Jemahlin mit?«, fragte Blumberg, der gerade aus der Backstube gekommen war, um zu überprüfen, ob seine Schwester, die den Verkauf der Ware besorgte, auch ordentliche Arbeit leistete.

»Oh, daran habe ich gar nicht gedacht!« Gontard hatte

augenblicklich ein schlechtes Gewissen und suchte, sich mit dem Argument zu rechtfertigen, dass Torten dick machten.

»Da müssen Se doch bei Ihre Frau nüscht befürchten.«

So unterhielten sie sich noch ein Weilchen, bis sich vom Gensdarmen-Markt her eine Schar von Tumultuanten näherte. Gontard fürchtete Schlimmes, denn das Bäckergewerbe war im Volke verhasst wie kein zweites. Der Staat hatte zwar durch das Brottaxensystem für feste Preise bei den Backwaren gesorgt, dabei aber vergessen, die Gewichte anzugeben, so dass die Brote vielfach zu wenig wogen und außerdem noch aus minderwertigen Rohstoffen hergestellt wurden. Jahrelang hatte sich bei den derart betrogenen Tagelöhnern, Gelegenheitsarbeitern und Gesellen aus den verarmten Massenhandwerken, insbesondere den Webern, Tischlern und Schuhmachern, der Zorn aufgestaut. Und nun, als den Frauen der Geduldsfaden gerissen war, brachen auch bei den Männern die Dämme.

»Schlagt det Schwein doch endlich tot!«, schrien einige aus der Menge, als man vor der Bäckerei angekommen war und den dicken Bäckermeister hinter der Schaufensterscheibe erblickt hatte. Bevor man den Laden stürmte, zerrte man das Ladenschild herunter und zertrümmerte die Scheiben.

Blumberg riss einige Brote vom Regal und hielt sie den Tumultuanten entgegen. »Hier, das sollt ihr alles haben, umsonst!«

»Zu spät, du Schmarotzer!« Ein Haken gegen das Kinn traf den Bäckermeister, und er wäre zu Boden gestürzt, hätte Gontard ihn nicht auffangen können.

»Halt!«, schrie Gontard. »Macht euch nicht unglücklich!«

»Det sind wa schon lange!«, rief der Anführer der Horde, die den Bäckerladen gestürmt hatte. »Los, allet zatöppern!«

Sie machten sich daran, alles an Mobiliar zu zerschlagen, was ihnen in die Hände fiel. Gontard sah ein, dass jeder Widerstand zwecklos war. Auch ging es ihm gegen den Strich, einem offenbaren Halunken wie Blumberg mehr zur Seite zu stehen, als es ihm das Christentum gebot. »Schnell in die Backstube und dort verschanzen!«, rief er dem Bäckermeister nur rasch zu und zog ihn und seine Schwester mit nach hinten.

»Hoffentlich stecken sie nicht alles in Brand und räuchern uns aus!«, rief Blumberg, während sie Backtröge und ähnlich schwere Gegenstände gegen die Tür schoben, weil sie dem Schloss und seinen Riegeln nicht trauten.

Zum Glück aber zog die Menge weiter, um nebenan einen Schlächterladen kurz und klein zu schlagen. Gontard stahl sich durch die Tür zum Innenhof davon und suchte, heil nach Hause zu kommen. Leicht war es nicht, denn überall erklangen die Trommeln des Aufruhrs. In der Behrenstraße, Unter den Linden, in der Mohrenstraße, in der Kanonierstraße – allerorts wurden die Bäckereien und Konditoreien gestürmt, auch das Café Kranzler und das Spargnapani traf es, und die Scheiben mehrerer Hotels, der Oper und des Schauspielhauses wurden eingeworfen, selbst das Palais des Kronprinzen blieb nicht verschont. Dazu schrie man: »Alle Reichen müssen totgeschlagen werden!«, und Verwünschungen gegen den König und die Prinzen wurden laut.

Die Polizei stand der wütenden Menge hilflos gegenüber, und die Constabler retirierten aus Angst, verprügelt und erschlagen zu werden. Gontard war entsetzt. Sicherlich, mit seinen liberalen Freunden im Café Stehely hatte er seit Jahren von einer Revolution in deutschen Landen geträumt, sie hatten sich aber nie vor Augen geführt, dass das auch Gewalt und Blutvergießen bedeutete.

Als er endlich in der Dorotheenstraße angekommen war, fiel im Henriette um den Hals. »Gott sei Dank ist dir nichts passiert!«

»Das Schlimmste steht uns vielleicht noch bevor, denn der König wird die gesamte Berliner Garnison mobilisieren, damit die Soldaten für Ruhe und Ordnung sorgen.«

So kam es dann auch, aber er hatte insofern Glück, als die Artillerie nicht zum Einsatz kam. Nach vier Tagen war die Kartoffelrevolution niedergeschlagen. Für die über dreihundert Verhafteten reichten die Gefängnisse der Hausvogtei und der Stadtvogtei nicht aus, so dass auch das Militärarrestlocal in der Lindenstraße belegt werden musste.

Werpel war froh und glücklich, dass er nun wieder ins Bureau gehen konnte, ohne Angst haben zu müssen, von den Tumultuanten erkannt und traktiert zu werden. Die letzten Tage hatten ihn in seiner Sicht der Welt bestätigt. Er war nämlich der Meinung, dass das Volk ein wildes Tier sei, vor dem man sich in Acht zu nehmen habe. Riss es sich von seinen Ketten los, zerfleischte es die, die es vordem gefüttert hatten und denen es seine Existenz verdankte, also alle vom kleinsten Beamten bis hoch zum König. Mit Zuckerbrot und Peitsche war es zu bändigen, und es hatte wohl zu wenig Zuckerbrot in letzter Zeit gegeben, da mochten die ewigen Kritikaster gar nicht einmal so unrecht haben. Und da Bier und Schnaps auch eine Art Zuckerbrot waren, übersah Werpel heute Morgen die schwankenden Gestalten, die schon zu früher Stunde einen über den Durst getrunken hatten und eigentlich hätten arretiert werden müssen. Aber wohin mit ihnen? Die Gefängnisse waren schon alle überfüllt. An einer Destille stand mit Kreide ein Vers geschrieben:

Am Morgen schmeckt der Branntwein gut,
Vorzüglich nach Mittage;
Wer ihn des Abends trinken thut,
Kennt weder Qual noch Plage;
Auch soll der edle Branntwein
Um Mitternacht höchst dienlich sein.

Werpel schüttelte den Kopf. Die Destillationen waren es in der Hauptsache, die den ausgemachten Alkoholsäufer anzogen. Hier gab es alles, was sich das gemeine Volk hinter die Binde goss, von Maraschino di Zara und Danziger Goldwasser bis hin zu Kartoffelfusel und Brennspiritus. Nun schön, wenn man auf andere Weise sein Elend nicht vergessen konnte - sein selbstverschuldetes natürlich, wie Werpel immer wieder betonte. Wäre es nach ihm gegangen, hätte man dennoch alle Destillationen geschlossen. Schon der betäubende Dunst eines solchen Branntweinladens reichte hin, einem Menschen die Sinne zu verwirren, da brauchte gar kein falscher Freund kommen und ihn zum Trinken zu überreden, auch keine liebenswürdige Schankmamsell. Gerade sah er einen Familienvater in einem Local verschwinden. Sicher versoff der jetzt das Geld, das er gebraucht hätte, um nachher das Brot für seine Kinder zu kaufen.

Berlin erwachte, und es würde wieder ein gewöhnlicher

Tag werden. Die erbärmlichen Gestalten der Lumpen- und Knochensammler zogen mit ihren Wägelchen durch die Straßen, vom Lande kamen die Gemüse- und Fischweiber herein, und die keiften schon los, ehe die Sonne völlig aufgegangen war. »Na, hören Sie, wollen Sie Ihre Plötzen heute ooch wieder als Lachse vakoofen?« Postknechte, Paket- und Briefträger, Sandfuhrleute, Zettelankleber und Gipsfigurenhändler eilten an Werpel vorüber.

Als ersten Bekannten traf er den Armencommissarius Effner, der von einer hübschen Begebenheit zu berichten wusste.

»Trete ich da gestern zur Familie Liebscher ins Zimmer, die immer jammert, die Unterstützung, die sie erhält, sei zu kärglich – und was sehe und rieche ich? Steht doch dort ein stattlicher Braten auf dem Tisch! Und wissen Sie, was das Oberhaupt, was der Liebscher zu mir sagte?«

»Nee, ich war ja nicht dabei.«

»Er sagt: Entschuldigen Sie, et is ja man nur 'n Pudel.«

»Und – haben Sie davon gekostet?«

Effner schüttelte sich. »Nein, wo denken Sie hin!«

»Es wird gestohlenes Fleisch gewesen sein«, sagte Werpel. »Man hat doch genügend Schlächtereien geplündert.«

»Na, wie Sie meinen.«

Effner tippte mit zwei Fingern gegen seinen Hut und ging weiter. Werpel hatte das Gefühl, dass der den Armen den gestohlenen Sonntagsbraten durchaus gönnte und die Notlüge mit dem Pudel innerlich billigte. An der Ecke Spandauer Straße und Propstgasse prallte Werpel wieder einmal mit dem Constabler Krause zusammen.

»Ick soll Ihnen suchen!«, rief Krause.

»Und wer hat Ihnen den Auftrag dazu erteilt?«, wollte Werpel wissen.

»Na, Sie selber, Herr Commissarius.«

»Wie denn das?«

»Na, Sie ham zu mir jesagt, imma dann, wenn ’ne Leiche anjefallen is, soll ick Ihnen suchen.«

Werpel erschrak. »Und nun gibt es wieder eine Leiche?«

»Ja, im Hotel, det wo nach die Sachsen heißt.«

»Im Hôtel de Saxe?«, wollte sich Werpel vergewissern.

»Ja, det inne Burgstraße anne Cavaliersbrücke. Unten im Kella liegt eene, uffjeschlitzt wie die andern.«

Werpel war verzweifelt. »Wird das denn nie ein Ende haben?«

»Nee, nicht bevor se den Täta ’n Kopf kürzer jemacht ham«, brachte Krause die Sache auf den Punkt. »Und ooch denn nich, wenn et nämlich zwee’e sind.«

»Dann los, nichts wie hin!«, rief Werpel.

»Imma langsam mit die jungen Pferde«, sagte Krause. »Die Mamsell soll schon seit jestern Abend unten im Kella liejen, aba heute Morgen ham se ihr erst jefunden.«

Als Werpel im Hôtel de Saxe angekommen war, bot sich ihm das gleiche grausige Bild wie bei den ersten beiden Mamsellenmorden.

»Ich habe über 25 Stiche gezählt«, sagte Dr. Kußmaul. »Der Leib ist von der Scheide bis zum Brustkorb aufgeschlitzt.«

»Dass ein Mensch so viel Blut haben kann«, murmelte Werpel.

»Die Blutmenge eines Menschen macht ein Zwölftel seines Körpergewichtes aus«, sagte Kußmaul. »Und da die Tote über zwei Zentner gewogen haben dürfte, sind das immerhin mehr als acht Liter.«

»Der Mörder lässt die Mamsellen so ausbluten wie der Schlächter ein Schwein«, stellte Werpel fest.

»Darum hat er wohl bei Tillack auch geübt«, fügte der Arzt leicht sarkastisch hinzu.

Das Hotelpersonal nannte Werpel den Namen der Toten: Charlotte Pölbitz. Ansonsten waren die Aussagen wenig präzise. Die Mamsell habe die Küche eine Stunde vor Mitternacht verlassen und sei dann in den Keller gegangen, wo sich die Garderobe des Personals befand.

»Da sie die Letzte gewesen ist, hat man sie auch erst am Morgen gefunden.«

Werpel sah den Hoteldirector an. »Ist Ihnen an der Pölbitz in letzter Zeit etwas aufgefallen?«

»Ich wusste bis zum heutigen Tage gar nicht, dass wir eine Mamsell dieses Namens in Stellung haben, da müssen Sie schon meine Untergebenen fragen.«

Werpel tat dies, doch was er auch hörte, nichts brachte ihm den erhofften Aufschluss. Es war wirklich zum Verzweifeln, und als er zum Polizeipräsidenten bestellt wurde, um Bericht zu erstatten, ahnte er Schlimmes.

»Amalia Matschke ... Johanna Kuschnowski ... Charlotte Pölbitz.« Eugen von Puttkamer las die Namen der Opfer so pathetisch vom Blatt, als handelte es sich um einen Gedenkgottesdienst im Berliner Dom. »Alle drei, zumindest die beiden Letztgenannten, klagen Sie an, Werpel, die Taten nicht verhindert zu haben. Geschieht ein vierter Mord, können Sie sich aussuchen, ob Sie die nächsten zehn Dienstjahre in Kleve oder in Tilsit verbringen wollen!«

Am letzten Tag im April, es war ein Freitag, trafen sich Gontard und Friedrich Kußmaul im Café Stehely, um über die beiden Ereignisse zu reden, die in den letzten

Wochen am meisten für Aufregung gesorgt hatten: die Kartoffelrevolution und der dritte Mamsellenmord.

»Ich war heilfroh, dass wir von der Artillerie bei den Unruhen nicht eingreifen mussten«, sagte Gontard.

Kußmaul lachte. »Das ist eigentlich erstaunlich, wo es doch in aller Welt üblich ist, mit Kanonen auf Spatzen zu schießen.«

»Bloß gut, dass wir nicht so genau zielen können. Wir treffen zwar einen Tumultuanten, aber auch den Infanteristen oder Constabler neben ihm.«

Kußmaul musterte den Freund. »Und was hättest du gemacht, wenn du hättest schießen müssen?«

Gontard wand sich. »Das Leben ist kein Schulaufsatz. In meinem Alter muss ich solche Fragen nicht mehr beantworten.«

»Das nenne ich Feigheit!«

»Nun gut.« Gontard senkte seine Stimme, denn Dr. Wiesenburgs Lauscher saßen überall. »Ich hätte irgendetwas geschluckt und wäre mit Magenkrämpfen und Erbrechen abgetreten vom Dienst.«

»Was dich von jeder weiteren Beförderung ausgeschlossen hätte«, kommentierte Kußmaul.

»Ein Herrscher, der auf das eigene Volk schießen lässt, hat das moralische Recht auf seine Herrschaft verwirkt und sollte schnellstmöglich abdanken«, sagte Gontard. »Und tut er es nicht, möchte ich in seinem Staat keinesfalls aufsteigen.«

»Absteigen möchtest du aber auch nicht.« Friedrich Kußmaul liebte es, seinem Freund auch bittere Wahrheiten aufzutischen.

»Ich habe Henriette und die Kinder«, murmelte Gontard.

»Du merkst selbst, wie schwach deine Verteidigung ausfällt. Der wahre Held quittiert seinen Dienst und wandert aus nach Amerika, so wie Steuben es getan hat.«

So liebevoll-ironisch das auch gesagt war, Gontard gab sich leicht pikiert. »Herzlichen Dank dafür, dass du mir meine Mittelmäßigkeit so deutlich unter die Nase reibst.«

»Du bist nicht mittelmäßig, du bist sehr wohl außergewöhnlich, aber eben typisch deutsch, wie Hölderlin schrieb: *O ein Gott ist der Mensch, wenn er träumt, ein Bettler, wenn er nachdenkt.* Und ich meine: wenn er nachdenkt über sich selbst. Träumen wir also weiter von einer wahrhaftigen Revolution – und denken nicht darüber nach, wie grausam und blutig sie ablaufen könnte, denken wir nicht an Paris 1789 und nicht an die Jahre danach!«

Gontard berichtete über seine Erlebnisse im Bäckerladen in der Charlottenstraße. »Die Hälfte der Berliner lebt in Armut und hungert – wie blind müssen die Herrschenden sein!«

»Zu denen zählst auch du, mein Lieber, du gehörst als Adliger und Offizier wie als Träger eines klangvollen Namens zur Elite Preußens und bist nun wahrlich nicht blind.«

»Aber was kann ich denn schon ändern?«, rief Gontard.

»Sei besser still, sonst wirst *du* geändert – indem Doktor Wiesenburg dich in die Hausvogtei bringt oder in die Tucheler Heide nach Ostpreußen schickt. Nebenbei gesagt, soll es auch schon Patrizier und Offiziere gegeben haben, die andere Patrizier und Offiziere ermordet haben, ich denke an Brutus oder McDuff. Ein Putsch ist aber keine Revolution, die muss doch immer vom Volke ausgehen.«

»Mit dem Volk ist das immer so eine Sache«, sagte Gontard. »Was Bildung und Manieren betrifft, ist es geradezu schrecklich.«

»Also, reden wir nicht mehr von der Revolution und freuen uns, wenn unser vortrefflicher Magistrat den Kartoffelpreis von Amts wegen auf zweieinhalb Silbergroschen pro Metze festsetzt und ihn von der Marktpolizei streng überwachen lässt!« Kußmaul konnte wieder einmal ungemein ironisch sein, und er wurde auch noch zynisch. »Gegen die Nahrungsmittelknappheit hilft es freilich auch, dass er alle Mamsellen, die mehr als zwei Zentner wiegen, nacheinander ermorden lässt. Was das an Essen spart!«

»So herzlos können auch nur Mediciner reden!«, rief Gontard. »Steht ihr doch mit dem Tod auf Du und Du, während wir gewöhnlichen Menschen jedes Mal erschüttert sind.«

Kußmaul blieb gelassen. »Ob nun Zynismus oder Anteilnahme, durch beides werden die Mamsellen nicht wieder lebendig, wie auch weitere Taten nicht verhindert werden.«

»Werpel ist hilflos, und ich stehe ihm in dieser Hinsicht in nichts nach.« Gontard spielte mit seinem Weinglas und sorgte für einen Sphärenton, indem er seinen rechten Zeigefinger über dessen Rand gleiten ließ.

Kußmaul lachte. »Willst du dir mit diesen Klängen Hilfe aus dem Jenseits holen?«

»Ich bin für jede Hilfe dankbar, denn wir sind mit unserem Latein am Ende.«

»Ich verstehe nicht, warum«, sagte Kußmaul und provozierte weiter. »Ihr wisst doch, dass die Morde immer dann geschehen, wenn eine Mamsell in den Keller geht, um etwas zu holen. In Willibald Alexis' Wohnung war es so, im Café Stehely und im Hôtel de Saxe ebenfalls. Der

Mörder – gehen wir einmal davon aus, dass es nur ein Täter ist – muss sich vorher in dieser Örtlichkeit aufgehalten und dort eine füllige Mamsell gesehen haben. Im Dunkel der Nacht ist er dann zurückgekommen und hat auf einen günstigen Augenblick gewartet, den Augenblick, in dem sie in den Keller gegangen ist, um etwas zu holen oder sich, wie im Hôtel de Saxe, dort umzukleiden.«

Gontard nickte. »Da bin ich völlig d'accord mit dir, nur hilft uns das auch nicht viel weiter, denn es kommen einige Tausend Männer in Betracht.«

»Außerdem muss sich der Mörder jedes Mal fürchterlich mit dem Blut seiner Opfer besudelt haben, das heißt, irgendwo muss er die verschmutzten Kleidungsstücke gelassen haben.«

»Er wird sie irgendwo ins Gebüsch geworfen haben«, sagte Gontard und fügte hinzu, dass er sie aber auch verbrannt haben könne. »Und wenn er sie weggeworfen hat, dann steht bestimmt nicht sein Name drin, und auch den seines Schneiders oder Basars wird er entfernt haben. Ich stelle mir den Mann so vor, dass er ein ganz unauffälliges Leben führt und alles, was er tut, genau kontrolliert, dass sich hinter der unscheinbaren Fassade aber ein anderes Wesen verbirgt, das ihn immer wieder antreibt, zu töten und ein Blutbad anzurichten.«

»Gut.« Kußmaul teilte diese Einschätzung und fragte weiter: »Warum muss es dann immer eine dicke Mamsell sein?«

»Das ist sicherlich das große Rätsel dieses Falles, es muss etwas mit seinem früheren Leben zu tun haben. Aber Werpel und mir – wie jedem anderen Menschen auf der Welt – ist es unmöglich, die Zusammenhänge aufzudecken, bei den vielen Tausend Männern, die in Frage kommen. Da kann uns nur der Zufall helfen und die Hoffnung, dass auch der Gescheiteste einmal einen Fehler begeht.«

»Ihr seid mir zu untätig«, sagte Kußmaul. »Könnt ihr nicht, Werpel und du, eine Person als Lockvogel einsetzen?«

Gontard lachte. »Stellst du dich zur Verfügung? Wenn wir dich mästen wie eine Weihnachtsgans und vom Maskenbildner des Königlichen Schauspielhauses als Mamsell herrichten lassen, dann hätten wir vielleicht Erfolg.«

»Im Ernst, ich wüsste da schon eine Frau, die mitspielen würde: die Caroline Kraatz aus dem Kreise der Frauen um Louise Aston. Du kennst sie ja.«

Fünfzehn

Der 1. Mai 1847 fiel auf einen Sonnabend, und Gontard wäre mit seiner Familie am liebsten nach Wutike gereist, um dort den Frühling zu begrüßen, doch er hatte in den Mittagsstunden an einer Sitzung in der Artillerieschule teilzunehmen.

Die Kinder begrüßten den Wonnemonat mit einem Lied von Emanuel Geibel:

Der Mai ist gekommen,
Die Bäume schlagen aus,
Da bleibe, wer Lust hat,
Mit Sorgen zu Haus!
Wie die Wolken dort wandern
Am himmlischen Zelt,
So steht auch mir der Sinn
In die weite, weite Welt.

Diese Verse wurden in letzter Zeit immer häufiger gesungen, vielleicht deswegen, weil Geibel bei Friedrich Wilhelm IV. hoch im Kurs stand. Dennoch hatte er es vorgezogen, seinen Wohnsitz in Lübeck zu nehmen. Gontard war ihm vor zehn Jahren begegnet, als Geibel in Berlin studiert hatte und mit Chamisso, Arnim und Eichendorff befreundet gewesen war. Gontard konnte sogar die ersten beiden Zeilen des Gedichtes auf Latein hersagen: *Adest ferax Maius, / germinant ramuli.*

Unter den Linden wurde das Straßenbild weithin von Soldaten bestimmt, und manche Zeitgenossen meinten, in keiner anderen Großstadt der Welt spielten die Uniformen eine so bedeutende Rolle wie in der preußischen Residenz. Die hohen Herren konnte man sich kaum anders denken als in Uniform – im Waffenrock der Generalität, in der roten, goldverschnürten Attila des Leib-Garde-Husarenregiments oder im weißen Koller der Gardes du Corps. Gontard schien es so, als sei ganz Berlin eine große Garnison. Da waren die diversen Garde-Infanterie-, Garde-Kavallerie- und Garde-Feldartillerie-Regimenter, dazu kamen die Garde-Pioniere, das Garde-Train-Bataillon, die Feldjäger, die Leibgendarmerie, die Schlossgarde-Compagnie, die Kriegsakademie, die Mitglieder des Kriegsministeriums, des Generalstabs, der General-Inspectionen, der Artillerie- und Ingenieurschule sowie einiger anderer Institutionen. Es gab bei den Oberen so viele bunte Uniformen mit unterschiedlich eingefärbten Kragen, Aufschlägen und Paspeln, dass geschrieben wurde, die Offiziere seien im Mosaikbild der Berliner Gesellschaft farbige Steinchen, die dem Muster seine eigenartige Leuchtkraft verliehen. Gontard kam dabei schlecht weg, denn hieß das Gebäude des Generalstabs wegen der karmesinfarbenen Verzierungen der Uniformen seiner Insassen im Volksmund die Himbeerplantage, so nannte man die Artillerie- und Ingenieurschule den Kirchhof, weil die dunklen Röcke der schmucken Lieutenants von der Bombe mit ihren schwarzsamtenen Kragen und Ärmelplatten an die düstere Farbe der Trauer erinnerten.

Gontard war nur noch ein paar hundert Schritte von

seinem Ziel entfernt, als er von Glombeck auf sich zukommen sah. Es war zu spät, ihm auszuweichen. Beide senkten nun die Blicke, um sich nicht begrüßen zu müssen. Sekunden später geschah es dann. Als Gontard die Hosen Glombecks sah, durchzuckte es ihn: Das ist doch dieselbe Machart wie bei der Hose, die ich bei Waldschischeck auf der Wäscheleine gesehen habe! Die Hosen mit all den Blutflecken!

»Und in diesem Moment wusste ich, dass Glombeck der Mamsellenmörder ist«, sagte er zwei Stunden später zu Friedrich Kußmaul, als sie bei dem zu Hause in der Bibliothek saßen und einen französischen Rotwein probierten.

»Heureka!«, rief Kußmaul. »Archimedes und Gauß haben das bei ihren großen Entdeckungen gerufen – und du solltest ihnen in nichts nachstehen.«

»Ich bin nicht abergläubisch, aber bei Willibald Alexis und den *Hosen des Herrn Bredow* hat es begonnen, das heißt, an diesem Abend hat es den ersten Mamsellenmord gegeben, und es ist von einer auffälligen inneren Logik, dass Hosen in diesem Fall die entscheidende Rolle spielen. Aber einmal abgesehen von diesem Indiz, sagt mir meine innere Stimme, dass es Glombeck ist.«

Kußmaul hob sein Glas. »Prost! Meine Gratulation. Aber wenn du ihn tatsächlich fassen willst, musst du ihm eine Falle stellen und ihn mit einem Köder hineinlocken. Das hatte ich dir schon neulich vorgeschlagen.«

Gontard seufzte. »Ich hatte bis jetzt noch nicht den Mut, zu dieser Caroline Kraatz zu gehen. Aber des ungeachtet, wie könnte denn die Falle aussehen, die ich für Glombeck aufstellen soll?«

Kußmaul überlegte. »Ich könnte bei mir zu Hause eine

kleine Feier veranstalten und auch Glombeck dazu bitten.«

»Du stehst doch aber in keinerlei Beziehung zu ihm«, wandte Gontard ein.

»Gewiss, ich kenne ihn nicht sehr gut, jedoch kannst du ihn erst recht nicht zu dir nach Hause einladen.« Kußmaul überlegte einen Augenblick. »Aber warte mal, das Handelshaus meines Schwiegervaters – du weißt, Kahlbaum & Gillieux – liefert auch Uniformen, und da könnte der neben einigen anderen Offizieren auch Glombeck zu einem kleinen Frühlingsfest in der Unterwasserstraße einladen. Dazu engagieren wir dann Caroline Kraatz als Mamsell und hoffen darauf, dass Glombeck anbeißen wird.«

»In Ordnung, gehen wir zu ihr und versuchen, sie für unseren Plan zu gewinnen!«

Als sie Caroline Kraatz in ihrer bescheidenen Wohnung in der Landwehrstraße aufgesucht und der Schriftstellerin ihren Plan unterbreitet hatten, lachte die nur.

»Lieber Herr von Gontard, darüber haben wir doch schon einmal geplaudert. Ihr Gedächtnis lässt zu wünschen übrig, meine Herren!«

»Jetzt fällt es mir wieder ein. Wir haben darüber gesprochen, als Sie bei der Hochzeit meines Freundes neben mir gesessen haben!«

Caroline Kraatz tat enttäuscht. »Ich hatte gedacht, mehr Eindruck bei Ihnen hinterlassen zu haben. Und nun wollen Sie mich dem Mamsellenmörder zum Fraß vorwerfen?«

»Sie können das Leben anderer Frauen retten!«, beschwor Gontard sie.

»Aber nur, indem ich mich abschlachten lasse!«

»Wir werden rechtzeitig zur Stelle sein, dessen können Sie gewiss sein!«, rief Gontard mit leicht poetischer Überhöhung.

Die Schriftstellerin entgegnete ihm daraufhin mit den Worten Goethes: *»Die Botschaft hör ich wohl, allein mir fehlt der Glaube.«*

Hatte Gontard das Mitgefühl der Kraatz gegenüber den weiblichen Opfern anzusprechen versucht, so dachte Kußmaul, dass sie vielleicht eher bei ihrer Ehre als Schriftstellerin zu packen sei.

»Stellen Sie sich vor, dass *tout Berlin* von Ihnen redet und Ihre Romane kaufen wird, wenn es Ihnen gelingt, den Mamsellenmörder dem Henker zuzuführen. Obendrein haben Sie dann etwas, das sie aus erster Hand beschreiben können.«

Welche der Argumente nun bei der Kraatz mehr bewegte, ließ sich schwer entscheiden, wahrscheinlich kamen beide zusammen. Jedenfalls willigte sie ein, beim Frühlingsfest von Kahlbaum & Gillieux als Mamsell in Erscheinung zu treten, um bei Georg von Glombeck mörderische Impulse auszulösen.

Leise zieht durch mein Gemüt
liebliches Geläute.
Klinge, kleines Frühlingslied
Kling hinaus ins Weite.

Kling hinaus bis an das Haus,
Wo die Blumen sprießen!
Wenn du eine Rose schaust,
Sag, ich laß sie grüßen.

Luise Kußmaul, von ihrem Manne am Klavier begleitet, sang wunderschön, und als der letzte Ton verklungen war, wurde so lange und so laut Beifall geklatscht, dass es der Königlichen Oper alle Ehre gemacht hätte.

Gontard hatte sich in der Speisekammer versteckt und verfolgte von dort aus das Treiben auf dem Innenhof des Handelshauses. Das vergitterte Fenster war leicht angelehnt, so dass er auch einiges verstehen konnte, was in seiner Nähe gesungen und gesprochen wurde. Direkt unter ihm saß der Architekt Wilhelm Stier auf einer Bank, neben ihm Clara Kahlbaum, Kußmauls Schwiegermutter, eine geborene Kufahl, die aus der Familie eines Kattundruckers kam und, so hatte ihr Schwager Magnus einmal gespottet, in den Salon einer Henriette Herz oder Rahel Varnhagen in etwa so gepasst hätte wie ein Kiesel in eine Sammlung von Smaragden und Opalen.

»Wunderschön, dieses Lied von Goethe«, sagte sie. »Und vertont hat es sicher dieser Schumann.«

Wilhelm Stier, ein Freund der Gesangskunst, kam nicht umhin, sie zu korrigieren. »Es hätte sein können, meine Liebe, aber es sind Heinrich Heine und Felix Mendelssohn-Bartholdy gewesen, denen wir diesen Genuss zu verdanken haben. Aber warum hat sie *Wo die Blumen sprießen* gesungen? Meiner Ansicht nach muss es lauten: *Wo die Veilchen sprießen.*«

»Mit Veilchen klingt es auch besser«, meinte Clara Kahlbaum.

Es war an der Zeit, den Gästen eine kleine Erfrischung zu kredenzen, und auf ein Zeichen von Ludwig Kahlbaum hin kam Charlotte Kraatz mit einem übervollen Tablett herbei. Sie trug es so ungeschickt vor sich her, dass Gontard mit ihr zitterte. Doch sie stürzte nicht, sie erreichte den rettenden Tisch – dies aber nur, weil ihr auf den letzten Schritten ein Offizier zu Hilfe geeilt war – Georg von Glombeck. Gontard hätte fast einen kleinen Schrei des Jubels ausgestoßen, ließ sich doch alles trefflich an. Wie zufällig ruhte Glombecks Hand für ein, zwei Sekunden auf dem einladenden Gesäß der vermeintlichen Mamsell. Der Offizier schien Feuer gefangen zu haben, aber bis zum frühen Abend geschah nichts weiter, was Gontards Hoffnungen hätte schüren können.

Als unten im Hof die Kerzen in den Lampions angezündet wurden, kam Kußmaul in Gontards Versteck, um ihm etwas Gesellschaft zu leisten.

»Dein Glombeck ist zwar mit den Augen ständig bei unserer Mamsell«, berichtete er, »hat aber nicht mehr versucht, ihr näher zu kommen.«

»Er wird warten, bis es Nacht geworden ist, und ihr dann in den Keller folgen«, sagte Gontard. »Wie bei Willibald Alexis.«

»Hoffen wir, dass er es in unserem Fall tatsächlich tun wird!«

»Hast du ein Messer bei ihm entdeckt?«, wollte Gontard wissen.

»Nein, ich habe ihn aber auch nicht abtasten können, ohne dass es ihn stutzig gemacht hätte.« Kußmaul hatte Mühe, nicht zu schmunzeln. »Möglicherweise bringt der Mamsellenmörder seine Tatwaffe gar nicht mit, sondern sucht sie sich erst am Tatort.«

Gontard nickte. »Darum sitze ich hier auch in der Speisekammer und warte – mit Blick in die Küche.« Er überlegte. »Vielleicht sollten wir Glombeck ein wenig auf die Sprünge helfen. Du gibst der Mamsell den Auftrag, etwas aus dem Keller zu holen, und zwar so, dass er es hören kann. Dann werden wir weitersehen. Ich folge jedenfalls der Kraatz, wenn sie sich auf den Weg in den Keller macht.«

Kußmaul nickte. »Keine schlechte Idee!«

Es verging noch eine halbe Stunde, dann bat Kußmaul die Kraatz, neue Kerzen für die Tische zu holen. »Die liegen unten im Keller auf dem Regal gleich rechts neben der Tür.«

Gontard zögerte keine Sekunde, sich in die Küche zu schleichen, von wo aus er die Treppe zum Keller im Auge hatte. Die Öllampe im Korridor blakte ein wenig, aber ihr mattes Licht reichte aus, um alles deutlich zu erkennen. Es verging eine kleine Weile, dann kam die Kraatz vorbei, zog die Kellertür auf und stieg die Treppe hinab.

Und da folgte ihr auch Glombeck. Gontard hielt den Atem an und schlüpfte hinter die offene Küchentür, so dass er alles beobachten konnte, was auf dem Korridor geschah. Glombeck verhielt sich wie ein Einbrecher, blickte sich nach allen Seiten um und lauschte. Als er kein verdächtiges Geräusch vernahm, kam er in die Küche und sah sich suchend um. Neben dem Spültisch lagen etliche Messer. Er musterte sie und nahm dann ein dolchartiges Windmühlenmesser vom Tisch.

Gontard fühlte sich in all seinen Annahmen bestätigt und hatte Mühe, nicht auszurufen: *Quod erat demonstrandum.*

In diesem Moment aber erschien der Architekt Wilhelm Stier in der Tür und stutzte, als er Glombeck mit dem Messer sah. Unwillkürlich kam ihm Schiller in den Sinn: »*Was willst du mit dem Dolche, sprich!*«

Glombeck fuhr zusammen, bewahrte aber die Contenance und entgegnete nach bewährter Pennälermanier mit dem Vers »Käse schneiden, verstehste nich!«. Dann fügte er hinzu, dass man auf dem Hofe ein solches Messer dringend gebrauchen würde. »Und Sie, suchen Sie auch nach einem Messer?«

»Nein, ich bin auf der Suche nach einem Stück Fleisch, denn meine Frau ist gerade mit unserem Pudel gekommen, und das Tier ist hungrig.«

Da war der Hund auch schon in die Küche gestürmt. Zuerst sprang er wie närrisch an seinem Herrchen hoch, dann bellte er Glombeck an. Doch damit nicht genug. Er witterte einen dritten Menschen im Raum und hatte in wenigen Sekunden Gontard entdeckt. Damit war sein Plan dahin.

Wie immer nach Ende seines Unterrichts lief Gontard zu Fuß nach Hause und genoss das Fluidum Unter den Linden. Regelmäßig traf er Menschen, die er irgendwann einmal kennengelernt hatte, diesmal war es Wilhelm Hensel, dem er häufig im Hause seines Großvaters begegnet war. Hensel, der als Protegé von Friedrich Wilhelm III. in Rom alte Meister studiert hatte, lebte seit 1828 als Maler in Berlin und erhielt regelmäßig größere Aufträge vom Hof. So hatte er zusammen mit mehreren Kollegen einige Säle des Berliner Schauspielhauses ausgeschmückt. 1829 war er zum Königlichen Hofmaler ernannt worden und hatte Fanny Mendelssohn Bartholdy geheiratet, eine Tochter des Banquiers Abraham Mendelssohn Bartholdy und Schwester des Komponisten Felix Mendelssohn Bartholdy. Der galt nun auch Gontards erste Frage: wie es ihr ginge.

»Danke für die gütige Nachfrage. Sie ist weiterhin sehr fleißig, spielt und komponiert: Klavierwerke, Übungsstücke, Chöre, christliche Kantaten und so weiter. Aber Sie wissen, dass man es in ihrer Familie nicht schätzt, wenn sie als Frau komponiert und als Klaviervirtuosin auftritt.«

Gontard schmunzelte. »Einiges von ihr ist deshalb unter dem Namen ihres Bruders erschienen.«

Hensel wollte dieses Gerücht nicht bestätigen und sagte indes: »Nun will aber Robert von Keudell, ein guter Freund, einige ihrer Werke veröffentlichen – ohne Erlaubnis ihres Bruders und gegen den Willen der Familie.«

»Das halte ich für sehr begrüßenswert.«

Danach unterhielten sie sich noch über das, wovon Hensel meinte, dass es Gontard als Artillerie-Offizier besonders interessieren würde, nämlich über die diversen Schlachten der Befreiungskriege, an denen er selbst teilgenommen hatte. Insbesondere von der Schlacht bei Bautzen und der Völkerschlacht bei Leipzig wollte er gar nicht mehr aufhören zu reden.

»Mit einer besseren Artillerie hätten wir es damals leichter gehabt, lieber Gontard. Meine Wunden schmerzen heute noch, wenn sich das Wetter plötzlich ändert. Aber ohne den Krieg wäre ich nicht mit in Paris einmarschiert und hätte nicht in die dortigen Museen gehen können.«

Bevor sie sich voneinander verabschiedeten, sprachen sie noch kurz über ihre Kinder.

»Unser Sebastian ist nun auch schon sechzehn Jahre alt«, sagte Hensel.

»Und von wem hat er das Talent geerbt?«, fragte Gontard. »Eher von der Mutter oder eher vom Vater, wird er also eher Musiker oder eher Maler?«

Hensel lachte. »Wohl nichts von beidem, er wird wohl Schriftsteller werden.«

»Na, bei meinen beiden ist noch alles offen.«

Gontard beeilte sich nun, nach Hause zu kommen, denn seine Familie wartete schon mit dem Mittagessen auf ihn. Im Anschluss daran zog er sich in sein Zimmer zurück, um sich ein wenig auszuruhen, denn am späten Nachmittag stand noch eine Zusammenkunft mit Offizierskameraden aus den verschiedensten Waffengattungen an, in der über Veränderungen im Curriculum der Vereinigten Artillerie- und Ingenieurschule beraten werden sollte. Tagungsort sollte die Kaserne des Artillerieregiments No. 2 auf dem Gelände Am Kupfergraben sein, die nach Plänen von Johann Boumann d. Ä. in den Jahren 1763 bis 1765 erbaut worden war. Die Hauptfront der viergeschossigen Spiegelbauten war zur Spree hin ausgerichtet und machte schon einiges her. Als Gontard auf den Eingang zuhielt, wurde ihm bewusst, dass Georg von Glombeck hierhin versetzt worden war – und er hatte eine Idee. Vielleicht war der nicht in seinem Zimmer, und man könnte es heimlich durchsuchen. Gontard verwarf diesen Gedanken.

Er betrat das Kasernengebäude und schritt auf die Pförtnerloge zu, um sich zu legitimieren. Und plötzlich hörte er sich fragen, ob er auf dem Weg zum Sitzungssaal zufällig am Zimmer des Herrn von Glombeck vorbeikäme.

»Ja, det lässt sich machen, Herr von ... Jehn Se mal da links lang und dann die Treppe ruff!«

Gontard bedankte sich, verlief sich aber, so gut ihm alles beschrieben worden war, bald im Labyrinth der Flure und Auf- und Abgänge. Doch dann ging einige Schritte vor ihm eine Tür auf – und heraus trat Georg von Glombeck. Gontard schlüpfte schnell hinter einen Pfeiler und konnte sein Glück kaum fassen. Sobald Glombeck hinter der nächsten Ecke verschwunden war, stand er in dessen Zimmer und hatte die ersten Schränke geöffnet. Lag irgendwo ein dolchartiges Messer? Waren blutverschmierte Kleidungsstücke versteckt? Gab es Hinweise auf sein Irresein? Ehe er sich noch einer genauen Inspektion des Zimmers widmen konnte, klopfte es. Er hielt den Atem an und presste sich an die Wand hinter der Tür. Schon ging die Klinke nach unten, und die Tür wurde so weit aufgemacht, dass man den Kopf durch den Spalt stecken konnte.

»Ah, keiner da. Doch! Mein Herr, was machen Sie hier?«

Es war nicht Glombeck, der ihn entdeckt hatte, sondern ein Bursche. Es blieb Gontard nichts anderes übrig, als sich vorzustellen und zu sagen, dass er eingetreten sei, um auf Glombeck zu warten. Das reichte dem Burschen, und er zog wieder ab.

Gontard überlegte einen Augenblick und hielt es dann für besser, den Rückweg anzutreten. Kaum war er wieder auf dem Gang, tauchte ein Fähnrich hinter ihm auf und flüsterte ihm zu, er möge doch bitte einen Augenblick stehen bleiben.

»Ja, was gibt es?«

Der Fähnrich gab sich sehr konspirativ. »Ich möchte nicht in Ihrer Nähe gesehen werden, aber ich weiß, dass sie schon so manchen Verbrecher gefasst haben. Und hier bei uns geschieht Schreckliches! Ein Kamerad schleppt Weiber in den Keller, und dann ... Ich glaube, gerade wieder hat er eine ... Kommen Sie!«

Gontard folgte dem Fähnrich, ohne zu zögern. Er hatte alles vorausgesehen. Sie liefen ins Kellergeschoss hinunter. Aus einem der Räume drangen Schreie. Gontard sah es direkt vor sich, wie Glombeck einer Mamsell den Bauch aufschlitzte. Und wahrhaftig, als der Fähnrich eine Tür aufgerissen hatte, sah Gontard, wie Glombeck an einem Tisch stand und auf etwas einstach. Hoch spritzte das Blut.

»Halt!«, schrie er. »Glombeck, ich habe Sie!«

Im selben Augenblick brandete Beifall auf, und ein Dutzend Offiziere lachte schallend. Fackeln wurden entzündet, und man sang *Freude, schöner Götterfunken*.

»Herzlichen Glückwunsch, dass Sie den Mamsellenmörder endlich gefunden haben!«

Gontard begriff, dass man seine Leidenschaft für die Verbrecherjagd auf die Schippe genommen und ihn tüchtig hereingelegt hatte. Glombeck hatte sein Messer in ein Kissen gestoßen. Das Blut war Rotwein, den ein Kamerad, der neben ihm kniete, prustend in die Luft geblasen hatte. Was blieb Gontard, als gute Miene zum bösen Spiel zu machen?

»Wunderbar, meine Herren Kameraden, ich muss Ihnen zu diesem herrlichen Coup gratulieren und darf Sie nachher zu einem kleinen Umtrunk ins Casino bitten.«

Sechzehn

Durch die ansonsten so stille Straße Auf dem Carlsbade, die zur Gemeinde Schöneberg gehörte, schallte am 8. Mai, das war ein Sonnabend, fröhlicher Männergesang. Die Eleven der Berliner Bauakademie brachten ihrem verehrten Lehrer, dem Prof. Wilhelm Stier, zu seinem 48. Geburtstag ein Ständchen dar. 1828 war das Unterrichtsfach Entwerfen und Zeichnen von Gebäuden neu eingeführt worden, und man hatte Stier mit der Durchführung des Unterrichts betraut. Gerührt erschien der Architekt auf dem Balkon seines malerischen Hauses, der sogenannten Stierburg, um zuzuhören.

Am Ende der Darbietung trat Natus, einer der tonangebenden Studenten, vor die anderen, um Stier die herzlichen Glückwünsche aller auszusprechen und eine kleine Rede zu halten. Und er fragte, ob das Geburtstagskind die Güte haben würde, mit seinen Studenten einen kleinen Ausflug nach Tegel zu unternehmen, es sei alles bestens vorbereitet.

Bei allem emotionalen Überschwang zögerte Stier mit einer Antwort, schließlich war der Tag anders geplant. Hilfesuchend drehte er sich zu den Freunden um, die früh zur Gratulationscour erschienen waren.

»Nur zu, fahren Sie mit!«, rief Gontard. »Solche Studenten möchte ich auch einmal haben.«

So kam es, dass Stier dem Vorhaben zustimmte, unter der Bedingung aber, dass auch seine Freunde mitkamen. Schnell waren zwei weitere Droschken gemietet, und los ging es. Gontard saß neben dem Architekten. Über vieles war zu reden, sie begannen mit dem Berliner Dom. Das war ein ergiebiges Thema. Friedrich Wilhelm IV. hatte seinen Frieden mit der römischen Kirche gemacht und dafür zwar reichlich Dank von seinen katholischen Untertanen geerntet, aber auch den Unmut der Protestanten auf sich gezogen. Um die zu beruhigen, versprach er ihnen ein protestantisches Gegenstück zum Kölner Dom, einen mächtigen Bau, vergleichbar der St.-Pauls-Kathedrale in London. In die Tat umsetzen konnte das in Preußen nur einer: Karl Friedrich Schinkel. Der aber war schwer krank gewesen und bereits 1841 gestorben.

»Warum hat man den Bau eigentlich Friedrich August Stüler übertragen?«, fragte Gontard und schwieg betreten, weil er merkte, dass er einen Fauxpas begangen hatte.

Aber Stier nahm es leicht. »Ich habe zwar einige Entwürfe anfertigen dürfen, bin aber nicht ernstlich als Dombaumeister in Frage gekommen, da ich das Nachahmen historischer Stile ausdrücklich abgelehnt habe.«

»Eigentlich war es ein Glück für Sie«, sagte Gontard, »bedenkt man den jetzigen Zustand.« Der war desolat, denn man hatte zwar 1844 mit der Errichtung der Fundamente begonnen, seit 1845 aber ruhte der Bau, weil es zu viele widersprüchliche Entwürfe gab und die Kosten immer weiter stiegen.

Stier fragte nun, was Gontard denn in letzter Zeit besonders bewegte, er vermute, dass es der Fall des Mamsellenmörders sei und nicht die Lage an der Artillerieschule. »Es stand in allen Gazetten zu lesen, dass Sie in der Kaserne Am Kupfergraben von einer Reihe von Offizieren zum Narren gehalten worden sind.«

Gontard nickte. »Ja, es war ein Racheakt dieses Glombeck, weil der in meinem Kursus durchgefallen ist. Seine Kameraden waren ganz auf seiner Seite und haben mich in die Falle gelockt.«

»Man hört, dass Sie Glombeck für den Mamsellenmörder halten.«

Gontard senkte die Stimme. »Ich darf es nicht zu laut sagen, sonst hetzt er seine Advokaten auf mich.«

»Wenn er es wirklich ist, dann wäre der Streich in der Kaserne ein geschickter Schachzug gewesen«, fand Stier. »Denn welcher Mörder wäre schon so dumm, den Verdacht derart auf sich zu lenken?«

»Da haben Sie natürlich recht«, sagte Gontard. »Aber wir gehen immer von der Einheit eines Menschen aus. Im Fall des Mamsellenmörders indes habe ich das Gefühl, dass zwei Menschen in einem stecken. Mal ist er der redliche und ehrenwerte Bürger, mal die blutgierige Bestie in Menschengestalt.«

Am Nachmittag des 14. Mai 1847 war Fanny Hensel plötzlich an den Folgen eines Schlaganfalls gestorben. Sie hatte gerade die Probe zu einer ihrer Sonntagsmusiken geleitet, man hatte Felix Mendelssohn Bartholdys *Die erste Walpurgisnacht* einstudiert. Gleich am nächsten Vormittag wollte Gontard Wilhelm Hensel sein Beileid aussprechen. Er machte sich auf den Weg zum Reck'schen Palais in der Leipziger Straße 3, wo Fanny und Wilhelm Hensel im Domizil der Familie Mendelssohn gelebt hatten. An der Ecke Friedrich- und Mohrenstraße traf er auf Werpel. Und obwohl er wegen des Todes von Fanny Hensel eigentlich in gedrückter Stimmung durch Berlin lief, entwickelte sich ihr Dialog in eine Richtung, die ein wenig an Adolf Glaßbrenner erinnerte.

»Sie hier?« Gontard war ein wenig verwundert, denn es war bekannt, dass der Criminal-Commissarius so früh am Tage gern in seinem Bureau saß und dort nachholte, was er zu Hause an Schlaf versäumt hatte.

»Ich komme gerade vom König von Portugal.«

»Ist Dom Fernando II. etwa in Berlin?« Gontard tat so, als wüsste er nicht, wovon die Rede war. »Will er Sie nach Lissabon holen?«

Werpel fiel prompt auf den kleinen Scherz herein. »Ich komme aus dem Hotel König von Portugal.«

»Ich verstehe noch immer nichts. Warum haben Sie da übernachtet, hat Ihre Frau Sie zu Hause ausquartiert?«

Werpel gab sich mürrisch. »Mir ist nicht zum Lachen zumute, denn der Mamsellenmörder ist gestern Abend wieder in Erscheinung getreten.«

Schlagartig änderte Gontard seinen Tonfall. »Mein Gott, haben wir das vierte Opfer zu beklagen?«

»Ja und nein. Er hat die Köchin Dorothea Dollgow niederschlagen, als sie Speisen aus dem Vorratskeller holen wollte, sie aber nicht richtig getroffen, so dass sie sich zur Wehr setzen konnte. Schließlich ist es ihr gelungen, ihn in die Flucht zu schlagen.«

»Hat sie Angaben zur Person machen können?«

Werpel machte eine Miene des Bedauerns. »Leider kaum, denn der Täter war maskiert. Ein Mann von mittlerer Größe soll es gewesen sein. Das könnte auf Bölzke zutreffen.«

»Oder auf Glombeck«, murmelte Gontard.

»In der Praxis weicht die ballistische Flugbahn von der Parabelform aus zwei Gründen ab: dem Luftwiderstand und der Inhomogenität des Schwerefelds. Der erste Punkt bedarf keiner großen Erläuterungen, darum lassen Sie uns zum Ende dieser Stunde noch auf die Kugelform der Erde und die lokalen wie die zeitlichen Variationen der Erdschwerebeschleunigung eingehen.«

In jedem seiner Kurse hatte Gontard dasselbe vorzutragen. Einerseits stöhnte er darüber, andererseits sang er ein Loblied auf die Routine, ersparte sie ihm doch die mühsame Vorbereitung seines Unterrichts und ließ ihm Zeit für andere Beschäftigungen. Alles in allem aber war er froh, als die letzte Skizze an der Tafel stand und er seine Zöglinge entlassen konnte. Nachdem der letzte den Raum verlassen hatte, wechselte er noch ein paar Worte mit dem Pedell, der sich anschickte, alles wieder von der Tafel zu wischen und dem nachfolgenden Dozenten frisches Wasser auf das Pult zu stellen. Der hieß Meno Burg und war ein interessanter Mann. Trotz höchster Protektion durch Prinz August von Preußen war Burg als Jude immer wieder antisemitischen Schikanen ausgesetzt gewesen, durfte aber endlich doch die Uniform der Artillerie tragen und hatte den Rothen Adler-Orden IV. Klasse verliehen bekommen. Unter den Kameraden erfreute sich der jüdische Major großer Beliebtheit, und sein Fachbuch *Die geometrische Zeichenkunst* hatte gerade die zweite Auflage erfahren und war ins Französische übersetzt worden.

Als Meno Burg Gontard erblickte, stutzte er und stellte dann, nachdem sie sich kurz begrüßt hatten, die Frage, ob es sich denn schon überall herumgesprochen habe.

»Was denn? Dass Fanny Hensel gestorben ist?«

»Nein, dass sich auf dem Übungsgelände in Tegel ein

schrecklicher Unfall ereignet hat. Ein Korb mit Munition ist explodiert, es gibt einen Toten.«

»Ist es einer, den ich kenne?«, fragte Gontard.

»Ja, der Tote ist Georg von Glombeck.«

Ernst Dronke, 1822 in Koblenz geboren, hatte sich nach seiner Promotion in Berlin niedergelassen, um hier als Schriftsteller und Publizist zu arbeiten, war aber 1845 wegen der umstürzlerischen Tendenzen in seinen Arbeiten ausgewiesen worden. Ihm ging es darum, das Elend der unteren Bevölkerungsschichten ungeschminkt zu schildern und dagegen anzukämpfen. Für sein zweibändiges Werk *Berlin* war er wegen Majestätsbeleidigung, Beleidigung des Berliner Polizeipräsidenten und unstatthafter Kritik an den Landesgesetzen zu zwei Jahren Festungshaft verurteilt worden. Gontard hatte Dronke kurz kennengelernt und von ihm *Berlin* mit einer Widmung geschenkt bekommen.

»Ich finde es großartig«, sagte Gontard, als er mit Friedrich Kußmaul im Café Stehely saß und zufällig auf Ernst Dronke zu sprechen gekommen war, weil der Kellner, der sie bediente, Domke hieß. »*Berlin* steht meines Erachtens noch über Bettina von Arnims *Dies Buch gehört dem König*.«

»Pst!«, machte Kußmaul. »Doktor Wiesenburgs Leute sitzen überall!«

»Dann lass uns über Mamsellenmörder reden!«, sagte Gontard. »Das liegt mir alles schwer im Magen. Man nimmt zwar an, dass es ein Unfall war – wenn nun aber Glombeck den Munitionskorb selbst in Brand gesetzt hat, um sich in die Luft zu sprengen? Wenn er es getan hat, weil er nicht damit leben konnte, dass ihn die Leute für den Mamsellenmörder gehalten haben? Dann bin ich schuld an seinem Tod. Nicht zuletzt auch deswegen, weil er bei mir durchgefallen ist.«

Kußmaul widersprach ihm heftig. »Hör auf damit! Es war ein Unfall!«

»Dagegen spricht aber die Tatsache, dass niemand anderes in der Nähe war. Bei solchen Unfällen trifft es in der Regel immer Dutzende.«

»Nun schön«, Kußmaul schwenkte um, »wenn es wirklich ein Freitod war, dann hat er sich einzig und allein aus dem Grund umgebracht, dass er wirklich die drei Mamsellen aufgeschlitzt hat und beim vierten Mord gescheitert ist. Vielleicht hat er im König von Portugal einen so großen Fehler begangen, dass er annehmen musste, bald gefasst zu werden.«

»Werpel hat mir nichts davon gesagt«, wandte Gontard ein.

»Der Criminal-Commissarius wird auch nicht immer mit offenen Karten spielen«, gab Kußmaul zu bedenken. »Da solltest du dich lieber mal selber umhören.«

»Doch wozu sollte ich das tun?«, fragte Gontard. »Ist Glombeck tatsächlich der Mamsellenmörder, dann ist jede weitere Recherche sinnlos, und es wird auch keinen weiteren Mord mehr geben.«

»Und wenn er es nicht gewesen ist – was geschieht dann?«

Gontard kam nur eine Strategie in den Sinn. »Warten wir also auf den vierten Mord, oder wenigstens auf den nächsten Mordversuch, dann wissen wir es ganz genau. Geschieht keine vergleichbare Tat mehr, dann können wir sicher sein, dass Glombeck der Täter war.«

Siebzehn

Das politische Klima in Preußen war und blieb brisant. Die liberalen Kräfte wollten eine demokratische Verfassung und die deutsche Einheit, Friedrich Wilhelm IV. aber blieb unnachgiebig. Eine moderne Verfassung, wie sie die Reformer erstrebten, lehnte er als »Revolution von oben« ab. Der Parlamentarismus dürfe keineswegs auf Deutschland überschwappen. Der König hielt es mit dem Staatsrechtler Karl Ludwig von Haller, einem sehr konservativen Schweizer, der geschrieben hatte: *Fliehet das Wort Constitution; es ist Gift in Monarchien, darum weil es eine demokratische Grundlage voraussetzt, den inneren Krieg organisiert und zwei auf Leben und Tod gegeneinander kämpfende Elemente schafft.* Der König begrüßte jede Maßnahme der Reaktionäre, das Tier der Revolution zu bändigen, und forderte in einem Brief an den Kabinettsminister: *Es muss endlich in meinem Geist verfahren werden. Revolutionäre dürfen in Preußen keine Freistätte unter den Fittichen der Regierung finden.* Der Vereinigte Landtag, der am 11. April 1847 eröffnet worden war, hatte für den Regenten lediglich die Aufgabe, allen zu zeigen, dass er König und Herr über ein in Ständen gegliedertes, dem Monarchen ergebenes und dem Staate dienendes Volk bleiben wollte.

Die Politische Polizei hatte also eine Menge zu tun, aber

der Geheimrath Dr. Wilhelm Wiesenburg, einer der leitenden Beamten, glaubte fest daran, den anfallenden Aufgaben gewachsen zu sein. Er sperrte alle ein oder ließ sie des Landes verweisen, die ihm von seinen Schnüfflern als Demagogen angegeben wurden. Er war am 13. Mai 1802 in Stettin als Sohn eines Feldpolizeidirectors auf die Welt gekommen und später zum Studium der Rechtswissenschaften nach Berlin gegangen. Nachdem er am Berliner Criminalgericht seine Karriere als Auskultator begonnen hatte, war er 1841 zur Politischen Polizei gewechselt. Was im Brief des Paulus an die Römer am Anfang des 13. Kapitels geschrieben stand, leitete ihn in allem, was er tat: *Jedermann sei untertan der Obrigkeit, die Gewalt über ihn hat. Denn es ist keine Obrigkeit ohne von Gott; wo aber Obrigkeit ist, die ist von Gott verordnet. Wer sich nun der Obrigkeit widersetzt, der widerstrebt Gottes Ordnung; die aber widerstreben, werden über sich ein Urteil empfangen.*

Pünktlich um neun Uhr erschien sein Adlatus Diethard Bödicke, ein junger Jurist aus Jüterbog, zur »Morgenandacht« in Wiesenburgs Bureau.

»Was bringen Sie an Neuigkeiten, Bödicke?«

»Nicht viel, Herr Geheimrath.« Bödicke setzte sich und machte sich daran, seine Papiere durchzugehen. »Das hier aber dürfte bei Ihnen auf ein ganz besonderes Interesse stoßen: Im Café Stehely ist beobachtet worden, wie der Artillerie-Offizier Christian Philipp von Gontard dem Arzt Doktor Friedrich Kußmaul die beiden *Berlin*-Bände dieses Ernst Donke überreicht und ihm deren Lektüre wärmstens empfohlen hat.«

»Ah ja!«, rief Wiesenburg. »Der Mann ist gefährlich. Sie wissen doch, Bödicke, wenn es den revolutionären Kräften gelingt, das Volk gegen den König aufzuhetzen, dann müssen wir auf das Militär setzen, um eine Revolution im Keime zu ersticken. Das kann uns aber nur gelingen, wenn alle Offiziere bedingungslos hinter uns stehen. Auf jeden Einzelnen kommt es an, und erst recht auf die, die andere Offiziere ausbilden. Stellen Sie sich nur vor, eine Gruppe von Artillerie-Offizieren unter Gontard bringt es zuwege, mit ihren Kanonen das Berliner Schloss zu beschießen! Gontard ist also umgehend festzunehmen!«

Bödicke nickte. »Selbstverständlich, Herr Geheimrath! Gestatten Sie mir aber eine kleine Anmerkung.«

»Nun reden Sie schon! Sie wissen doch, dass ich ein offenes Wort nicht scheue, wenn es der Sache dient.«

»Mit Verlaub«, Bödicke musste kurz Mut fassen, »wir brauchen Gontard noch, denn Werpel wird es alleine nicht schaffen, den Mamsellenmörder zu fassen.«

Wiesenburg wusste, dass das stimmte. »Sie haben recht. Schade, es wäre eine günstige Gelegenheit gewesen, ihm Einhalt zu gebieten.«

Bödicke hatte plötzlich eine Erleuchtung. »Und wenn wir nun davon ausgehen, dass Georg von Glombeck der Mamsellenmörder ist, und Werpel genau dies verkünden lassen, dann brauchen wir Gontard nicht mehr.«

»Das ist völlig ausgeschlossen!«, rief Wiesenburg. »Es darf nicht sein, dass ein hoher preußischer Offizier, dass ein Mann aus altem Adel ein besessener Mörder ist! Und wenn Glombeck es wirklich gewesen sein sollte, dann darf die Wahrheit niemals herauskommen, weil sie Wasser auf die Mühlen unserer Gegner wäre und eine Revolution auslösen könnte.«

Bödicke nickte. »Ich verstehe, Herr Geheimrath. Glombeck ist nicht der Mamsellenmörder und hat sich nicht das Leben genommen, sondern ist Opfer eines Unfalls geworden. Sollte nach seinem Tod ein weiterer Mamsellenmord geschehen, ist er ohnehin entlastet.«

»So gesehen, müsste man fast hoffen, dass noch ein Mord geschieht«, murmelte Wiesenburg.

»Hoffen wir lieber, wenn ich mir die Bemerkung erlauben darf, dass Werpel und Gontard den Mamsellenmörder finden, falls es denn Glombeck doch nicht war. Aber was darf ich nun im Fall Gontard veranlassen, Herr Geheimrath?«

Wiesenburg überlegte. »Einerseits brauchen wir ihn, andererseits muss er einen Schuss vor den Bug bekommen, damit er seinen Umgang mit dem demagogischen Gesindel unterlässt. Lassen Sie ihn also wegen seiner Kumpanei mit diesem Dronke festnehmen und in die Hausvogtei bringen! Dort kann er ein Weilchen schmoren.«

Achtzehn

Eine größere Seereise war das Hauptmotiv, das mich hinaus ins Weite trieb, denn eine solche gehörte fast von Kindheit an zu meinen Lieblingswünschen, während meine rege Phantasie von den Wundern der Tropenwelt angezogen, diesem Streben eine bestimmtere Richtung gab.

Prinz Adalbert von Preußen galt als Marinenarr, und als solcher hatte er den König überredet, ihn 1842 als Überbringer des Schwarzen Adler-Ordens zum Kaiser Dom Pedro II. nach Brasilien zu schicken. Ein preußisches Schiff, dem der Prinz sich hätte anvertrauen können, stand nicht zur Verfügung, und so hatte man sich von König Karl Albert von Sardinien die Fregatte San Michele borgen müssen. Nach der Visite bei Dom Pedro hatte Prinz Adalbert von Rio de Janeiro aus einen dreiwöchigen Ritt ins Innere des Landes unternommen, dem eine Forschungsreise auf dem Amazonas gefolgt war. Er bereiste also Gebiete, die vor ihm nur Alexander von Humboldt und Leopold von Buch aufgesucht hatten.

Gerade nun hatte der Prinz sein Tagebuch drucken lassen, und Gontard und Kußmaul sprachen darüber, als sie im Café Stehely saßen.

»Sogar Alexander von Humboldt hat es gelobt«, sagte Kußmaul.

Gontard lachte. »Ich würde Adalbert wegen ganz anderer Eigenschaften loben.«

Der Prinz, als Generalinspecteur der Artillerie formal sein Vorgesetzter, hatte nämlich, nachdem er von Meno Burg darum gebeten worden war, Gontards Entlassung aus der Hausvogtei in die Wege geleitet.

»Mich dort wegsperren zu lassen war ebenso wie der Kommunistenprozess eine dieser kleinen Bosheiten des Doktor Wiesenburg, um die reformerischen Kräfte einzuschüchtern«, sagte Gontard. Seit dem 14. Juni standen die Handwerker August Hätzel, Friedrich Mentel und Hermann Müller vor Gericht. Gontard erinnerte daran, dass sie deswegen bestraft werden sollten, weil sie das Lied vom Bürgermeister Tschech gesungen hatten. Er konnte sich nicht verkneifen, die letzte Strophe anzustimmen. *»Hatte je ein Mensch so'n Pech wie der Bürgermeister Tschech? / Dass er diesen dicken Mann auf zwei Schritt nicht treffen kann.«*

»Pst!«, machte Kußmaul. »Wiesenburg hat seine Ohren überall. Reden wir lieber über etwas anderes!«

»Einverstanden.« Gontard musste kurz nachdenken, bis er ein anderes Thema gefunden hatte. »Von Siemens habe ich gehört, dass er seinen Zeigertelegraphen Anfang Juli auf der Strecke Berlin-Potsdam vorführen will.«

»Wunderbar!« Kußmaul senkte seine Stimme. »Wenn der überall installiert ist und in Deutschland irgendwo die Revolution ausbricht, dann können unsere lieben Könige und Herzöge ganz schnell ihre Truppen in Bewegung setzen und das Volk in Schach halten.«

»Umgekehrt kann er aber auch das Volk informieren, und aus einem kleinen örtlichen Feuer kann schnell ein Steppenbrand in allen deutschen Landen werden.«

»Denk an Doktor Wiesenburg!«, mahnte Kußmaul.

»Über was sollen wir denn reden, ist doch über den Mamsellenmörder schon alles gesagt!«, meinte Gontard.

»Alles wurde ja noch nicht gesagt«, erwiderte Kußmaul, »Denn, ob es nun Glombeck war, Bölzke oder ein Dritter, wissen wir noch immer nicht, und wir werden es womöglich niemals erfahren.«

Carl Waldschischek hustete anhaltend und spuckte Blut. Er wusste, dass es die Schwindsucht war, und er wusste, dass er nicht mehr lange zu leben hatte. Wenn der Herbst kam und die Luft feucht und nasskalt war, würde die Kraft seiner Lunge nicht mehr ausreichen, den Körper mit Sauerstoff zu versorgen. Der Armenarzt hatte es ihm erklärt. Es gab kein Mittel dagegen. Vielleicht hätten sie ihn in einem Sanatorium in der Schweiz heilen können, aber es war Unsinn, an so etwas zu denken. Um dorthin zu kommen, hätte er mit Diamanten statt mit Lumpen handeln müssen. Um sich selbst machte sich Waldschischek wenig Sorgen, denn der Tod konnte ihn nur von der irdischen Qual befreien – aber was sollte aus Auguste und den Kindern werden? Diese Frage raubte ihm oft den Schlaf. Manchmal dachte er daran, bei reichen Leuten einzubrechen und so viel zu stehlen, dass die Seinen immer etwas zu beißen hatten, wenn er auf dem Armenfriedhof lag. Dann kam ihm wieder in den Sinn, einen Banquier oder Händler niederzustechen und sein Geld an sich zu bringen. Ein Messer hatte er sowieso stets bei sich, wenn er mit seinem Wägelchen unterwegs war, denn oft wollten die Dienstboten, dass er ein Kleidungsstück, das sie ihm brachten, zunächst aufschlitzte, weil es hätte sein können, dass ihre Herrschaft Geld ins Futter genäht hatte. Oder es war etwas abzutrennen, ein Ärmel oder ein Hosenbein etwa, weil man das Stück Stoff noch als Putzlappen verwenden wollte. Und irgendwie hing Waldschischek an seinem Messer – nicht weil es ihn an seine Gefängnisstrafe erinnerte, sondern an die Zeit, als er ein kräftiger junger Mann gewesen war und keinen abgemagerten Körper hatte und Blut hustete.

Heute kam er vom Alexanderplatz her und zog die Landsberger Straße hinauf. Er war allein, denn die Kinder waren in der Armenschule. Es war ein windiger Tag, und ab und an zogen Regenschauer über die Königsstadt. Als er rechts in die Palisadenstraße eingebogen war, schien ihm das Glück zu winken, denn der Wind hatte ein schwarzes Kleid von der Wäscheleine geweht, und es hatte sich im Zaun verfangen. Von der Größe her konnte es Auguste passen, und dann hätte sie bei seiner Beerdigung etwas Schönes zum Anziehen! Also bremste er sein Wägelchen und lief zum Zaun, um das Kleid durch die Staketen zu ziehen.

Gerade war es ihm gelungen, da eilte eine Mamsell aus dem Haus und schwang dabei eine gusseiserne Pfanne. »Verdammter Stehldieb, du! Das Kleid gehört meiner Gnädigen! Wirst du wohl abhauen!« Damit stürzte sie auf Waldschischek los, um ihm seine Beute wieder abzunehmen und ihn zu verjagen.

Doch Waldschischek kämpfte. Für ihn ging es um mehr als um dieses schwarze Kleid. Für ihn ging es um seine Ehre und darum, dass seine Frau anständig angezogen war, wenn er beerdigt wurde. Und zugleich hatte er Angst, dass diese wild gewordene Mamsell ihn erschlagen würde. Er hatte Angst um seinen Kopf. Die Kugel damals! Wäre sie ihm nicht in den Kopf gedrungen, dann wäre vieles anders gekommen. Panik erfasste ihn. Er zerrte das schwarze

Kleid vollends durch den Zaun, huschte zu seinem Wägelchen zurück und riss dort sein Messer unter den Lumpen hervor. Schon war die Mamsell heran und holte aus, ihn mit ihrer schweren Pfanne niederzuschlagen. Waldschischek konnte den Kopf gerade noch eine Handbreit nach hinten reißen, so dass der Schlag nur seine linke Schulter traf. Im selben Augenblick stieß er mit dem Messer zu.

Werpel saß in seinem Bureau und spielte auf dem Schreibtisch die Schlacht nach, die er für das größte Ereignis der Weltgeschichte hielt: die Schlacht bei Belle-Alliance. Silbergroschen markierten die Ortschaften Waterloo, Wavre, Quarte-Bras und Ligny, zusammengeknülltes Löschpapier zeigte das Schloss Hougoumont und den Hof La Haye Sainte an, und längliche Papierstreifen kennzeichneten die Truppenteile der involvierten Mächte: Blau stand für die Franzosen, rot für die Engländer, schwarz für die Preußen und weiß für andere wie zum Beispiel die Braunschweiger und die Niederländer. Werpel kommentierte das Geschehen mit halblauter Stimme, so als würde er seinen Kindern oder seinen Constablern alles erklären wollen.

»Die sechste französische Infanteriedivision unter Jérôme Bonaparte rückt um elf Uhr dreißig gegen das Schloss Hougoumont vor. Das davorliegende Lustwäldchen fällt nach mehrstündigem Gefecht in die Hand der Franzosen, der Verlust führt jedoch zu umso hartnäckigerer Verteidigung des Vorhofes und des Schlosses selbst durch ein britisches Garde-Infanterie-Regiment mit Verstärkung durch braunschweigische und nassauische Abteilungen. Der Angriff auf den linken Flügel der Alliierten wird durch das Feuer von siebzig Geschützen eröffnet, doch verzögert er sich etwas, da Napoleon gegen ein Uhr dreißig die unerwartete Nachricht vom Anmarsch der Preußen in seiner rechten Flanke erhält. Darauf reagiert er aber nur zögerlich und unzureichend. Ebenfalls gegen ein Uhr dreißig greift Marschall Michel Ney mit der Infanterie des I. Korps unter Marschall d'Erlon den Hof La Haye Sainte an, der ...«

In diesem Augenblick wurde unverschämt laut gegen seine Tür geklopft, ja gebummert, und Werpel hätte am liebsten eines seiner imaginären Geschütze genommen und auf den Störenfried gefeuert. »Ja, herein!«

In der Tür stand, wie hätte es anders sein könnten, das größte Rindvieh unter seinen Constablern, dieser Krause, mit einem schwarzen Kleid in der Hand.

»Gott, was ist denn nun schon wieder?«, herrschte Werpel ihn an.

»Ick habe draußen zwei Hähne für Ihnen«, meldete Krause, indem er die Hacken zusammenknallte und mit der rechten Hand an seine nagelneue Pickelhaube fuhr.

»Was soll ich mit zwei Hähnen?«, fuhr Werpel ihn an. »Das ist doch kein Hühnerstall hier! Oder sehen Sie ein paar Hennen auf der Leiter sitzen?«

»Nee, eha denk ick bei Ihnen an Tauben.«

Werpel machte eine Handbewegung vor seiner Stirn, die bedeuten sollte, dass Krause wieder einmal Schwachsinn redete.

Krause war gekränkt. »Na, Sie sagen doch imma, det et bei Ihnen zujeht wie im Taubenschlag.«

Werpel gab auf. »Na schön. Was ist denn nun mit Ihren beiden Hähnen? Hat man im Schloss zwei Wasserhähne geklaut, und hat jemand sie gefunden?«

»Wieso Wasserhähne? Ick meine zwee Streithähne, die

ick in'er Landsberger Straße uffjejabelt habe. Det heißt, et is eijentlich eene Streithenne und een Streithahn.«

»Dann bringen Sie zuerst einmal die Streithenne herein. Doch halt – was war denn überhaupt los?«

»Nun, da ham wa een'n Lumpenfritzen, Carl heißta und irgendwat mit Wald dahinta, und uff den is die Mamsell ...« Er schaute auf einen Zettel, auf dem er sich die Namen notiert hatte. »Und uff den is Herr Hinze mit 'ner Pfanne losjejangen, weil er ihr det Kleid klauen wollte, det sie anjehabt hatte. Düss hier isses.« Er legte Werpel das Kleid auf den Schreibtisch. »Er behauptet nu, det det uff'n Zaun jehangen hat.«

Werpel unterbrach ihn. »Wer ist denn nun aber Herr Hinze?«

»Wieso Herr Hinze?«, fragte der Constabler zurück.

»Na, Sie haben eben von einem Herrn Hinze gesprochen. Was steht denn nun auf Ihrem Zettel?«

Krause drehte das Stück Papier in die Sonne, um seine Notizen besser entziffern zu können. Dann lachte er auf. »Nee, Herr Commissarius, det heißt nicht Herr, sondern Hertha, da hab ick mir jeirrt.«

»Dann schicken Sie die Hertha Hinze in Gottes Namen herein!«

Als Hertha Hinze hereingeführt wurde, hielt sie ihre Pfanne noch immer in der Hand, und sie stellte sie auch nirgendwo ab, als sie Werpel gegenüber Platz genommen hatte. Nach ein paar einleitenden Worten schilderte sie den Tathergang, wie sie ihn erlebt hatte. Der Lumpensammler wäre drauf und dran gewesen, sich mit einem Kleid ihrer Gnädigen, das der Wind von der Wäscheleine geweht hatte, davonzumachen. Sie habe das vom Küchenfenster aus verfolgt und sei mit der Pfanne in der Hand raus auf die Landsberger Straße gestürzt, um den Diebstahl zu verhindern.

»Und da ist denn dieset Untier mit ’nem Messer inna Hand uff mir los und hat mir abstechen wollen. Aba jetroffen hat er mir zum Jlück nich in’t Herz, sondern nur hier in’n Arm.« Sie hielt Werpel ihren rechten Arm hin, um den sie einen dicken Verband gewickelt hatte.

Werpel fand die beleibte Mamsell äußerst unsympathisch und ließ sie das auch merken. »Kann es nicht sein, dass er sich von Ihnen bedroht gefühlt hat?«

»Der von mir?« Hertha Hinze sprang und fuchtelte mit ihrer Pfanne herum. »Ick habe mir von ihm bedroht jefühlt, denn der Kerl, det is doch der Mamsellenmörda, Herr Commissarius! So wie dem seine Oogen jeleuchtet ham, da hat doch ’n Blinda mit ’nem Krückstock jeseh’n, det er mir uffschlitzen wollte. Ick habe Todesangst ausjestanden, det schwöre ick Sie!«

»Nun gut.« Werpel nahm alles auf, was für ein ordnungsgemäßes Protokoll von Wichtigkeit war, dann entließ er Hertha Hinze und rief den Lumpensammler herein.

»Sie sind?«

»Der Carl ... Carl ... Wald... Wald... Waldschischek.« Er deutete auf seinen Kopf und ahmte den Knall eines Gewehrschusses nach. »Groß... Groß... Großgörschen. Eine Ku... ku... gel...«

Werpel nickte. Einerseits hatte der Mann seinen Respekt und sein Mitgefühl, andererseits konnte ein Kopfschuss einen Menschen auch unberechenbar machen und ihn ins Irrenhaus bringen.

Für seine Begriffe begann er die Vernehmung äußerst einfühlsam. »Ich finde es bewundernswert, wie Sie sich so durchs Leben schlagen. Und in der Landsberger Straße haben Sie nun ein schwarzes Kleid auf der Straße gefunden, dieses hier?«

»Ja.«

Werpel wollte Waldschischek ein langes Herumstottern ersparen und versuchte, seine Fragen so zu formulieren, dass der Lumpensammler mit Ja oder Nein antworten konnte. »Und Sie haben gedacht, dass es einer weggeworfen hat?«

»Ja.«

Werpel hob das Kleid in die Höhe. »Aber das sieht doch wie neu aus!«

Waldschischek verneinte dies und wies darauf hin, dass die Reichen oft etwas wegwürfen, das wie neu aussehe. Dabei bekam er einen mächtigen Hustenanfall.

»Und warum haben Sie dann auf die Mamsell eingestochen?«

»Weil ... weil ... weil ...« Er habe Angst gehabt, von ihr erschlagen zu werden. Sein Kopf sei doch ohnehin schon versehrt.

»Aus diesem Grund haben Sie also Ihr Messer genommen und zugestochen?«

»Ja.«

Werpel versuchte, sich an das zu erinnern, was er während seiner Ausbildung gelernt hatte, dass nämlich von alters her der römische Rechtsgrundsatz »Gewalt darf mit Gewalt erwidert werden« Geltung hatte. Waldschischek hatte nach Lage der Dinge also durchaus das Recht gehabt, sich gegen die ihn attackierende Mamsell zur Wehr zu setzen. Aber das sollte das Gericht entscheiden, ebenso wie die Frage, ob ein Diebstahl vorlag oder eine Fundunterschlagung. Er selber hatte nur alles ordentlich zu protokollieren. Aber so wie der Lumpensammler aussah und wie er hustete, war er schon tot, bevor der Prozess eröffnet werden konnte.

»Sie können wieder gehen, Waldschischek«, sagte Werpel in einem so milden Ton, dass er selbst ins Staunen geriet.

Doch als der Lumpensammler das Bureau verlassen hatte, begann der Commissarius, alles in einem anderen Licht zu sehen. Irgendwie hatte dieser Waldschischek schon einen etwas verwirrten Eindruck gemacht. Und was wäre, wenn nun die Gewehrkugel, die in seinem Kopf gesteckt hatte, sein Gehirn derart geschädigt hatte, dass er in der Folgezeit mitunter nicht mehr Herr seiner Sinne war und auf dicke Frauen einstach, um sie später aufzuschlitzen? Der Mann war zwar spillrig und krank, aber um jeden Tag mit seinem Lumpenwagen durch die Stadt zu ziehen, reichte seine Kraft noch. Und schließlich hatte er der Mamsell Hinze mit seinem Messer in den Arm gestochen. Hinzu kam, dass er in seinem Gewerbe ständig unterwegs war und auf diese Weise ohne Schwierigkeiten herausfinden konnte, in welchem Haus es eine Mamsell gab, die nach seinem Geschmack war. Da passte eines zum anderen. Die Frage war, ob Waldschischek in seinem früheren Leben schon einmal ein Rohheitsdelikt begangen hatte. Werpel klopfte gegen die Wand, was das Zeichen für einen der subalternen Beamten im Nebenzimmer war, sich rasch bei ihm einzufinden. Der Mann erschien, und Werpel erteilte ihm den Auftrag, in den Archiven nachzusehen, ob ein gewisser Carl Waldschischek irgendwo mit einem Signalement oder gar einem Gerichtsurteil aktenkundig geworden sei.

Am nächsten Vormittag hatte Werpel das Ergebnis der Recherche auf seinem Schreibtisch liegen. Carl Waldschischek, als dritter Sohn des Maurermeisters Wilhelm Waldschischek 1796 in Berlin geboren, war ab 1815 mehrfach mit dem Gesetz in Konflikt geraten, meistens wegen Landfriedensbruchs und Wirtshausschlägereien, hatte dann aber im Jahre 1819 im Jähzorn so auf eine Köchin eingestochen, dass die Mamsell fast zu Tode gekommen wäre. Dafür war er dann für fast zehn Jahre ins Zuchthaus gewandert. Nach seiner Entlassung hatte er die Jahre bis 1832 im Irrenhaus in der Krausenstraße zugebracht.

Werpel schnellte unwillkürlich vom Stuhl hoch, denn alles in ihm drängte danach, sofort zu handeln. Was hatte die Hinze, die um ein Haar sein letztes Opfer geworden wäre, gestern ausgerufen? Er hatte es noch immer im Ohr: »Der Kerl, det is doch der Mamsellenmörda, Herr Commissarius!« Also nicht der Bölzke, wie er anfangs angenommen hatte, und erst recht nicht Herr von Glombeck, wie Gontard vermutet hatte, sondern der unscheinbare Lumpensammler Carl Waldschischek war der gesuchte Täter! Er lief los, um die Erlaubnis zu einzuholen, die Wohnung des Waldschischek durchsuchen zu dürfen. Es war keine Zeit mehr zu verlieren. Er schnappte sich den Constabler Krause, der an der Straßenecke stand und mit kritischer Miene das undisziplinierte Verhalten einer Schar Berliner Spatzen verfolgte.

»Kommen Sie, wir müssen eine Wohnung durchsuchen!«

Krause hatte nicht genau zugehört. »Warum müssen wa uns 'ne Wohnung suchen?«

»Weil ich Sie bald auf die Straße setzen werde, wenn Sie nicht besser spuren«, knurrte Werpel.

»Nu vasteh ick jar nüscht mehr«, bekannte Krause. »Warum soll ick mir hier uff die Straße setzen?«

»Gott der Gerechte!«, rief Werpel. Dieser Constabler war wirklich dümmer, als die Polizei erlaubte, aber so beliebt bei den Berlinern, dass es zu Unruhen gekommen wäre, wenn man ihn in den Ruhestand versetzt hätte. »Mir nach!«, rief der Commissarius nur und setzte sich Richtung Linienstraße in Bewegung. Vom Molkenmarkt bis zum Prenzlauer Thor war es ein ganz schönes Stück, und Krause fluchte tüchtig, weil ihm nicht gestattet wurde, im Dienst in einer Destille ein Bier zu trinken.

Auguste Waldschischek war nicht erschrocken, als die beiden Polizeibeamten bei ihr im Keller standen, denn sie hatte geahnt, dass die Auseinandersetzung ihres Mannes mit der Köchin aus der Landsberger Straße Folgen haben würde. Was sie aber nicht vorausgesehen hatte, war die Vermutung Werpels, ihr Mann könnte der mysteriöse Mamsellenmörder sein, und so war sie nicht auf die Idee gekommen, all die vielen gesammelten Lumpen, die mit Blut getränkt waren, vorher zu verbrennen. Es vergingen also keine zehn Minuten, bis Werpel und Krause einen ganzen Berg von vermutlichen Beweisstücken neben sich aufgehäuft hatten.

Neunzehn

Gontard ließ der Fall des Mamsellenmörders nicht ruhen, und als er Ende Juni in der Nähe des Molkenmarktes zu tun hatte, nutzte er die Gelegenheit, um bei Werpel vorbeizuschauen und nach dem Stand der Dinge, wie er sich der Polizei derzeit darstellte, zu fragen.

»Ach, wissen Sie, es gibt nichts Neues in diesem Fall«, sagte Werpel.

Gontard hatte das Gefühl, dass Werpel die Karten nicht offen auf den Tisch legte. »Man erzählt sich, dass Sie diesen Lumpensammler, diesen Waldschischek, im Visier hätten.«

»Der ist doch harmlos!« Werpel winkte ab – für Gontard eine Spur zu deutlich.

»Und hat sich aus der Einvernahme der Dollgow etwas ergeben?«

Werpel tat so, als hätte er den Namen nie gehört. »Wessen Einvernahme?«

»Ich meine das Verhör der Mamsell, die im König von Portugal fast das vierte Opfer des Mamsellenmörders geworden wäre.«

»Ach die!« Werpel entschloss sich, erst nach kurzem Zögern zu verraten, dass Dorothea Dollgow Berlin verlassen habe und vorübergehend zu ihren Eltern nach Nauen gezogen sei, wo ihr Vater Fleischermeister sei. »Bis sie alles verdaut hat.«

Gontard hakte nach. »Und sie hat keine Täterbeschreibung abgegeben, die uns weiterbringen könnte?«

Werpel schüttelte den Kopf. »Nein, das hat sie leider nicht.«

»Und was haben Sie nun vor?«, wollte Gontard wissen.

Der Criminal-Commissarius gab sich hilflos. »Ich mache das, was ich bisher auch getan habe – abwarten. Was bleibt mir anderes übrig?«

Damit wollte sich Gontard nicht zufriedengeben, und so nutzte er seinen nächsten freien Tag, um sich in den Zug zu setzen und nach Nauen zu fahren. Früher wäre das eine mühselige Angelegenheit gewesen, jetzt aber, da mehrmals am Tage die Eisenbahn Richtung Hamburg fuhr, war es eine Kleinigkeit. Er ließ sich auch nicht dadurch abhalten, dass sein Sohn ihn mit einem kleinen Reim erschrecken wollte: »In Nauen wohnt das Grauen!«

Nun stand Gontard auf dem Nauener Bahnsteig und fand es dort recht romantisch. Die Türme der Innenstadt grüßten herüber. Weit war es nicht bis dorthin, und schon der Erste, den er ansprach, nämlich den Stationsvorsteher, konnte ihm Auskunft geben.

»Dollgow, die Familie wohnt in der Mittelstraße. Sie gehen immer die Dammstraße entlang, dann biegen Sie ab in die Holzmarktstraße – und schon sind Sie in der Mittelstraße.«

Gontard bedankte sich und machte sich auf den Weg. Es war ein schöner Spaziergang, und fast hätte er vergessen, dass er nicht des Vergnügens wegen nach Nauen gekommen war, sondern um einen mehrfachen Mörder zur Strecke zu bringen. Aber ein bisschen Ausflug musste schon sein, und so kehrte er in das erstbeste Gasthaus ein, bestellte sich ein Glas Bier und ein Wiener Schnitzel. So gestärkt, schlenderte er weiter durch die Nauener Innenstadt, bis er die Fleischerei Dollgow gefunden hatte. Die Tür war geschlossen, wahrscheinlich um die sommerliche Hitze nicht eindringen zu lassen. Ein Blick durch das Fenster zeigte ihm, dass niemand im Geschäft war. Als er die Klinke in der Hand hatte, zögerte er, ohne genau zu wissen, weshalb. Offenbar war es die Angst davor, durch das Gespräch mit der Köchin die Wahrheit zu erfahren, womöglich eine Wahrheit, die schwer zu ertragen war. Dann fasste er sich ein Herz, drückte die Klinke nach unten und öffnete die Tür nach innen. Auf den dadurch ausgelösten Glockenton hin, der wohl den Meister oder seine Gehilfin herbeirufen sollte, rührte sich allerdings nichts. Gontard erschrak. Gott, vielleicht war der Mamsellenmörder der Dollgow bis nach Nauen gefolgt und hatte sie gerade aufgeschlitzt! Nein, du bist reif für die Irrenanstalt. Der Gedanke hatte sich zwangsläufig einstellen müssen, als sein Blick auf eine frische Schweinehälfte gefallen war, die an einem Haken hing. Mit Tillacks Schwein hatte alles begonnen. Er fuhr zusammen, denn in einer Tür, die er vorher gar nicht bemerkt hatte, stand plötzlich der Fleischermeister – mit bluttriefenden Händen, die er sich an seiner weißen Schürze abwischte.

»Entschuldigen Sie, ich mache gerade frische Blutwurst.«

»Und das kann Ihre Tochter aushalten?«, entfuhr es Gontard.

Der Fleischermeister starrte ihn an, dann ging sein Blick zum Messer, das auf dem Hackklotz lag. »Wer sind Sie?«, fragte er misstrauisch.

Gontard stellte sich vor. »Ich unterstütze den Criminal-Commissarius Werpel bei der Suche nach dem Mamsellenmörder, dem Ihre Tochter – Gott sei Dank – gerade noch entkommen ist. Ich hätte sie gerne gesprochen. Vielleicht ist ihr dazu doch noch etwas eingefallen, was uns weiterbringen könnte.«

Man sah Dollgow an, dass er mit sich rang, bevor er Gontard bat, ihm zu folgen. Sie gingen auf die Straße zurück und dann durch eine Toreinfahrt auf den Hof, an den sich ein kleiner Garten anschloss. Dort saß Dorothea Dollgow an einem Tisch und las in einem Kolportageroman. Ihr Vater stellte ihr Gontard vor und erklärte ihr auch, warum er gekommen war.

»Hast du die Kraft, mit dem Herrn zu reden?«

»Ja, aber ...« Sie zögerte, wohl weil sie Angst hatte, mit einem fremden Mann allein zu sein. »Mutter soll oben aus dem Fenster sehen!«

»Ich sage ihr Bescheid.« Der Fleischermeister legte die Hände an den Mund und rief über den Hof hinweg: »Bertha, komm mal!« Erst als seine Frau ans Fenster kam, ging er in den Laden zurück.

»Es muss schrecklich für Sie gewesen sein«, begann Gontard mit größtmöglichem Einfühlungsvermögen. »Und ich verstehe auch, dass Sie jetzt Ruhe benötigen.«

Dorothea Dollgow schloss die Augen und versuchte sich zu sammeln. Gontard hatte Zeit, sie zu betrachten. Sie war genau die korpulente Art von Frau, wie sie der Mamsellenmörder bevorzugte und in Amalia Matschke, Johanna Kuschnowski und Charlotte Pölbitz auch gefunden hatte. Ein hübsches Gesicht sollten sie alle nicht gehabt haben, war Gontard gesagt worden, und auch Dorothea Dollgow war nicht unbedingt liebreizend zu nennen.

Es musste etwas anderes als die Fleischeslust gewesen sein, das den Mamsellenmörder zu seinen Taten getrieben hatte, wahrscheinlich war es ein tiefverwurzelter Hass auf Frauen dieser Art, schätzte Gontard.

Dorothea Dollgow schlug nun die Augen auf und musterte ihn mit offener Feindseligkeit. »Ich bin eigens aus Berlin weggegangen, damit man mich in Ruhe lässt.«

»Ich bitte um Entschuldigung, aber nur Sie haben den Angriff des Mamsellenmörders überlebt, und wenn Sie uns helfen, ihm das Handwerk zu legen, retten Sie womöglich vielen anderen Frauen das Leben.«

Seine Worte schienen zu wirken, und Dorothea Dollgow begann zu sprechen. »Als mich der Criminal-Commissarius befragt hat, da war alles weg ... Der Schlag auf den Kopf ...« Sie tastete nach der Beule, die offensichtlich noch immer schmerzte. »Letzte Nacht aber ... ich schlafe noch immer furchtbar schlecht ... letzte Nacht, da habe ich alles wieder vor Augen gehabt, und da ist mir eingefallen, dass der Mann geflucht hat ... Die Kellerdecke im König Portugal ist so niedrig, dass er mit seinem Beil an der Decke hängengeblieben ist ... Und darum war der Schlag nicht so stark, dass ich ... Also ein Beil war es nicht, nur der Stiel von einem Beil.« Weiter kam sie nicht, die Erinnerung war zu stark geworden.

Gontard musste eine Weile warten, bis er die Frage stellen konnte, die für ihn von entscheidender Bedeutung war. »Was hat er denn gesagt, ich meine, welche Flüche hat er denn ausgestoßen?«

Dorothea Dollgow verbarg ihr Gesicht in ihren Händen und suchte sich zu konzentrieren. »Es war eine fremde Sprache.«

»Englisch, Französisch?«, fragte Gontard. »*Shit* oder *Merde*?«

»Nein, so hat es sich nicht angehört.«

»Russisch vielleicht?« Ein Sprachgenie war Gontard nicht, aber vielleicht hatte er Glück mit den paar Brocken, die er gelernt hatte, um sich mit englischen, französischen und russischen Offizieren bei Manövern zu unterhalten. »*Cholera jasna!*« Nein, das war eher Polnisch.

»Nein, das war es auch nicht.« Verzweifelt dachte Dorothea Dollgow nach. Auch sie hatte intuitiv begriffen, dass es die große Möglichkeit war, den Mamsellenmörder zu finden, wenn ihr wieder einfiel, was er in seinem Zorn, sie nicht richtig getroffen zu haben, ausgerufen hatte.

»Lassen Sie sich nur Zeit!«, sagte Gontard.

Endlich begann ihr etwas zu dämmern. »Das eine Wort hat wie Schuh geklungen ... Das andere wie ...«

Gontard fand, dass das keinen Sinn ergab. Die Schuhe seiner Opfer hatten den Mamsellenmörder nie interessiert.

Endlich hatte die Dollgow die Worte gefunden. »*Schudas!* und *Powelnu!* hat er gerufen, bevor er von mir abgelassen hat.«

Der erste deutsche Schwimmverein war 1837 in Berlin gegründet worden. Zwar konnte sich niemand etwas Rechtes unter der »Gesellschaft der Tychischen Frösche« vorstellen, doch an der Jannowitzbrücke versammelten sich in diesem Frühsommer schon etliche Berliner Jünglinge und Männer zum Schwimmen und Wasserspringen. Sie wussten, dass der Vereinsname von einem Herrn Tychy herrührte und die Halloren, die Salzsieder in Halle an der Saale, das Wasserspringen schon lange als ihren Zunftbrauch pflegten.

Das Wasser der Spree war zwar an der Jannowitzbrücke noch nicht derart mit Fäkalien durchsetzt wie etwa in Moabit, doch sauber war es beileibe auch an dieser Stelle nicht. So fluchte Gontard kräftig in Richtung seines Freundes Friedrich Kußmaul, mit dem er um die Wette schwamm, als er wieder einmal nach einer unverhofften Welle eine Menge davon schlucken musste. »Das soll gesund sein? Da muss ich froh sein, wenn ich nur die Cholera bekomme!«

»Wenn du nur alle Jubeljahre einmal reitest und deinen Allerwertesten ansonsten nicht hochbekommst, werden dich noch ganz andere Krankheiten ereilen«, prophezeite ihm der Herr Doktor. »Das Schwimmen ist ungemein gesund!«

Nach ihrer sportlichen Betätigung saßen sie dann im Restaurant König von Portugal, um sich zu stärken. An diesem Ort war es unvermeidlich, dass sie bald auf die Köchin Dorothea Dollgow zu sprechen kamen. Gontard berichtete von seinem Besuch in Nauen und über das, was er von ihr erfahren hatte. »Als er sie mit seinem Hieb, der sie hätte betäuben und wehrlos machen sollen, verfehlt hatte, soll er gerufen haben ...«, Gontard musste einen Zettel aus seinem Rock ziehen, »... soll er *Schudas!* und *Powelnu!* gerufen haben.«

Kußmaul zuckte mit den Schultern. »Diese Wörter habe ich nie gehört. Aber in der fürchterlichen Lage, in der sie sich befunden hat, wird sie sich sicher verhört haben. Was könnte er denn tatsächlich gesagt haben?«

Gontard rätselte eine Weile herum. »Judas? Schuh-du-Aas? Das ergibt doch alles keinen Sinn. Und das zweite Wort erst recht nicht. Im Deutschen gibt es meines Wissens kein Wort, das mit Pow anfängt.«

Kußmaul lachte. »Doch, Powidlknödel.«

»Das ist tschechisch beziehungsweise österreichisch. Aber warum sollte er sie einen Powidlknödel genannt haben?«

Kußmaul klatschte sich mit der flachen Hand gegen die Stirn. »Na, weil sie so dick wie ein Kloß gewesen ist.«

»Ach, hör auf!«

Kußmaul wurde wieder ernst. »Ich bin kein Sprachforscher, aber *Schudas* und *Powelnu*, das klingt nun wirklich nach einer slawischen Sprache.«

»Nun, welche Slawen gibt es in Berlin?« Gontard musste einen Augenblick nachdenken. »Russen, Polen, Ukrainer, Tschechen, Slowaken, Slowenen, Kroaten, Serben, Sorben, Bulgaren, Bosnier, Litauer, Letten – um nur einige zu nennen. Das sind ein bisschen zu viele, um alle unter die Lupe zu nehmen, die hier leben oder ab und an mal nach Berlin kommen. Und wie sollen wir mit denen Versuche machen?«

»Was für Versuche?«, fragte Kußmaul.

»Wir müssten sie mit einer Keule auf eine Mamsell einschlagen lassen und abwarten, ob sie, wenn sie deren Kopf nicht richtig getroffen haben, *Schudas!* und *Powelnu!* rufen.«

Kußmaul zog die Augenbrauen hoch. »Das ist nicht ganz im Sinne des Christentums, was du da sagst.«

»Du irrst! Denn wenn ich den Mamsellenmörder unschädlich machen kann und damit vielleicht Dutzenden von Frauen das Leben rette, dann ist das eine wahrhaft christliche Tat.«

Kußmaul wollte das Thema abschließen, denn ihr Braten kam. »Gut, einigen wir uns darauf, dass *Schudas* und *Powelnu* die Schlüsselworte sind. Ich werde mich in den nächsten Tagen bei meinen Patienten und bei Bekannten umhören, ob sie ihnen irgendwann einmal untergekommen sind.«

Niemand kann zwei Herren dienen: entweder er wird den einen hassen und den andern lieben, oder er wird dem einen anhangen und den andern verachten. Diesen Satz aus Matthäus 6,24 hatte der Pfarrer zum Thema seiner Predigt gemacht, und Gontard fühlte sich angesprochen. Die Hinzufügung *Ihr könnt nicht Gott dienen und dem Mammon* überhörte er. Für ihn ging es um zwei andere Herren: seinen König und die Idee von einem geeinten und demokratischen Deutschland. Beiden wollte er dienen, doch das eine schloss das andere aus.

Sie beteten. *Dein Wille geschehe, wie im Himmel so auf Erden.* Ja, was aber war Gottes Wille? Und geschah sein Wille so oder so, gleichviel, was die Menschen taten? Wenn es bei Shakespeare *Die ganze Welt ist eine Bühne / Und alle Fraun und Männer bloße Spieler* hieß, dann konnte man denken, alles Geschehen auf der Erde sei ein allumfassendes und unbegreiflich großes Theaterstück, das Gott geschrieben hatte und in dem jeder nur die Rollen zu spielen und die Texte aufzusagen hatte, die für ihn vorgesehen waren.

Nach Ende des Gottesdienstes war Gontard auch nicht glücklicher als vorher, und er wäre auch nicht freiwillig in die Kirche gegangen, doch Henriette hatte es so gewollt. Der Mensch brauche einen Halt. Außerdem hatten sie es zur Dorotheenstädtischen Kirche, auch die Neustädtische genannt, nicht weit, denn die war in ihrer Straße gelegen. Sie war ein einfaches Gebäude, das man auf Veranlassung der Kurfürstin Dorothea in den Jahren 1678 bis 1688 errichtet hatte, barg aber in ihrem Innern ein Denkmal, das

Gontard anrührend fand: das Grabmal des jungen Grafen von der Mark. Friedrich Wilhelm II. hatte es von Schadow entwerfen und ausführen lassen. Der Knabe, ein Sohn, den ihm seine Geliebte, die Gräfin Lichtenau, geschenkt hatte, war im Alter von nur neun Jahren verstorben. Er war in ruhender Stellung auf einem Sarkophag aus Marmor zu sehen. Der Helm, der vom Kopf des Knaben gefallen war, sollte auf seine Begabung zum Kriegsdienst hinweisen. Auf der rechten Seite des Sarges erblickte man den Engel des Todes mit umgekehrter Fackel und einem Rosenkranz, dem die Seele als ein Schmetterling entschwebt, auf der linken Seite stand Morpheus, das Haupt mit Mohnblumen bekränzt. Die Gruppe der drei Parzen beklagte den Hingang des Knaben.

»Mit neun Jahren starb er schon«, sagte Henriette mit Tränen in den Augen.

»Wer weiß, was ihm alles erspart worden ist«, murmelte Gontard. »1778 ist er geboren worden, da wäre er jetzt schon 69 Jahre alt.«

Von der Dorotheenstädtischen Kirche gingen sie direkt zur Leipziger Straße, wo sie von Friedrich und Luise Kußmaul zum Mittagessen eingeladen worden waren. Kaum waren sie in die Wohnung eingetreten, wurde Gontard von dem Freund zur Seite gezogen.

»Du, ich hab's!«

Gontard verstand nicht, worum es ging. »Hast du herausgefunden, wie man aus Katzendreck Gold machen kann?«

»Nein, aber ich weiß, was sich hinter *Schudas* und *Powelnu* verbirgt.« Kußmauls Augen leuchteten. »Einer meiner Patienten kommt aus Kaunas.«

»Na sag schon!«, rief Gontard.

»Was die Mamsell da gehört hat, waren ja mit Sicherheit Flüche. Der alte Romas Donelaitis meint, dass der Mamsellenmörder wahrscheinlich *šūdas* und *eik po velnių* gerufen habe, was mit – entschuldige – ›Scheiße!‹ und ›Scher dich zum Teufel!‹ zu übersetzen wäre.«

Gontard umarmte Kußmaul vor lauter Erregung. »Mensch, wunderbar! Dann haben wir den Kerl bald. Wir müssen nur noch die Litauer ausfindig machen, die in Berlin ansässig sind.«

»Oder die gelegentlich einmal zu uns kommen, um hier zu morden.« Der Freund war nicht ganz so euphorisch. »Ich gehe eher von einem Handelsreisenden aus, der ab und an mal hier ist.«

Gontard schüttelte den Kopf. »Das denke ich nicht, denn dann hätten wir längst von Mamsellenmorden in anderen Städten gehört. Es ist mit Sicherheit ein Litauer, der hier in Berlin zu Hause ist.«

Kußmaul grinste. »Dann schlage ich vor, dass du morgen zur Litauischen Botschaft gehst und dich mal umhörst.«

Die allerdings gab es nicht, denn mit der dritten Teilung Polens, die 1795 stattgefunden hatte, war Litauen zu einer Provinz des Russischen Reiches geworden. Nachdem die Litauer Napoleon unterstützt hatten, waren sie immer stärker werdenden Repressionen ausgesetzt gewesen. Ihr Aufstand gegen die Russen 1830/31 war gescheitert.

»Da wird mir wohl nichts anderes übrigbleiben, als zur Russischen Botschaft zu gehen«, sagte Gontard. »Vorher werde ich mich aber bei meinen Bekannten umhören, ob sie Litauer kennen.«

Kußmaul konnte ihm in dieser Hinsicht nicht viel Hoffnung machen. »Ich habe darüber schon mit dem alten Donelaitis gesprochen, und ihm sind keine Namen eingefallen.«

»Und was ist mit dem Mann selber?«

Romas Donelaitis war ein Patient von Kußmaul und ein entfernter Verwandter des berühmten Pfarrers, Dichters und Schriftstellers Kristijonas Donelaitis.

»Gott, der ist über siebzig Jahre alt und hat nur eine Frau und zwei Töchter, die wiederum nur Töchter in die Welt gesetzt haben.«

»Trotzdem, du hast selber gesagt, dass *šūdas* und *eik po velnių* die Schlüsselworte sind. Und es müsste doch mit dem Teufel zugehen, wenn man den Mann nicht findet, der sie gern ausruft!«

Kußmaul war inzwischen des Jagdeifers seines Freundes etwas überdrüssig und wurde ironisch. »Stattet doch jede Mamsell in Berlin mit einem Aufnahmegerät des Herrn Daguerre aus, und lasst sie ihren Mörder auf eine Kupferplatte bannen, dann habt ihr am nächsten Tag sein Porträt. Nur, was er ausgerufen hat, lässt sich leider nicht festhalten.«

Gontard ließ sich durch den Spott nicht davon abhalten, in den nächsten Tagen alle, die er traf, zu fragen, ob sie einen Litauer kennen. Aber alle verneinten das, von Willibald Alexis über Ludwig Urban, den Tierarzt, Werner Siemens und Karl Theodor Seydel bis hin zu Daniel Grahsen, dem Zeitungsschreiber. Was blieb Gontard also übrig, als zur Russischen Botschaft zu gehen, die Unter den Linden schräg gegenüber der Artillerieschule gelegen war. Er hätte das schon längst getan, wenn das Gebäude nicht etwas Unheimliches ausgestrahlt hätte und er überhaupt dem ganzen Zarenreich nicht etwas misstrauisch gegenüberstände. Doch an der Pforte empfing man ihn freundlich und führte ihn zu einem Sekretär mit Namen Jakow Gribki, der fließend Deutsch sprach.

»Hm …«, machte der, als ihm Gontard sein Anliegen vorgetragen hatte, und fuhr sich mit den Fingern durch den langen graumelierten Bart, der Gontard an einen Popen erinnerte. »Dass ein Russe oder ein Litauer, der dem Zaren untersteht, Ihr Mamsellenmörder sein könnte, fasse ich als Beleidigung auf und weise es mit Entschiedenheit zurück.«

Gontard entschuldigte sich. »So war es, weiß Gott, nicht gemeint, aber der Täter hat im Keller des Hotels König von Portugal die Worte *šūdas* und *eik po velnių* ausgerufen – und das ist nun einmal Litauisch!«

»Ich verstehe kein Litauisch«, brummte Gribki, »und will es auch nicht verstehen. Die Litauer sollen gefälligst Russisch lernen! Aber warten Sie einmal, Towarischtsch Gontard, mir ist da etwas eingefallen.« Sein Gesicht hellte sich auf. »Sehen Sie, es muss kein Litauer gewesen sein, der da Litauisch gesprochen hat, sondern es könnte auch ein Deutscher gewesen sein, der an der Grenze zu Litauen groß geworden ist und von den Dienstboten Litauisch gelernt hat, und in Sonderheit ihre Flüche.« Damit sah er Gontard mit großen Augen an.

»Ja, Sie haben recht, das könnte sein.«

»Und da wüsste ich in Berlin einen Mann, der ein Deutscher ist, den ich aber auch schon auf Litauisch habe fluchen hören.«

Gontards Puls schnellte in die Höhe. »Und wer ist das?«

Gribki machte es spannend. »Darauf würden Sie nie kommen!«

Gontard wusste nicht genau, ob er Gribki Geld anbieten sollte, damit er den Namen nannte, und deutete vorsichtig an, dass die preußische Seite sich das auch etwas kosten ließe.

»Wo denken Sie hin!« Gribki war beleidigt. Für das, was er vorhatte, hätte eigentlich die russische Seite dem Towarischtsch Gontard aus Dankbarkeit etwas zahlen müssen, denn endlich konnte man einem Mann eins auswischen, den man schon lange auf der Liste der Staatsfeinde stehen hatte. Der Obergewandkämmerer Konrad von Sandkirchen steckte mit diversen polnischen und litauischen Adligen unter einer Decke, die gemeinsam den nächsten Aufstand gegen den Zaren planten. Sandkirchens Mutter war eine Litauerin, und das Gut derer von Sandkirchen lag im Memelland direkt an der Grenze zu Russland beziehungsweise zu Litauen. Litauisch war damit im wahrsten Sinne des Wortes die Muttersprache des Barons. Niemand konnte nun Gribki einen Strick daraus drehen, wenn er den Verdacht auf Konrad von Sandkirchen lenkte. Aber er musste so tun, als fiele es ihm furchtbar schwer, den Namen zu nennen, und daher rieb und knetete er seine Hände, dass die Knöchel knackten.

»Ich darf Ihnen versichern, dass alles unter uns bleibt und Sie keine diplomatischen Verwicklungen zu befürchten haben«, sagte Gontard.

»Nun«, Gribki stand auf, »ich möchte nicht, dass die Ehre dieses Mannes beschädigt wird. Wir schätzen ihn alle und mögen ihn.«

Gontard war unwillkürlich zusammengezuckt und fürchtete schon, dass Gribki einen der Prinzen meinte. Nein, die sprachen mit Sicherheit kein Litauisch. Aber eine hochstehende Persönlichkeit musste Gribki schon meinen, anders ließ sich seine Erregung nicht erklären. »Ist es jemand aus dem Umkreis des preußischen Hofes?«

Gribki strahlte. »Ich danke Ihnen, dass Sie es mir leichter machen wollen.«

»Ich schwöre Ihnen bei Gott und allem, was mir heilig ist, dass ich absolutes Stillschweigen bewahren werde!«, rief Gontard, obwohl er wusste, dass das Unsinn war – wie sollte er Stillschweigen bewahren, wenn der Mann wirklich der Mamsellenmörder war?

Gribki trat dicht an ihn heran, um ihm den Namen ins Ohr zu flüstern. »Konrad von Sandkirchen.«

Zwanzig

Konrad von Sandkirchen stand in der Gunst des Königs, und so war er nicht sonderlich überrascht, als Friedrich Wilhelm IV. ihn an diesem Junimorgen zu sich rufen ließ. Schnell hatte er sich angekleidet und eilte ins Arbeitszimmer des Königs. Dieses Gemach, das vordem der Altarraum der alten Kapelle gewesen war, hatte seinen mittelalterlichen Charakter bewahrt und erinnerte Sandkirchen an die alte Hohenzollernburg, die unter dem Kurfürsten Friedrich II. entstanden war. Die Gemälde an den Wänden zeigten unter anderem das Münster zu Straßburg, den Dom zu Lausanne, den Dom zu Mailand, das Innere eines Nonnenklosters, eine Fürstengruft und die Belehnung des Kurfürsten Friedrich I. durch den Kaiser. Die Maler kannte Sandkirchen allesamt nicht.

Der König begrüßte ihn und ließ ihn Platz nehmen. Offenbar war er in Plauderstimmung und fragte Sandkirchen, was er von Friedrich Hebbel hielte. »Der wird in zwei Wochen in Berlin eintreffen.«

Sandkirchen war über diese Eröffnung ihres Gesprächs ein wenig erstaunt, denn mit Dichtern und Literaten hatte der König nicht immer die besten Erfahrungen gemacht. Heinrich Heine hatte Hohn und Spott über ihn ausgegossen, mit Georg Herwegh war er hart aneinandergeraten, hatte seine Bücher verboten und ihn des Landes verwiesen, und Willibald Alexis gegenüber empfand er nichts als Widerwillen. Nur Ludwig Tieck als König der Romantik verehrte er, aber der war nur noch ein Schatten seiner selbst. Nun also Hebbel – Preußen war er verbunden, im letzten Jahr war sein Stück *Maria Magdalena* in Königsberg zur Uraufführung gekommen.

Sandkirchen hielt sich, was die Wertung Hebbels betraf, erst einmal bedeckt. »Er hat nun die Schauspielerin Christine Enghaus geheiratet.«

»*Maria Magdalena* – fürchterliches Stück!«, rief Friedrich Wilhelm IV. »Die Frau, Klara, bringt sich selber um. So etwas will ich nicht sehen! Alles liberale Wirrköpfe, die da geklatscht haben in Königsberg. Will Bildhauer um mich haben. Und Baumeister. Wie diesen Rauch. Auch Maler und Zeichner. Die Kartons von Cornelius, herrlich!« Damit meinte der König die Entwürfe der Fresken, die der Maler Peter von Cornelius für die große Grabanlage der Hohenzollern geschaffen hatte. »Mein *Campo Santo*! Berlin soll ein neues Rom werden!« Langsam fiel ihm ein, warum er Konrad von Sandkirchen hatte rufen lassen. »Dieser Mierosławski! Fürchte, dass er ... Sandkirchen, Sie haben doch eine Mutter, die ... Sie kennen Litauen und Polen. Was ist da los?«

Ludwik Mierosławski war 1814 in Frankreich als Sohn einer Französin und eines emigrierten polnischen Offiziers geboren worden. Von 1820 an hatte er in Kongresspolen gelebt und war schon 1830, gerade sechzehn Jahre alt geworden, als Fähnrich am Novemberaufstand gegen Russland beteiligt gewesen. Nach dessen Niederwerfung war er nach Paris geflüchtet, um dort später ins Zentralkomitee der polnischen Emigranten gewählt zu werden. Es war anzunehmen, dass Mierosławski sofort zur Stelle war, wenn die Monarchien in Preußen, Russland und Österreich-Ungarn ins Wanken gerieten. Der polnische und der litauische Adel würde sich sofort verbünden, um die russische und die deutsche Fremdherrschaft abzuschütteln.

Konrad von Sandkirchen war sich sicher, was der König hören wollte, und entschied sich schnell dafür, ihn zu beruhigen. »Majestät können ganz beruhigt sein, was unsere Provinz Posen betrifft, denn dort gibt es keinen Nährboden für innere Unruhen, und was ich aus Litauen höre, lässt nichts Schlimmes befürchten.«

»Sehr schön, Sandkirchen, sehr schön!« Der König war nahe daran, ihn zu umarmen. »Halte große Stücke von Ihnen! Sie kommen in mein Kabinett.«

Tilsit, eines der Zentren Ostpreußens, war aus der Burg hervorgegangen, die der Deutsche Orden zwischen 1406 und 1409 an der Mündung der Tilse in die Memel als Bollwerk gegen die benachbarten Litauer errichtet hatte. Am Südufer der Memel gelegen, wurde es früh ein Zentrum des Holzhandels und der Holzindustrie und erhielt 1552 das Stadtrecht. Ganz Europa blickte im Juli 1807 auf Tilsit, als hier – auf einem Ponton in der Mitte der Memel – der Frieden zwischen dem preußischen König und dem Zaren einerseits und Napoleon I. andererseits geschlossen wurde. Auch der Tilsiter Käse, von niederländischen Mennoniten und Salzburger Glaubensflüchtlingen nach Ostpreußen gebracht, war weithin ein Begriff.

In seiner Wohnung in der Hohen Straße saß der Chirurgus Dr. Johannes Jonigkeit und las in der *Vossischen Zeitung* vom Vortage, denn bis Berlin waren es fast 750 Kilometer, und die Eisenbahn, die preußische Ostbahn, war erst in der Planung, so dass die Lieferung ein wenig dauerte. Er überflog die Überschriften auf der ersten Seite und wollte schon weiterblättern, weil ihn nichts so richtig interessierte, da zuckte er zusammen, denn unten links stieß er auf die Schlagzeile: *Konrad von Sandkirchen zu Höherem berufen.* Weiter kam er nicht, denn in diesem Augenblick wurde am Klingelzug gerissen, und zwar so kräftig und so ungeduldig, dass es nur sein Bruder sein konnte. Und richtig, wenig später kam das Mädchen und brachte ihm seinen Bruder Georg, der Holzhändler in Pillkallen war. Nachdem sie sich begrüßt und nach dem beiderseitigen Wohlergehen gefragt hatten, nahmen sie in den Sesseln Platz, um ein Stündchen zu plaudern. Sie unterhielten sich über die Familie und die Weltpolitik und kamen dann auf dies und jenes zu sprechen, und bei dieser Gelegenheit erzählte Jonigkeit seinem Bruder, dass er soeben vom Avancement Sandkirchens gelesen habe.

»Kannst du dich an den noch erinnern?«, fragte der Chirurgus.

Georg Jonigkeit nickte. »Ja, ich kann mich erinnern, die Eltern hatten doch ein Gut in der Nähe von Schillfelde, da hinten an der Szeszuppe. Da hat er sich bei einer Mamsell eine böse Infektion eingefangen, und du hast ihn behandelt.«

Dr. Jonigkeit nickte. »Ja, und zwar erfolgreich.« Er wusste, dass das nicht stimmte, aber es verbot sich aus vielerlei Gründen, seinem Bruder die Wahrheit zu sagen. Nach einiger Zeit nämlich hatte sich Sandkirchens Penis entzündet, und das Ganze hatte sich schließlich zum kalten Brand entwickelt, einem schmerzhaften Absterben des Gewebes. Nur ein kleiner Schnitt hat Konrad von Sandkirchen noch retten können. So war er am Leben geblieben – nicht eigentlich impotent, aber doch so verstümmelt, dass er männlichen Vergnügungen nicht mehr nachgehen konnte. Schrecklich! Aber Konrad von Sandkirchen hatte offenbar sein schweres Schicksal glänzend gemeistert, und der Chirurgus bewunderte ihn dafür.

Sein Bruder riss ihn aus seinen Gedanken. »Die dicke Mamsell, die ihn angesteckt hatte, ist vor zwei Jahren gestorben, das war die Jadvyga Naudvaris aus Sudargas.«

»Woher weißt du das?«

Georg Jonigkeit grinste. »Ich weiß es nicht, weil sie mich auch angelernt hat. Aber sie war bei uns in Pillkallen in Stellung, bei einem Abdecker, und immer noch so mannstoll wie damals, als ihr Sandkirchen in die Falle gegangen ist.«

Nachdem Konrad von Sandkirchen den Beichtstuhl betreten hatte, machte er das Kreuzzeichen und begann mit den Worten: »Im Namen des Vaters und des Sohnes und des Heiligen Geistes.«

»Gott, der unser Herz erleuchtet, schenke dir die wahre Erkenntnis deiner Sünde und Seiner Barmherzigkeit.«

»Amen.«

»Was führt dich zu mir, mein Sohn?«

»Ein Dämon hat Besitz ergriffen von mir«, begann Sandkirchen. »Er will fremdes Blut und zwingt mich zu töten. Er schlüpft in die Hülle meines Körpers, und ich bin in dieser Zeit völlig außerhalb meiner selbst. Wie ein Mondsüchtiger wandele ich durch die Stadt, ohne es zu wissen. Erst wenn alles vorbei ist, komme ich wieder zu mir. Dann hat der Dämon meinen Körper verlassen, und ich bin wieder ich selbst. Da habe ich dann ein Messer in der Hand, und meine Kleider sind mit Blut besudelt. Nun habe ich in der Zeitung gelesen, dass der Täter beim missglückten Überfall auf eine Köchin im Keller des Hotels König von Portugal zwei Flüche ausgestoßen hat: *šūdas* und *eik po velnių*. Und das kann nur ich gewesen sein! Ich bin der Mamsellenmörder!«

Einundzwanzig

Schon lange brodelte es im Volk. Man forderte mehr Demokratie und die nationale Einheit. Um diese Bestrebungen zu bekämpfen, hatte man in Preußen 1815 eine Politische Polizei geschaffen. Zuerst hatte es eine höhere oder geheime Polizei beim Innenministerium gegeben, dann entwickelte sich nach anfänglichen Kompetenzstreitigkeiten mit der Justiz eine dem Innenministerium nahestehende, formal unabhängige staatspolizeiliche Ministerialkommission. Sie koordinierte die Arbeit der örtlichen Polizeibehörden, die mit der Überwachung politischer Umtriebe betraut waren, und der staatspolizeilichen Sondercommissariate.

Da sich die Monarchen Russlands, Österreichs und Preußens 1815 zur Heiligen Allianz zusammengeschlossen hatten, war Wiesenburg nicht im Geringsten überrascht, als ihm gemeldet wurde, ein Sekretär der Russischen Botschaft wolle ihn sprechen, ein Jakow Gribki, es sei wichtig.

»Ja, herein mit ihm.«

Man kannte sich gut und plauderte ein wenig, bis Gribki zur Sache kam. »Es geht um Konrad von Sandkirchen. Sie kennen ihn?«

Wiesenburg nickte. »Den Obergewandkämmerer, natürlich kenne ich ihn. Er ist ein so tüchtiger und ehrenwerter Mann, dass der König ihn zum Minister machen will.«

Gribki lächelte. »Nun, das sollte er besser sein lassen.«

»Wieso denn das?«

»Weil er ...«, Gribki brach ab, denn es so direkt zu sagen erschien ihm zu undiplomatisch. So wählte er einen Umweg. »Sie wissen, dass er von einem Gut kommt, das an der Grenze zu Russland, genauer gesagt, zu Litauen gelegen ist und wo die Dienstboten und das Gesinde Litauisch sprechen. Nun, fällt Ihnen da etwas auf, Herr Doktor Wiesenburg?«

»Nein.«

»Ich nehme an, man hat Ihnen nicht gesagt, dass der Mamsellenmörder im Keller des Hotels König von Portugal auf Litauisch geflucht hat: *šūdas* und *eik po velnių*.«

Wiesenburg fuhr auf. »Sie meinen doch nicht etwa, dass Sandkirchen der Mamsellenmörder ist?«

Gribki lächelte. »Doch, das meine ich. Und Herr von Gontard, der zu mir gekommen ist, ist der gleichen Meinung.«

»Das wäre ungeheuerlich!«, rief Wiesenburg. »Ach Gribki, Sie sagen das nur, damit wir Sandkirchen ausschalten. Geben Sie doch zu, dass Sie ihn verdächtigen, polnische und litauische Adlige gegen Ihren Zaren aufzuhetzen!«

Gribki ließ sich nicht aus der Ruhe bringen. »Sie mögen recht damit haben, dass er uns ein Dorn im Auge ist. Ich will mich auch nicht in die inneren Angelegenheiten Preußens mischen – aber Sie auf die Gefährlichkeit Sandkirchens hinzuweisen, halte ich für Christenpflicht.«

Als Gribki wieder gegangen war, saß Wiesenburg da und überlegte, was nun zu tun war. Als er auch nach zehn

Minuten zu keinem klaren Entschluss gekommen war, ließ er Böldicke rufen und erzählte ihm von Gribkis Hinweis.

»Das ist doch ein durchsichtigen Spiel, das die Russen da treiben, um einen Mann loszuwerden, der ihnen gefährlich erscheint«, sagte Böldicke.

»Die russische Seite mag daran interessiert sein, dass Sandkirchen von der Bildfläche verschwindet«, gab Wiesenburg zu, »aber wenn Gontard herausgefunden hat, dass unser Obergewandkämmerer der Mamsellenmörder ist, dann ist das eine Tatsache für sich und hat nichts mit den Russen zu tun.«

»Wenn Gontard bei Gribki war – warum war er nicht auch bei Werpel und hat die ganze Maschinerie in Gang gesetzt?«

»Die Staatsräson wird ihn daran gehindert haben. Er ist preußischer Offizier und weiß, wie sehr es dem Ansehen des Hofes schaden würde, wenn Sandkirchens Untaten ans Tageslicht kommen. Für Preußen wäre das eine Katastrophe, Böldicke! Und diese Katastrophe müssen wir um jeden Preis verhindern!«

»Aber wie stellen Sie sich das vor?«

»Ganz einfach!«, rief Wiesenburg. »Wir müssen einen anderen Täter aus dem Hut zaubern!«

»Woher nehmen und nicht stehlen?«

»Mir ist da eben eine Idee gekommen.«

Carl Waldschischek saß nun schon seit über einer Woche in der Stadtvogtei und war das, was die Berliner ein Häufchen Elend nannten. Er wusste, dass es mit ihm zu Ende ging. Aber bevor es so weit war, wollte er noch einmal seine Familie sehen. Er betete, was er früher nie getan hatte.

»Herr, ich flehe dich an, gib, dass ich meine Auguste und die Kinder noch einmal zu Gesicht bekomme!«

Der Wärter, der das gehört hatte, lachte ihn aus. »Meinste, die lassen dir hier raus, damit de die nächste Mamsell abstechen tust?«

»Ich habe mich doch ... doch ... doch ... nur gewehrt!«, rief Waldschischek.

»Leg endlich 'n Jeständnis ab!«

»Nein, nie!« Er ließ sich die Mamsellenmorde nicht anhängen! Auch wenn er nur ein Lumpensammler war, ließ er sich seine Ehre nicht nehmen. Immer wieder ging ihm die Szene in der Landsberger Straße durch den Kopf. Nein, das schwarze Kleid hatte er nicht stehlen wollen! Das hatte er als Geschenk des Himmels gesehen, damit Auguste nicht in Lumpen zu seiner Beerdigung gehen musste. Der Wind hatte es mit Absicht in seine Richtung geweht. Und die Mamsell, die es ihm wieder nehmen wollte, hatte kein Recht dazu gehabt. Mit ihrer schweren Pfanne hätte sie ihm fast den Schädel eingeschlagen. Was war ihm da anderes übriggeblieben, als sich mit seinem Messer zu wehren! Die Mamsell hätte der Werpel einsperren müssen, nicht ihn. Schon wurde er vom nächsten Hustenanfall durchgeschüttelt. Die Luft blieb ihm weg.

Dr. Wiesenburg sah sich gern als Berlins Graue Eminenz, und in dieser Rolle betrat er nun die Stadtvogtei und verlangte, zum Lumpensammler Waldschischek durchgeschlossen zu werden.

»Jawoll, Herr Geheimrath!«

Der Wärter an der Pforte, so großmäulig er ansonsten auftrat, nahm Haltung an und führte ihn durch die Gänge. Wer offen gegen den König und die herrschende

Ordnung zu Felde zog, der landete hier, und Wiesenburg wusste, was im Volk gesprochen wurde: Wer die Wahrheit kennet / Und saget sie frei, / Der kommt nach Berlin / Auf die Stadtvogtei. So mancher hasserfüllte Blick traf Wiesenburg, denn nicht wenige Insassen waren durch seine Schnüffler aufgeflogen und in der Stadtvogtei gelandet. Selber schuld, dachte er. Und wer ein paar Jahre hier verbracht hatte, schmachtend im dunklen Verlies, wie die Dichter sagten, der war bestimmt für alle Zeiten geheilt und dachte nicht mehr an Königsmord und Revolution.

»Der Waldschischek hat aber Motten inne Lunge«, warnte ihn der Wärter. »Wenn Se bei dem in die Zelle jehn, hol'n Se sich den Tod.«

»Dann besorgen Sie mir einen gutgelüfteten Raum und schaffen ihn dorthin! Ich will aber unter vier Augen mit ihm reden.«

»Jawoll, Herr Gemeinrath!«

Man brachte Wiesenburg in eine leere Schreibstube, wo er knapp fünf Minuten auf Waldschischek wartete. Als der Lumpensammler dann in der Tür stand, erschrak er. Wie der Tod auf Latschen, dachte er und vermied es, dem Mann die Hand zu geben.

»Guten Tag, Herr Waldschischek. Sie wissen, wer ich bin?«

»Det hab ick ihm schon jesteckt«, sagte der Wärter. »Een janz hohet Tier, jleich hintam König.«

»Danke, Sie können gehen.« Wiesenburg wartete, bis sich der Mann entfernt hatte, dann schloss er die Tür und bat Waldschischek, Platz zu nehmen. Er selbst blieb stehen, das heißt, er ließ sich mit dem Gesäß auf der Schreibtischkante nieder. Dann gab er sich so, als hätte ihm ein Regisseur zugerufen: Sie müssen liebenswürdig, einfühlsam und gütig erscheinen! »Der Criminal-Commissarius Werpel hat Sie in Haft nehmen lassen, weil er glaubt, Sie seien der Mamsellenmörder.«

Waldschischek unterdrückte einen Hustenanfall und rief dann: »Nein, ich ... ich ... war das nicht!« Mühsam würgte er noch hervor, dass die Mamsell in der Landsberger Straße ihn habe umbringen wollen, nicht er sie.

»Ah ja.« Wiesenburg hatte vorher schon mit Werpel gesprochen und kannte die Geschichte. »Sie sehen furchtbar schlecht aus, Herr Waldschischek. Wie viele Wochen werden Sie noch zu leben haben?«

»Nicht mehr ... mehr ... lange.« Um ihn sei es nicht weiter schade, fügte Waldschischek hinzu.

»Aber Sie lieben doch Ihre Frau, Ihre Auguste – und was soll aus ihr und den Kindern dann werden?«

»Weiß ich nicht.« Waldschischeks Augen füllten sich mit Tränen.

Darauf hatte Wiesenburg gewartet. »Es wird schlimm für alle werden, sehr schlimm, sie werden ins Armenhaus kommen. Schrecklich! Aber Sie können es verhindern, Waldschischek.«

Waldschischek wischte sich mit dem Hemdsärmel die Tränen aus den Augen. »Wie denn?«

»Ganz einfach.« Wiesenburg glaubte, den Lumpensammler da zu haben, wo er ihn haben wollte. »Sie legen ein Geständnis ab!«

»Ich war es nicht!«, schrie Waldschischek. Er habe keine einzige Mamsell getötet, der Mamsellenmörder sei ein anderer.

Wiesenburg lachte. »Ich weiß. Aber der, der es war, der darf es auf keinen Fall gewesen sein, verstehen Sie?«

»Nein.«

Wiesenburg beließ es dabei und erklärte Waldschischek den Zusammenhang nicht genauer. Stattdessen fragte er mit der sanften Stimme eines Märchenonkels: »Ich bin die gute Fee, und Sie dürfen sich drei Dinge wünschen. Was wünschen Sie sich dann?«

Waldschischek überlegte. »Dass meine Auguste es gut hat und die Kinder auch, wenn ... wenn ... wenn ich ...«

»Gut, sie kommt mit den Kindern aufs Schloss Neuhardenberg, wohnt da mit der Familie im Dienstbotentrakt und arbeitet in der Küche. Die Kinder gehen alle in die Schule und werden was im Leben.« Wiesenburg machte eine kleine Pause. »Das können Sie alles haben, wenn Sie zugeben, der Mamsellenmörder zu sein.«

Waldschischek bäumte sich auf. »Nein!« Die Morde zuzugeben ginge gegen seine Ehre – und wie solle er denn als Mörder vor dem Jüngsten Gericht dastehen? So käme er doch in die Hölle, ins Fegefeuer.

Wieder lächelte Wiesenburg. »Aber Herr Waldschischek, der liebe Gott weiß doch, dass Sie ein ehrbarer Mann sind und sich nur für Ihre Familie geopfert haben.«

»Nein, ich will nicht so enden wie ... wie ... wie ...« Er habe Angst davor, dass man ihm den Kopf abschlüge oder er am Galgen endete.

Wiesenburg legte ihm die Hand auf die Schulter. »Der König und ich sorgen dafür, dass sich Ihr Prozess so lange hinzieht, bis der Herr Sie heimholt in die Ewigkeit.«

»Und ... und Auguste ...« Auf die würden alle mit dem Finger zeigen, weil sie die Frau eines Mörders sei. »Und auf die Kinder auch.«

Wiesenburg wusste, dass das der Schwachpunkt seines Planes war, und er gab sich alle Mühe, diesen Einwand des Lumpensammlers zu zerstreuen. »Ach, Herr Waldschischek, es gibt doch in Preußen keine Sippenhaft. Niemand wird bezweifeln, dass Ihre Frau und Ihre Kinder nichts gewusst haben. ›Die arme Frau, die armen Kinder!‹, wird es überall heißen. Und Neuhardenberg ist weit weg von Berlin. Waldschischek, retten Sie Ihre Familie! Erweisen Sie Ihrer Auguste einen letzten Liebesdienst, sie hat es verdient!«

Zweiundzwanzig

Seine freie Zeit wollte Gontard an diesem Tage nutzen, um wieder einmal durch den Thiergarten zu reiten. Sein Pferd hatte er in der Tierarzneischule untergestellt, und so wollte er sich gleich nach der letzten Unterrichtsstunde aufmachen zur Luisenstraße. Doch daraus wurde nichts, denn als er in sein Bureau kam, lag dort die *Vossische Zeitung* auf seinem Schreibtisch, und einer seiner Kollegen, wahrscheinlich Meno Burg, hatte einen der Artikel rot angekreuzt. Die Überschrift jagte seinen Puls nach oben: *Der Mamsellenmörder endlich gefasst – Der Lumpenhändler Waldschischek hat alle drei Morde gestanden.* Gontard musste sich setzen. Das konnte nicht wahr sein, das durfte nicht wahr sein! Er ließ alles stehen und liegen und lief zum Pariser Platz hinüber, um sich in eine Droschke zu schwingen und zu Werpel zu fahren. Am Molkenmarkt sprang er auf die Straße, entlohnte den Kutscher und stürzte ins Bureau des Criminal-Commissarius.

»Ist das wirklich wahr, was die Zeitungen schreiben?«

Werpel verstand die Aufregung des anderen nicht. »Ja, sicher ist es wahr. Wir haben Waldschischeks Geständnis. Berlin kann aufatmen!«

Gontard hatte Mühe, die Contenance zu wahren und nicht auszurufen: Natürlich, unsere Lumpensammler sprechen alle Litauisch! Langsam begriff er, was hier gespielt wurde. Man hatte Waldschischek mit Drohungen oder Versprechungen, wie auch immer, dazu gebracht, die Mamsellenmorde zu gestehen, um den guten Ruf des Hofes zu retten und das Volk ruhigzustellen. Möglicherweise hätte es das Schloss gestürmt, wenn herausgekommen wäre, dass Konrad von Sandkirchen der Mamsellenmörder war. Die Staatsräson gebot es, so zu handeln, das wusste er als Offizier. Und als solcher war er auch zum Schweigen verpflichtet. Als Mensch aber konnte er es nicht mit seinem Gewissen vereinbaren, dass ein dreifacher Mörder weiterhin frei herumlief und es nur eine Frage der Zeit war, wann er die nächste Tat beging. Waren die Strippenzieher hinter den Kulissen – er vermutete Wiesenburg und Konsorten – derart naiv, das nicht zu sehen? Oder ließen sie Sandkirchen sterben, indem sie einen Unfall inszenierten, ihn vergifteten oder ihn in ein Duell verwickelten?

»Sie sind schweigsam geworden, Herr von Gontard«, sagte Werpel. »Fällt es Ihnen so schwer, Ihre Niederlage einzugestehen und zuzugeben, dass ich diesmal recht hatte?«

»Ja, das fällt mir schwer«, sagte Gontard und verabschiedete sich. Ohne sich lange zu besinnen, lief er durch die Post- und die Königsstraße, immer Richtung Schloss. Weit war es nicht, und zwanzig Minuten nach dem Gespräch mit Werpel stand er in Sandkirchens Zimmer.

»Worum geht es denn, mein Lieber?« Der Obergewandkämmerer schien erstaunt zu sein. »Sie sehen recht echauffiert aus.«

»Um Sie geht es!«, rief Gontard ohne jede Vorrede.

»Um mich?«

»Ja, um Sie! Denn Sie sind der Mamsellenmörder, nicht der arme Waldschischek!«

»Sind Sie nicht bei Sinnen, haben Sie Fieber?«, fragte Sandkirchen.

Dass der andere nach diesem Schlag keinerlei Reaktion zeigte, ließ Gontard doch ein wenig an seiner These zweifeln, und schnell verschoss er seinen letzten und eigentlich einzigen Pfeil. »Ich sage nur: *šūdas* und *eik po velnių.*«

»Was soll das heißen?«, fragte Sandkirchen, weiterhin ungerührt, wie es schien.

»Das ist Litauisch, und das sind die Worte, die der Mamsellenmörder ausgerufen hat, als ihm der Mord an der Köchin Dorothea Dollgow im König von Portugal misslungen ist. Und Litauisch ist nach Deutsch Ihre zweite Muttersprache, denn Ihr Kindermädchen kommt aus Litauen.«

Sandkirchen lachte. »Ach Gott – bin ich der einzige Mensch auf der Welt, der Litauisch spricht?«

»In der Russischen Botschaft meint man, in Berlin seien Sie der Einzige.«

»Das ist doch alles absurd, mein lieber Gontard! Was haben Sie eigentlich gegen mich, wir sind doch immer Freunde gewesen.«

»Ja, und als Freund stehe ich hier.« Gontard redete mit Engelszungen. »Ich will nicht nur die wohlbeleibten Mamsellen vor Ihnen retten, sondern auch Sie – vor sich selbst. Zeigen Sie Stärke, besiegen Sie den Dämon, der in Ihnen steckt und Sie zum Töten zwingt!«

Was auch immer seine Worte in Sandkirchen ausgelöst hatten, Gontard sollte es nie ergründen können. Jedenfalls sank der Obergewandkämmerer in den Stuhl vor seinem Schreibsekretär und erlitt einen Weinkrampf.

Gontard legte ihm erst die Hand auf die Schulter, um ihn zu trösten, dann trat er ans Fenster, damit Sandkirchen zur Ruhe kam und sie beraten konnten, was für ihn und Preußen das Beste war. Ein Geräusch ließ ihn herumfahren. Sandkirchen hatte eine Pistole aus der Schublade seines Schreibsekretärs gezogen.

»Wollen Sie mich erschießen?«, rief Gontard.

»Nein, ich will mich erschießen! Lassen Sie mich bitte allein!«

Gontard zögerte. Konnte er das zulassen? Als Mensch musste er es zu verhindern suchen, als preußischer Offizier musste er Sandkirchen der Staatsräson wegen gewähren lassen. Er konnte sich nicht entscheiden. Gerade hatte er sich entschlossen, Sandkirchen am Freitod zu hindern, da ließ dieser die Pistole wieder sinken.

»Ich kann es nicht. Tun Sie es, ich flehe Sie an!«

Gontard zuckte zurück. »Nein, ich bin nicht als Ihr Henker gekommen.«

»Was nun?«, fragte Sandkirchen mit schwacher Stimme.

Gontard musste nicht lange überlegen. »Verlassen Sie den Hof, verlassen Sie Berlin, gehen Sie in ein abgelegenes Kloster, tun Sie Buße und versuchen Sie, mit sich und Ihrem Herrgott ins Reine zu kommen!«

Der Rest der Geschichte ist schnell erzählt. Sandkirchen ging ins Kloster Engelberg und vertraute sich dem Pater Vincenz Feuersinger an. Carl Waldschischek starb eines natürlichen Todes, und zwar genau eine Woche bevor man ihn als Mamsellenmörder hingerichtet hätte. Auguste Waldschischek und ihre Kinder zogen nach Neuhardenberg und schienen, als Gontard sie im Herbst besuchte, ihr Glück gefunden zu haben. Und selbstverständlich schwieg der über die ganze Geschichte. Weder Henriette noch sein Freund Friedrich Kußmaul sollten je von dieser Staatsaffäre erfahren.

Es geschah in Preußen …

Jan Eik: **Verhängnis in der Dorotheenstadt (1840)**

Horst Bosetzky: **Tod im Thiergarten (1842)**

Jan Eik / Uwe Schimunek: **Attentat Unter den Linden (1844)**

Horst Bosetzky: **Mamsellenmord in der Friedrichstadt (1846)**

Weitere Titel sind in Vorbereitung